Erwin Hölzl/Daheim beim Obermitteregger

Erwin Hölzl

Daheim beim Obermitteregger

Geschichten aus erster Hand

Edition
Geschichte der Heimat

Cover: Hannes Adam, Freistadt
Satz: margot.haag@pixeline.at
Gesamtherstellung: Buchverlag Franz Steinmaßl, A-4264 Grünbach

ISBN-13: 978-3-9024-27-49-6

Inhalt

Meinen Kindern gewidmet

Vorwort

Anlässlich meines 50. Geburtstages im Jahre 1994 besuchten mich zwei meiner vier Brüder: Toni und Lois. Zufällig waren an jenem Abend auch unsere drei Kinder Brigitte, Elisabeth und Bernhard anwesend. Wir saßen gemütlich plaudernd auf der Terrasse unseres Hauses bei einem Glas Wein. Irgendwie brachten meine Brüder das Gespräch auf die Zeit unserer Kindheit und Jugend. Die schon erwachsenen Kinder (24, 22 und 20) hörten unseren Schilderungen aufmerksam zu und amüsierten sich in der Beobachtung, wie wir drei uns die Erinnerungsfragmente zuspielten, Stichworte lieferten und manches auch gegenseitig korrigierten. Die Erinnerungen waren nicht immer deckungsgleich, oft auch individuell gefärbt und manches Mal sogar widersprüchlich.

Mein Elternhaus in Dauerbach, in der Gemeinde Unterweißenbach im Unteren Mühlviertel gelegen, war unseren Kindern sehr vertraut. Bis ins Schulalter hinein verbrachten meine Frau und ich mit unseren Kindern jedes Jahr einige Wochen beim Obermitteregger. Meine Eltern sahen es geradezu als eine Selbstverständlichkeit an, dass ich, der ich doch als Lehrer im Sommer ohnehin neun Wochen Ferien hatte, eine gewisse Zeit zu Hause bei der Arbeit mithalf. Da ich die landwirtschaftliche Arbeit – zuerst am elterlichen Hof, dann auf einem Bauernhof in Lasberg – von der Pike auf erlernt hatte, war ich auch jetzt noch für die Arbeit „zu brauchen“, und man konnte mir jede Arbeit „schaffen“ (anschaffen).

Unsere Kinder freuten sich immer auf den Aufenthalt in Dauerbach, auch wenn dort keine Komfortzimmer zur Verfügung standen. Besonders gern hielten sie sich im Stall bei den Kühen und Kälbern auf. Meine Frau packte jedes Mal ein eigenes „Stallgwandl“ für sie ein, damit sie dort ungeniert Hand anlegen konnten: Immer gab es Kälber, die gestreichelt und liebkost werden wollten, manchmal auch junge Ziegen, die munter im Stall und auf dem Hof herumhüpften und einzufangen waren, auch beim „Einfüttern“ der Kühe vom Futtertisch in den Barren beteiligten sich die Kinder hilfreich und waren entzückt, wenn die Kühe ihre langen Zungen gierig nach der Silage oder nach dem Grünfutter ausstreckten.

Die Sommeraufenthalte in Dauerbach waren für meine Frau und mich alles andere als „Urlaub am Bauernhof“. Da hieß es immer anpacken, und die Arbeitstage beim Mitteregger waren sommers immer lang. In der Früh half ich nur selten im Stall; es war auch nicht mehr notwendig, weil inzwischen auch im tiefen Mühlviertel die Mechanisierung auf den Bauernhöfen Einzug gehalten hatte: Es gab jetzt eine Melkmaschine, einen Motormäher, eine Schwemm-Entmistung, und so fielen eine Reihe von Arbeiten weg, die früher so anstrengend und Zeit raubend gewesen waren.

Gar manches Mal stahl ich mich in aller Herrgottsfrühe aus dem Bett und ging in den Wald, um Himbeeren zu pflücken. Meine Frau machte daraus köstlichen Himbeersaft, das ging am großen Holzofen so nebenbei mit. Als unsere Kinder noch klein waren, kamen wir fast jedes Jahr mit einer ausgiebigen Saftausbeute aus Dauerbach heim. Auch Heidelbeeren und Eierschwammerl gehörten in jenen Jahren zu den Mitbringseln aus der Heimat, wenn wir voll bepackt wieder nach Luftenberg fuhren.

Besonders schön waren für uns alle die Winteraufenthalte an meinem elterlichen Hof. Das waren wirklich Kurzurlaube in den Weihnachts- oder Semesterferien. Schnee gab es meist genug. Riesige Schneeberge hatte der Schneepflug vor den Fenstern aufgetürmt, durch die man Tunnels oder in die man Höhlen graben konnte. Man brauchte nicht zeitig in der Früh aus den Federn, sondern konnte sich ausschlafen. Nur waren die Schlafräume ungeheizt, und so war das Zu-Bettgehen immer ein Erlebnis der besonderen Art: Das Bettgewand wurde in der warmen Stube angezogen, dann ging es hinauf in den „Stubenkasten", wie die obere Stube genannt wurde, und husch ins kalte Bett. Dort bibberte man kurze Zeit und ließ die Zähne klappern. Es dauerte aber nicht lange, und unter der prall gefüllten Tuchent wurde es wohlig warm, wenn man sich nur nicht zu viel bewegte. Unheimlich war es gelegentlich in der Nacht, wenn die Mäuse im Holzboden ihr Unwesen trieben. Das hörte sich in der Stille der Nacht und in der Dunkelheit oft schaurig an.

Mein Bruder Toni, dem der Hof inzwischen gehörte, besaß ein Pferd. Das spannte ich bei unseren Kurzurlauben im Winter jedes Mal vor einen „Mistschlitten", der zuvor ordentlich gesäubert worden war. Säcke waren mit Heu voll gestopft worden und ergaben so eine weiche Unterlage, auf der man gut sitzen konnte. Mit diesem Gefährt ging es auf in die schöne Winterlandschaft. Auf diese Schlittenfahrten freuten sich die Kinder jedes Jahr, und auch das Pferd benahm sich lustig und aufgeräumt, wenn es nach tagelangem Stallstehen wieder einmal so richtig in Bewegung kam.

Da wurde dann eine große Runde gemacht rund um den Moltererberg: Hinauf zum Moltererhaus, rechts hinunter, am Reiter vorbei, beim Glas-

hütterkreuz links abgebogen, dann die Hinterreiter Ebene, vorbei am Blank und Brock, den Klamleitenerbach überquert, durch den Wald hinein zum Moserwirt und von dort wieder zurück heraus nach Dauerbach. Dabei kam der Bräunl ordentlich ins Schwitzen.

Unseren drei Kindern war daher mein Elternhaus in Dauerbach vertraut. Was sie dort als Kleinkinder erlebt haben, das war das Bauernleben in den 70er-Jahren des 20. Jahrhunderts, das sich aber ganz wesentlich von dem unterschied, wie ich es nach dem 2. Weltkrieg und in den 50er-Jahren erlebt hatte. Es waren Welten dazwischen.

Meine Brüder und ich erzählten an jenem Abend meines runden Geburtstages davon, wie es sich am Bauernhof ohne elektrischen Strom lebte, wie mein Vater das Korn noch selbst in der Hausmühle mahlte und wie mein Bruder und ich für den ersten Stallneubau die Granitsteine noch mit der Hand und ohne Kompressor anbohrten, um sie dann mit Schwarzpulver zu sprengen und als Baumaterial für die Stallmauer zurecht zu richten.

Irgendwann an diesem Abend, nachdem sie lange zugehört hatte, meldete sich meine Tochter Brigitte zu Wort und sagte: „Papa, bist du wirklich erst 50 Jahre alt?“

In dieser rhetorischen Frage klangen Zweifel an, ob es denn möglich und glaubhaft sei, dass ein Bauernbub, der um die Mitte des 20. Jahrhunderts auf die Welt kam, eine solche Spannweite von Entwicklung erlebt haben konnte. Ja, ich habe diese Entwicklung erlebt und kann darüber berichten, wie es bei den Bauern im Mühlviertel zuging, als sie noch fast zur Gänze Selbstversorger waren. Es war eine harte Zeit für Mensch und Vieh. Da gibt es nichts zu glorifizieren. Ich habe mitbekommen, wie abhängig die Menschen voneinander waren, wie sie aber in der Not und bei großen Arbeiten zusammen standen und zusammen halfen: beim Kaiblziagn (Geburtshilfe im Stall), beim Maschindreschen, beim Habernheign (Hafer heuen). Kam in der Nachbarschaft ein Kind zur Welt, brachten die Frauen ein „Weisert" in Form von ein paar Semmeln und einer halben Flasche Rahm für die Wöchnerin. Wenn es zum Sterben wurde, versammelten sich die Nachbarn im Haus des Kranken zum Gebet, während der Priester die Beichte abnahm und das Sterbesakrament spendete.

Brigitte, meine Tochter, ermunterte mich, als ich in den beruflichen Ruhestand trat: „Papa, das musst du alles aufschreiben!"

Ich will es versuchen. Ich möchte, soweit mich mein Erinnerungsvermögen nicht im Stich lässt, diese Kindheitserfahrungen, die sicher auch meine persönliche Entwicklung beeinflusst haben, niederschreiben. Ich möchte es vor allem für meine Kinder tun. Auch wenn sie selbst in ganz anderen Verhältnissen aufgewachsen sind, so werden doch über den Einfluss der Erziehung manche Erlebnisse und Erfahrungen bis auf sie gewirkt haben. Vielleicht können sie auch, indem sie die Geschichten meiner Kindheit nachlesen, im Nachhinein ihren Vater besser verstehen und begreifen, warum er so und nicht anders war.

Abwinden, im März 2004

Brot

Brot selber zu backen, ist wieder in Mode gekommen. Beinahe in jeder Küche steht eine kleine Mühle: elektrisch betrieben, ansprechendes Holzdesign. So etwas eignet sich gut als Geschenk: Kostet kein Vermögen, ist leistbar, wird zwar oft wenig genutzt, schaut aber gut aus. Man hat heute alles. Also hat man auch eine eigene Mühle. Brot bäckt man nicht groß auf Vorrat, sondern in kleinen Mengen. Dazu eignet sich das Heißluft-Backrohr.

Manche Bauern backen heute wieder Brot im Backofen. Bauernbrot erlebt derzeit eine Renaissance. Meine Schwester zum Beispiel, die Schaffelleitnerin, bäckt im Holzofen richtige Brotlaibe, so wie früher. Und die Leute reißen sich drum und kaufen sie gern. Das Bauernbrot ist etwas Ausgefallenes, eine Rarität. So etwas leistet man sich ab und zu.

Aber natürlich gibt es daneben auch alle anderen Brotsorten: die Flesserl, die Stangerl, die Semmerl, die Weckerl, die Kornspitze, die Kipferl und jede Menge Sorten an Schwarzbrot.

Der Bäcker fährt an manchen Tagen zu den Bauernhöfen und in die Siedlungen und bringt das Brot ins Haus. Was der alles mit hat! Die Auswahl ist groß, die Verlockung zu kaufen auch. Neben dem nahrhaften Brot gibt es da allerhand Süßigkeiten, und wenn kleine Kinder im Haus sind, fällt fast immer etwas für sie ab. Das ist zwar nicht gescheit, weil die Kleinen dann zu Mittag keinen rechten Hunger haben. Aber einfach nein sagen kann man auch nicht. Sind ja eh „Mangelware“, die Kinder. Und sie sollen es vor allem besser haben.

Auch in Dauerbach kam in den 60er-Jahren schon einmal in der Woche der Bäcker aus Unterweißenbach und brachte das Brot. Zwei bis drei Laibe ließ er da. Er tat das auch, wenn grad niemand zu Hause war. Den Backofen gab es zu dieser Zeit nicht mehr. Dieser war im Zuge eines Umbaus des Wohngebäudes Ende der 60er-Jahre abgerissen worden.

Ich habe aber als 10-jähriger den Bau eines neuen Backofens erlebt. Als im Jahr 1954 das Wohngebäude ausgebaut und aufgestockt wurde („Hausstock“ wurde der Wohntrakt des Bauernhofes genannt), wurde der alte Rauchfang abgerissen, und mit ihm verschwand auch die „Schwarze Kuchl“, die als Fleischselch gedient hatte. Auch der alte Backofen, der von der „Schwarzen Kuchl“ aus zu beschicken gewesen war, wurde abgetragen, und es wurde ein neuer gemauert. Dieser Backofen war vom Vorhaus aus zu befüllen. Das Türl dazu befand sich neben dem Eingang zur Stube. In diesem Backofen wurde nicht nur Brot gebacken. Darin wurde auch der Flachs getrocknet, bevor er verarbeitet werden konnte, und im Herbst wurde darin Obst zu Kletzen gedörrt.

Wenn Fleisch zu selchen war, wurde im Backofen Feuer gemacht und die Glut mit Sägespänen abgedeckt, dass es so richtig qualmte. Der Rauch (man sagte „Ruck“) zog vom Backofen durch zwei schräg durch das Gewölbe geführte Kanäle nach oben und strich durch das aufgehängte Fleisch, bevor er durch den Rauchfang entweichen konnte.

Einen Backofen zu mauern, war schon damals eine fast vergessene Kunst, die nicht jeder Maurer beherrschte. Der Haslinger-Maurer (ich glaube, er hieß Karl) aus Unterweißenbach war in dieser Kunst bewandert. Der Mann war nicht mehr jung, eher kleinwüchsig und ziemlich beleibt. Als er in den Backofen kroch, um die Ziegelfugen im Ofengewölbe ordentlich zu verstreichen, war das eine ziemliche Prozedur. Er musste auf dem Rücken liegend hineingeschoben werden, weil er sich drinnen nicht hätte umdrehen können. Auch beim Herausklettern war es nötig, dass jemand an seinen Beinen kräftig zog. Als er drinnen sehr langsam und bedächtig, aber doch zielführend seine Arbeit verrichtete, hörte man ihn schrecklich schnauben. Mir fiel beim Anblick des Mannes im Ofen unwillkürlich das Märchen von Hänsel und Gretel ein.

Das Brotbacken war bei den Bauern immer Frauensache, obwohl es sich um eine körperlich sehr anstrengende Arbeit handelte. Am Abend wurde der Backtrog in die Stube gebracht und der Teig angesetzt. Die Hälfte des Mehls wurde mit etwas warmem Wasser zu einem Teig angerührt. Dann musste der Sauerteig, das so genannte „Ura“, unter die Masse gerührt werden. Der Sauerteig war eine kleine Menge Teig, der vom letzten Backvorgang aufgespart worden war. In diesem befanden sich die Hefepilze, die den Teig später aufgehen ließen.

Am darauf folgenden Morgen wurde die zweite Hälfte des Backmehls zu dem bereits aufgegangenen Teig dazugemischt und dieser kräftig durchgeknetet. Ich erinnere mich noch sehr gut an meine Mutter, wie sie mit hochrotem Kopf am Morgen des Backtages den Teig „mischte“. So nannte man diese Arbeit. Daraufhin wurde der Teig in die „Backkatln“ (das sind aus Stroh geflochtene Rundkörbe, die dem Brotlaib die Form geben) gedrückt, wo der Teig ein zweites Mal „gehen“ musste. In der Zwischenzeit wurde der Backofen mit großen Backscheiten gefüllt und angeheizt.

Hatte der Ofen die richtige Hitze, wurde die restliche Glut mit einer hölzernen „Kruckn“ aus dem Ofen geholt und der Ofen mit dem feuchten „Ofenwisch“, einer Art grober Besen aus Tannenreisig, ausgekehrt. Wurde dabei nicht sehr sauber gearbeitet, konnte es sein, dass nachher an der Unterseite des Laibes Kohlenreste im Brot steckten. Jetzt musste es schnell gehen: Die 12 bis 15 Laibe kamen nacheinander auf einen Holzteller, „Brotschissl“ genannt, der einen etwa 1 1/2 Meter langen Stiel hatte, und wurden in den Backofen „eingeschossen“.

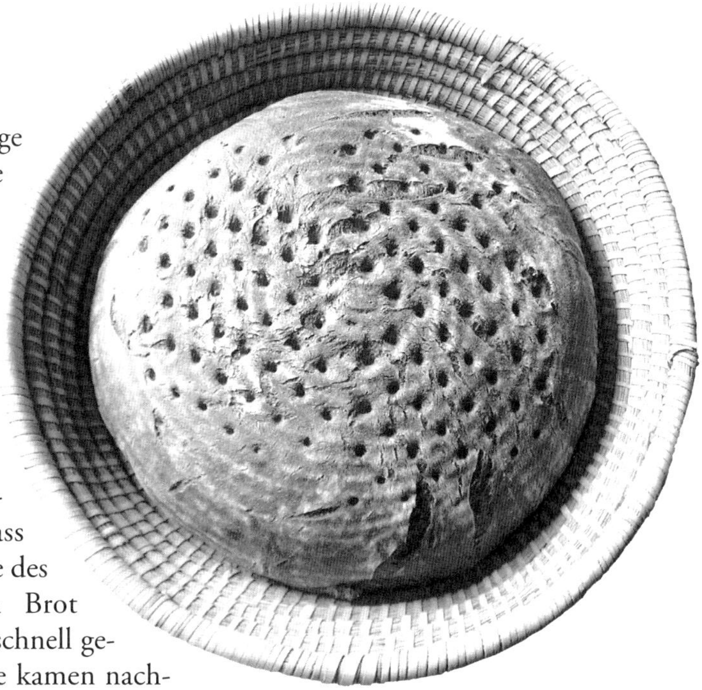

Fiel diese ruckartige Bewegung, durch welche der Laib vom Holzteller auf den heißen Backofenboden rutschen sollte, zu heftig aus und rutschte ein Laib einem anderen zu nahe, so verklebten an dieser Stelle die Laibe, und es kam zum „Anschuss“. So ein Laib war nicht makellos. Er wurde an dieser Stelle später gleich angeschnitten, damit man die Stelle nicht länger ansehen musste. Zu so einem Anschuss kam es besonders auch dann, wenn der Ofen sehr dicht mit Laiben angestellt werden musste.

Beim Obermitteregger lebten zu Beginn der 50er-Jahre zwölf Personen im Haus. Der Brotverzehr war entsprechend groß. Es musste alle zwei Wochen gebacken werden, und der Ofen war jedes Mal bis zum letzten Platz mit Brotlaiben gefüllt. Das frische Brot duftete im ganzen Haus, es wurde aber nicht angeschnitten, solange es noch altes Brot gab. Man war bestrebt, möglichst ein bisschen „im Voraus“ zu sein. Das Brot kam in die Brotleiter im „Troadkasten“, wo es schnell austrocknete. Je trockener das Brot war, desto ausgiebiger waren die Laibe, was angesichts so vieler Mäuler wichtig war. Bevor ein Brotlaib angeschnitten wurde, machte die Mutter jedes Mal ein Kreuzzeichen auf dessen Unterseite. Diese Geste praktizieren wir noch heute in meiner Familie.

Bei uns daheim gab es zwei Brotsorten: das weiße und das schwarze Brot. Es handelte sich bei beiden um Roggenbrot. Das weiße Brot war beileibe kein Weißbrot, sondern bestand aus einem Roggenmehlauszug. Das schwarze Brot war aus besonders dunklem Mehl, dem dieser Weißanteil fehlte. Zur Jause gab es immer nur das schwarze Brot, zur Suppe und zur Milch vor dem Schlafengehen hingegen das weiße.

Weizenmehl war im Haus meines Wissens sehr selten vorhanden, und wenn, dann nur in kleinen Mengen. Man brauchte es auch kaum, höchstens zum Kuchenbacken, und solch köstliche Mehlspeisen gab es ohnehin nur zu den heiligen Zeiten. Weizenmehl konnte nicht selber erzeugt werden, weil in dieser Höhenlage (900 Meter Seehöhe) Weizen nicht gedieh.

Brot war in den Augen der Menschen damals eine Gabe Gottes, mit der man sehr sorgsam umging. Dass ein Stück Brot, wie hart es auch sein mochte, im Abfalleimer landete, war ausgeschlossen. Es wäre wie eine Sünde gewesen, so etwas zu tun. Für mich ist Brot auch heute noch eine Kostbarkeit, und es fehlt mir jedes Verständnis für die Unkultur des Wegwerfens.

Vermutlich hat das mit dem Erlebnis eines Mangels zu tun, den ich in jungen Jahren oft verspürt habe. Wenn wir auf einem nahen Feld arbeiteten, wurde uns meist die Vormittagsjause von der Großmutter, der Mutter oder einem jüngeren Geschwister nachgebracht. Das Brot war dabei nicht als Laib mitgekommen, sondern wurde in Form von Brotstücken vorgeschnitten geliefert. Jeder Person war ein Stück zugedacht.

Ich erinnere mich noch gut daran, dass ich öfters, wenn ich als 15-jähriger allein mit dem Pferd auf dem Feld arbeitete (ackerte oder eggte), noch Appetit auf mehr gehabt hätte, aber es war mir nicht mehr zugedacht worden.

Mein Vater ließ in der Zeit meiner Kindheit den Roggen in einer gewerblichen Mühle mahlen. Es gab zwei Mühlen in der Nähe: die Weidenau-Mühle und die Seng-Mühle. Wir hatten aber in jener Zeit auch noch eine Hausmühle. Sie stand ein Stück oberhalb der Sengmüllerschmiede und wurde vom Wasser der Kleinen Naarn betrieben. Diese Mühle gehörte uns nicht allein, sondern einer Gemeinschaft mehrerer Bauern. Ich kann mich noch an eine Reparatur dieser Mühle erinnern und daran, dass mein Vater dort gelegentlich selbst Roggen mahlte. Auch Grieß hat er in dieser Mühle selbst erzeugt. Die Grießsuppe war im Winter ein wichtiger Milch-Ersatz, wenn die Kühe großteils trächtig waren oder vor dem Kalben gar trocken standen. Da war die Milch schon manchmal knapp. Vollmilch gab es ohnehin kaum zu trinken, sondern nur Magermilch, denn meine Mutter hatte einige Butterkundschaften im Markt. Die mussten in erster Linie zufrieden gestellt werden, wollte man sie nicht verlieren.

Ich sehe in meiner Erinnerung den Vater, wie er am Abend einen Sack Roggen schultert und zu Fuß in die Mühle geht, um in der Nacht dort das Getreide zu Mehl oder Grieß zu mahlen. Am frühen Morgen kam er mit dem Produkt seiner Nachtschicht nach Hause. Der Fußweg von daheim bis zur Mühle wird in 20 Minuten zurück zu legen gewesen sein, der Heimweg, bei dem ein Höhenunterschied von etwa 200 Metern überwunden werden musste, wird wohl mindestens eine Dreiviertelstunde in Anspruch genommen haben. Selbstverständlich wurde zu Hause am Morgen weiter gearbeitet.

Bis der Roggen in den Säcken war und zur Mühle gebracht werden konnte, war es ein langer Weg. Für das Mahlgetreide kam bei uns nur der Winterroggen in Frage. Dieser wurde im Herbst angebaut. Je nach Sonnenlage der Felder und je nach Vorfrucht gab es im Kalenderjahr einige Wochen, die zum Anbau des „Korns", wie der Roggen genannt wurde, geeignet waren.

Wer ganz bald dran war und sein Feld in einer „Hintern" (einem nordhängigen Feld) hatte, baute sein Korn schon in der „Barchtlmai-Wochn" an (Fest des Bartholomäus am 24. August). Regulär waren für die Roggenaussaat die drei darauf folgenden Wochen: die „Ägidiwoche" (Ägidius am 1. September), die „Fraunwoche" (der kleine Frauentag, das ist Mariä Geburt am 8. September) und die „Kreuzwoche" (Fest der Kreuzerhöhung am 14. September). Die darauf folgende Woche ist die Quatemberwoche. Die ging gerade noch, war aber für ein schattseitiges Feld fast schon zu spät. Wer mit dem Kornbauen in die „Michaelswoche" (29. September) geriet, bekam schon fast die Torschlusspanik. Für ein schattseitiges Feld war es da schon zu spät.

Roggen wurde angebaut nach Brache, nach Klee, nach Flachs oder nach Kartoffeln. Zum Roggenanbau wurde auf jeden Fall Stallmist eingeackert. Handelsdünger war in den 50er-Jahren bei uns zu Hause noch gänzlich unbekannt. Erst zehn Jahre später hielt dieser durch intensive Fördermaßnahmen und Beratungstätigkeit der Bauernkammern Einzug in den Bauernhöfen meiner Heimat. Anfangs bekamen die Bauern ein gewisses Kontingent an „Thomasmehl“ geschenkt, damit sie überhaupt einmal „anbissen“. Das Thomasmehl wurde mit der Hand ausgestreut. Nach einer solchen Arbeit sah man aus wie ein Rauchfangkehrer. Dieser für uns neuartige Handelsdünger war ein Nebenprodukt der Eisenindustrie und enthielt Calciumphosphat mit einem 28%igen Kalkanteil, der für die sauren Sandböden wichtig war, um den pH-Wert anzuheben. Bald darauf machten wir auch mit dem Kalisalz und dem Kalkammonsalpeter Bekanntschaft, was insgesamt zu einer sprunghaften Steigerung der landwirtschaftlichen Produktion führte. Auf meinem elterlichen Hof konnten die Grünflächen vor der Einführung des Handelsdüngers maximal fünf Kühe und eine Kalbin, sowie vier Ochsen ernähren. Später wuchs auf der selben Fläche so viel Futter, dass 12 bis 15 Kühe, einiges Jungvieh, darunter ein paar Stiere, und ein Pferd genug zu fressen hatten.

Der Winterroggen war neben dem Milchvieh und den paar Schweinen die wichtigste Grundlage für die Ernährung der bäuerlichen Großfamilie. Ein schönes Kornfeld im Frühsommer war der Stolz eines jeden Bauern. Das Gedeihen war natürlich besonders vom Wetter abhängig. Zunächst musste die Saat gut über den Winter gebracht werden. Gefürchtet waren sehr schneereiche Winter oder lange Frostzeiten ohne Schnee, weil es da zu Auswinterungen der Saat kam. Stand das Korn im Frühsommer sehr prächtig und versprach es schon eine gute Ernte, so konnte es geschehen, dass ein verregneter Sommer das Korn „schmiss“, es kam zu einer Lagerfrucht. Die langen Halme fielen um, und die Körner in den Ähren konnten sich nicht gut entwickeln. Es gab viel „afternes Korn“. Darunter verstand man Körner mit wenig Mehlkörper und viel runzliger Schale. Wurde der Roggen kurz vor der Reife durch Regen und Sturm umgeworfen, so bestand die Gefahr, dass das Korn am Halm zu keimen begann, dass es „auswuchs“. Solches Korn war ebenfalls für Brotgetreide unbrauchbar. Man konnte es höchstens an die Tiere verfüttern oder zum Schnapsbrennen verwenden. Besonders anfällig für so eine Missernte waren die langstrohigen Roggensorten wie zum Beispiel der „Schlägler Roggen“. Man bevorzugte diese jedoch wegen der langen Halme, die sich besonders für die Erzeugung der „Schaub“, das war das Ausgangsmaterial für die Strohdächer, eigneten. Später ging man zu den Kurzstrohsorten (z. B. Petkuser Roggen) über. Diese konnte man düngen, ohne dass die Gefahr der Lagerfrucht groß war, vor allem aber waren sie besser geeignet für die Bearbeitung mit Maschinen wie Bindemäher und Mähdrescher.

Wenn das Getreide nicht stand, sondern am Boden lag und womöglich noch von Unkraut durchwachsen war, sodass die Felder zur Erntezeit nicht goldgelb, sondern grün aussahen, gestaltete sich die Erntearbeit besonders mühsam. Das Stroh war nicht fest, sondern „flierschig", das heißt weich und schon etwas angemodert. Wollte man Kornmandl aufstellen, so wusste man nicht recht, wie man das anstellen sollte. Die Garben knickten immer wieder ein, und die Mandl sahen aus wie kleine Gnome.

Ich erinnere mich besonders lebhaft an eine solche Missernte in den späten 50er-Jahren. Am Fronleichnamstag, das war Anfang Juni, gab es einen unerwarteten und auch für diese Höhenlage ungewöhnlichen Wintereinbruch. Das Getreide hatte schon geschosst (es hatte schon Ähren ausgetrieben) und wurde durch eine Schneedecke von mindestens 20 Zentimetern unter sich begraben. Der Schnee hielt sich natürlich nur kurze Zeit. Als er aber weg geschmolzen war, sah das Kornfeld aus, als habe man es mit einer Walze überfahren. Ein Jammer war das! So viel mühsame Arbeit war vergebens getan und ein schlechter Ertrag zu erwarten!

Eine dauernde Gefahr drohte den Getreidefeldern auch durch den in dieser Gegend häufig auftretenden Hagel. Ein besonders dramatisches Ereignis dieser Art ist mir aus meiner späten Kindheit in Erinnerung geblieben.

In der Steinleitn stand der Roggen in jenem Jahr besonders prächtig. Es war ein „spätes Jahr", das heißt, das Getreide reifte erst spät, versprach dafür aber besonders ertragreich zu werden. Am großen Frauntag (Mariä Himmelfahrt, das ist der 15. August) ging ein Gewitter mit Hagelschlag über unser Gebiet nieder, dass am nächsten Tag (da wollten wir mit dem Kornschnitt beginnen) nur mehr wenige Halme in die Höhe standen. Meine Eltern waren verzweifelt, meine Mutter weinte. Woher sollten wir in diesem Jahr Brotgetreide nehmen? Wir mussten Saatgetreide kaufen, denn es war ja in wenigen Wochen die Aussaat für das nächste Jahr fällig.

Besonders gut gedieh der Roggen nach Klee. Das wussten die Alten schon immer. Später habe ich in der Landwirtschaftsschule gelernt, warum das so war. Der Rotklee, eine Leguminosenart, hat an den Wurzeln Knöllchenbakterien, die aus der Luft Stickstoff aufnehmen. Dieser Stickstoff wird vom Klee in den Wurzeln gespeichert und steht nach der Verrottung derselben der nächsten Frucht als Dünger zur Verfügung. Klee als Vorfrucht wirkte also wie eine Stickstoffdüngung. Schlecht gedieh der Roggen nach Flachs. Diese Frucht zehrte offenbar den Boden so aus, dass im nachfolgenden Jahr das Getreide auf diesem Feld wegen des Nährstoffmangels schwächelte.

Vor der Einführung des Handelsdüngers („Kunst-Dung“ nannten ihn die Bauern) wurde in meiner Heimat zur Erholung des ausgelaugten Bodens ein Jahr der Brache eingelegt. Das war so etwas wie ein Sabbatjahr für den Boden. Es handelte sich dabei entweder um ein Feld, auf dem im Vorjahr Hafer geerntet worden war, oder ein Feld, auf dem zwei bis drei Jahre Kleegras geerntet wurde und das ohne Dünger keinen rechten Ertrag mehr abzuwerfen versprach.

Das Feld wurde in diesem Jahr dreimal gepflügt. Das erste Pflügen geschah im Mai. Man nannte den Vorgang „Brachen“ (mundartlich: „Brocha“). Dabei wurde sehr seicht gepflügt. Nur die oberste Wurzelschicht wurde umgedreht. Nach einiger Zeit wurde das Feld geeggt. Das war mit dem Ochsengespann ein langwieriges Vorhaben, das darin bestand, dass man den umgedrehten Rasen (mundartlich den „Wasen“) striegelte und die Furchen etwas einebnete. Dann sollte das Gras absterben und samt der Wurzelschicht in Verrottung übergehen.

Im Juni wurde das zweite Pflügen, das „Zwiebrachen“ (ma. Zwiebrocha) in Angriff genommen. Diesmal wurde tief geackert. Die bereits durch Verrottung brüchigen Rasenstreifen wurden in die Tiefe gebracht und durch eine krümelige Erdschicht zugedeckt. Wenn das Unkraut und das Ungras wieder zum Vorschein kamen, wurde wieder geeggt. Mitte August wurde auf dieses Feld Stallmist ausgebracht und mit mittlerer Tiefe eingeackert. Diesen Vorgang nannte man das „Saatackern“.

Die Mitteregger Marie, eine Schwester des Großvaters, die als Altmagd auf dem Hof arbeitete und die wir Kinder „Godn“ nannten, weil sie die Firmpatin zweier meiner Schwestern war, wusste da eine alte Bauernweisheit aufzusagen:

„Ban Brocha muaß ma schindn, ban Zwiebrocha gründn, ban Saatackern mitta fahrn, dann kann da Baur in d'Mühl fahrn.“

„Schindn“ bedeutet in diesem Zusammenhang „seicht pflügen“, „gründn“ bedeutet „tief ackern“, und „mitta fahrn“ meint, es sollte eine mittlere Tiefeneinstellung des Pfluges vorgenommen werden. Wer also diese Regeln beachtete, dem wurde im Spruch Ernte-Erfolg versprochen (dann kann da Baur in d'Mühl fahrn).

Ich erinnere mich an ein schlimmes Unwetter, das alle unsere Vorbereitungen für die Aussaat zunichte machte. Wieder war die Steinleitn betroffen. Das war ein Feld, übersät mit Erdsteinen (siehe Foto Seite 79), die aus dem Boden herausragten, und daher besonders mühsam zu bearbeiten. Der oben beschriebene Vorgang des Brachens und des Zwiebrachens war abgeschlossen. Wir hatten den Stallmist bereits auf das Feld ausgebracht und zum großen Teil auch schon ausgebreitet (mundartl. „broatt"), da ging ein Gewitter mit wolkenbruchartigem Regen nieder und schwemmte einen großen Teil des lockeren Erdreichs samt dem Mist die Steinleitn hinab.

Die unterhalb liegende kleine Wiese, der „Holzwiesfleck", war verwüstet, das Erdreich und der Mist lagen im Wald zwischen den Bäumen, während auf dem Feld oberhalb tiefe Rinnen und Gräben wie frische Wunden klafften und die rote „Schid", den wenig fruchtbaren Unterboden, zum Vorschein brachten. Wieder einmal war alles umsonst gewesen! Und trotzdem gaben meine Eltern nicht auf. Was hätten sie denn auch anderes tun können als wieder von vorne zu beginnen. Wir ebneten die Gräben ein und verteilten den wenigen Mist, der zurück geblieben war, gleichmäßig über die Fläche.

Das Kornschneiden war eine Arbeit, auf die ich mich als Kind immer schon freute. Der Roggen wurde mit der Sense gemäht. Auf die Sense wurde eine Haselrute aufgespannt („Mahd-Ruatn" genannt), die bewirken sollte, dass das abgeschnittene Getreide in die gewünschte Richtung fiel. Es sollte sich auf das noch stehende drauflehnen. Hinter jedem „Kornmahder" war ein „Weiberleut" her, das mit einer Sichel die Halme auflas. „Kornaufheben" nannte man diese Tätigkeit. Flink sammelte sie die Halme ein und formte sie zu einer Garbe, die sie dann zu sich an den Körper nahm, die Halme durch Aufsetzen auf die Erde auf gleich brachte und auf ein vorbereitetes „Bandl“ legte. Das Legen der Bandl war zum Teil Kinderarbeit. Wir Buben hatten mit dem Binden der Garben alle Hände voll zu tun und wurden bei dieser Arbeit vom „Mandler“ auf Trab gehalten, dessen Aufgabe es war, die gebundenen Garben zu „schwanzln“ (an den Ähren vorsichtig zusammenzubinden) und zu Kornmandln aufzustellen. Neun Garben ergaben ein Mandl. Wenn zu befürchten war, dass die Mandl länger im Freien stehen müssten, weil das Wetter nicht so mitspielte, so bekamen sie auch noch einen Hut.

Dabei knickte der Mandler die Halme der zehnten Garbe etwa im unteren Drittel ab und stülpte den so entstandenen Hut kunstvoll über die Ähren der übrigen neun. Damit waren sie vor Regen und Unwetter geschützt, die Ähren trockneten aber weniger gut aus. Vor dem Einfahren musste man die Hüte abnehmen und die Sonne noch ein paar Stunden auf die entblößten Mandl scheinen lassen, damit sie schön resch und trocken eingebracht werden konnten.

Wenn die Kornmandl auf den Feldern der ganzen Gegend in Reih und Glied standen, dann war Sommer. Man sah ihn, man roch ihn, man hörte ihn knistern, wenn das Stroh trocknete. Dieses Bild des Sommers ist uns abhanden gekommen. Heute verbinden wir mit dem Begriff „Sommer“ lange Sandstrände, neue Bademoden, braune Körper, in letzter Zeit immer öfter auch ein blühendes Sonnenblumenfeld. Das Bild des Sommers meiner Kindheit waren die Kornmandl auf den Hängen der Mühlviertler Landschaft. Es hat sich tief in meiner Seele eingeprägt.

Wenn wir mit dem Kornschnitt fertig waren, dann gehörte es zu meinen Bubenaufgaben, die Kornmandl zu zählen. Das tat ich mit großem Eifer und mit Freude. Es sind mir Zahlen zwischen 600 und 750 in Erinnerung. Wenn ich mit der Bestandsaufnahme fertig war, überbrachte ich meinen Eltern voll Stolz die Erfolgsmeldung. Während ich dieser wichtigen Aufgabe nachkam, wurde von den Frauen die Arbeit des „Halmrechens“ erledigt. Jede Kornähre war wichtig. Zwischen den Kornmandeln schlängelten sich die Zeilen mit dem „Halmg’rechert“ hindurch.

Bei schönem Wetter konnte das Getreide nach einer Woche eingefahren werden. Auf die Leiterwagen wurden die „Grattücher“ gebunden, damit die Körner, die beim Aufladen und beim Transport aus den Ähren fielen, nicht verloren gingen. „Gratn“ wurden die Grannen genannt, sehr kratzborstige Verlängerungen der Kornspelzen, die kleine Widerhaken besitzen und daher bei der Erntearbeit in die Kleidung hinein krochen und

auf der Haut schrecklich juckten. Zum Laden gab es eigene Garbengabeln, die nur zwei „Zurken" besaßen. Die Garben wurden von der „Fasterin" so auf dem Wagen angeordnet, dass die Ähren in die Mitte und die Garbenstümpfe nach außen zu liegen kamen.

In der Scheune wurden die Garben „ausgeschlagen". So nannte man die Tätigkeit, mit der der Großteil der Körner aus den Ähren geschlagen wurde. Warum das sofort beim Einbringen des Getreides geschah, hatte zwei Gründe: Das Maschindreschen fand immer erst im Spätherbst statt. Man brauchte aber schon im September das neue Saatgetreide. Der zweite Grund war der: Hätte man die Garben mit den vollen Ähren in die Scheune gelegt, dann wäre die Gefahr groß gewesen, dass die Mäuse darin gehaust hätten. Sie hätten zum einen die guten Körner gefressen und sie hätten dabei auch das Stroh zerstört, das man, wenigstens zum Teil, zum „Schaubmachen" brauchte. Das Schaubstroh wurde zum Dachdecken verwendet. Ein zerfressenes Stroh hätte sich dazu wohl nicht geeignet.

Das „Kornausschlagen" ging so vor sich: Man stellte auf der Tenne ein Wagenrad auf. Als Füße dienten dem Wagenrad einige Holzscheite, sodass das Rad etwa einen halben Meter über dem Boden der Tenne und parallel zu diesem zu liegen kam. Zwei Leute nahmen die Garben vom Wagen, ergriffen sie mit einer Hand beim Bund und mit der zweiten weiter vorne. In dieser Stellung schlugen sie drei- bis viermal die Garben mit den Ähren voran auf das Rad, dass die Körner davon spritzten. Beim Ausschlagen fielen die guten Körner auf jeden Fall aus den Ähren, während die minderwertigen, das afterne Korn, in den Ähren stecken blieben und erst später von der Trommel der Dreschmaschine aus der Ähre gerieben wurden.

Die Garben mit den fast leeren Ähren kamen ins „Halbam". So nannte man die Speicherboxen links und rechts von der Tenne. Die Arbeit des Garbenlegens übernahm in meiner Kindheit immer die Großmutter. Es war die übereinstimmende Auffassung aller Hausbewohner, dass diese Arbeit niemand so gut wie sie beherrschte. Sie hatte dabei ein sehr ausgeklügeltes System erfunden, das sicherstellte, dass im Halbam viel Getreide untergebracht werden konnte. Der „Herausgeber" beim Maschindreschen brauchte sich nur strikt an das System der Großmutter zu halten, dann hatte er ein leichtes Spiel. Er musste nur in umgekehrter Reihenfolge vorgehen.

War das Korn trocken in die Scheune gebracht, dann konnte man aufatmen. Auf der Tenne lag ein Haufen Getreide, vermischt mit Strohabrieb und mit Grannen. Nun kam die schöne, wenn auch etwas staubige Arbeit des „Kornputzens" mit der Windmühle („Putzmühle"). Dieses hölzerne Gerät war in jedem Bauernhaus vorhanden und war bestens geeignet, die Grannen- und Strohanteile aus dem Korn auszublasen, gleichzeitig aber auch das „afterne Korn" vom guten Korn zu trennen. Das afterne Korn hatte wegen des geringen Mehlanteils weniger Gewicht und wurde vom Wind der Putzmühle ein kleines Stück weit vom schwereren Korn abgedrängt und fiel dann in einen eigenen Kanal (eine „Gosse"), wodurch es vom wertvollen Korn getrennt war. Die Putzmühle wurde bei uns daheim mit der Hand angetrieben. Der Treiber hatte die Verantwortung, die Drehzahl genau einzuhalten. War er zu schnell, wurde das afterne Korn zu den Grannen geschleudert, war er zu langsam, dann fielen Teile des minderwertigen Korns in die Gosse, in der man das wertvolle Korn erwartete.

In meiner frühen Kindheit war die Putzmühle eine der wenigen „Maschinen" gewesen, die wir besaßen. Sie war so wertvoll, dass wir sie bei einem schweren Gewitter aus der Scheune holten und ins Wohnhaus trugen, damit sie bei einem Brand eher gerettet werden konnte.

Putzmühle

Das gute Brotgetreide wurde in Säcke geschaufelt und in den „Troadkasten“ getragen. Die Säcke waren nach einem alten Hohlmaß, dem „Metzen“, genormt. Es gab Einmetzen- und Zwiemetzensäcke. Der Metzen war ein altes österreichisches Hohlmaß, zunächst regional unterschiedlich, ab 1777 jedoch mit 61,487 Liter genormt. 1/16 Metzen wurde auch als „Massl“ bezeichnet. (Quelle: Internet, Österreich Lexikon AEIOU). Wir hatten daheim auch ein Holzgebinde mit hölzernen Reifen, das sich nach oben hin verjüngte und das genau einen Metzen fasste.

Als Volksschullehrer habe ich den Kindern noch ein kleines Gedicht vermittelt, das den Weg vom Korn zum Brot beschreibt. Es beginnt so: „Der Bauer baut mit Müh und Not das Korn für unser täglich Brot.“

Nur wer erlebt hat, mit wieviel Mühe und Risiko der Brotgetreideanbau in früherer Zeit verbunden war, kann den Text des Gedichtes erfassen. Es ist sinnlos, Kindern heute solche Gedichte lernen zu lassen, es sei denn, es gelingt der Lehrkraft, ihnen in einem guten Museum den Werdegang des Brotes in alter Zeit nahe zu bringen. Wirklich begreifen werden sie es dennoch nicht. Durch die Mechanisierung der Landwirtschaft fällt die viele

Handarbeit auf dem Bauernhof weg. Jedoch: Auch wenn der Mähdrescher heute viele Arbeitsgänge ersetzt, so bleibt dennoch das Wunder des Wachsens und des Gedeihens, aber auch das Risiko, das dem Bauern durch Unwetter und andere Naturkatastrophen droht, bestehen.

Brot wird auch heute nicht „gemacht“, „erzeugt“ und „produziert“. Es muss zunächst wachsen und reifen, und das liegt nur zu einem geringen Teil in der Macht des Menschen.

In meinem Elternhaus gingen wir im Frühsommer, wenn das Korn bereits Ähren getrieben hatte, an manchen Abenden (vor allem an den Bittagen vor Christi Himmelfahrt) betend rund um die Kornfelder. Dieser religiösen Brauchtumshandlung lag die vorhin erwähnte Einsicht zu Grunde. Wir Kinder spürten dabei, wie die Bittgebete der Erwachsenen wirklich den Himmel bestürmten, die eigene Arbeit zu segnen, damit sie erfolgreich war. Obwohl die Menschen wieder und wieder erlebten, dass der Hagel dennoch alles zunichte machte, hörten sie nicht auf zu beten. War ihr Tun sinnlos?

Als Ministrant in Hackstock habe ich viele Male in der kleinen Kirche zur Sommerzeit vom Priester das so genannte „Feldfrüchtegebet“ gehört. Noch heute kann ich es auswendig. Ich möchte es an dieser Stelle aufschreiben, damit es nicht verloren geht.

„O Gott, du hast einen Leib gegeben, der Speise und Trank zur Nahrung bedarf. Du hast die Erde so eingerichtet, dass sie Pflanzen und Früchte aller Art trägt. Du hast uns befohlen, dass wir die Erde im Schweiße des Angesichtes umgraben und anbauen sollen. Sieh unsere Arbeit, die wir bisher verrichtet haben und ferner verrichten, gnädig an.
Segne, soferne es dir wohlgefällig und uns ersprießlich ist, den Samen, den wir ausgesät haben.
Gib dem Lande fruchtbares Wetter, wie wir es brauchen: milden Sonnenschein und Regen zur rechten Zeit.
Bewahre die Feldfrüchte vor anhaltender Dürre, Nässe, Mehltau, Frost, Hagel, Wolkenbrüchen und allem, was sie verdirbt.
Gib uns, himmlischer Vater, unser tägliches Brot! Du nährst ja die Vögel und alle Tiere, die nicht arbeiten und deine Güte nicht erkennen – wieviel mehr uns, deine Kinder. Wir wollen die Gaben aus deiner Vaterhand empfangen und deiner Güte uns dankbar freuen. Speise und Trank, die du uns bescherst, wollen wir mäßig genießen, auch den Armen gern davon mitteilen und uns bestreben, dir durch ein nüchternes, rechtschaffenes und frommes Leben wohl zu gefallen.
Erhöre uns, himmlischer Vater, durch unseren Herrn Jesus Christus, deinen Sohn, der mit dir lebt und herrscht in der Einheit des Heiligen Geistes, Gott von Ewigkeit zu Ewigkeit, Amen."

Kleider

In meinem Kleiderkasten hängen mehrere Anzüge, dazu mindestens sechs Sakkos und ebenso viele Hosen, zwei Trachtenjacken und eine Stange voll mit schönen Hemden: kurzärmelige und langärmelige, sportliche und „altvaterische". Nein, die altvaterischen hat meine Frau schon aussortiert. Sie türmen sich in einem Stoß im Kastenaufbau und warten darauf, dass ich sie zur Arbeit anziehe. Bei welcher Arbeit soll ich die vielen Hemden zerreißen? Natürlich besitze ich auch mehrere Mäntel. Davon darf ich nur mehr einen tragen, weil die anderen aus der Mode gekommen sind. Auch Jacken für den Winter sind einige vorhanden, natürlich auch welche für die Übergangszeit.

Bis vor kurzem war ich noch aktiv als Schulinspektor tätig. Da war es nötig, dass ich mich ordentlich gewandete. Kleider machen ja bekanntlich Leute, und so musste ich trachten, dass ich fesch gekleidet war: nobel oder sportlich, den Anlässen entsprechend.

Und es war tatsächlich so: Wenn ich eine sportliche, stretchige Hose trug und dazu ein flottes Sakko, dem man das junge Datum ansah, dann fühlte ich mich weiß Gott noch jung und dynamisch. Schon der Blick in den Spiegel am Morgen machte mich sicher: So konnte ich vor die Leute hintreten. Sie würden mich ernst nehmen, mir Glauben schenken und mir zustimmen. Immer wieder habe ich das ausprobiert und fast immer hat es funktioniert.

Meine Frau hat mich schon wiederholte Male mit prall gefüllten Säcken losgeschickt. Ich musste sie bei einem Container abliefern, auf dem „Volkshilfe" stand. Sie hatte wieder einmal ausgemustert und dabei festgestellt, dass viele der alten Sachen, die sie Jahre lang aufbewahrt hatte, niemand mehr tragen wollte: Blusen, Faltenröcke, Pyjamas, Jacken, Mäntel. Auch Kinderkleidung füllte mehrere Säcke. Mehr als 20 Jahre hatten die Sachen auf dem Dachboden geschlummert, säuberlich sortiert und natürlich vorher gewaschen. Als aber die Enkelkinder kamen, da stellte sich heraus, dass sie in ein Zeitalter der Kindermoden und des Überflusses hineingeboren waren, und so konnte sich meine Frau das meiste, das sie wertvoll geglaubt und das sie deshalb aufgespart hatte für die Kinder der Kinder, auf den Hut stecken. „Ich heb jetzt das alles nicht mehr länger auf!", entschied sie und machte „Tabula rasa".

Ich wollte testen, ob mein Wort daheim noch Gewicht hatte und verbat ihr, mit meinen alten Anzügen, den vielen Pullovern und Westen, den Jacken und Mänteln aus längst vergangener Zeit ebenso zu verfahren. „Ich werd die meisten Sachen noch brauchen. Dass du mir ja nichts verräumst!"

Schmunzelnd ließ sie mich im Glauben, sie nähme mein Reden ernst und ging ihrer Arbeit nach. Beruhigt stelle ich fest, dass sie schon mehrmals den Dachboden erstieg, um für meinen Sohn und den Schwiegersohn aus Anlass einer Faschingsveranstaltung, eines Nostalgieballs oder dergleichen meine alten Klamotten herunterzuholen und sie damit auszustaffieren. Mein Schwiegersohn Andreas hat erst jüngst meinen Hochzeitsanzug, der mit 34 Jahren exakt sein Lebensalter hatte, bei einem Maskenball getragen und war angeblich einer der schönsten Männer auf dem Parkett.

Kürzlich betrat ich in Wien in der Neubaugasse ein Kleidergeschäft einer bekannten Bekleidungsfirma. Es ist unglaublich, wie viele Anzüge da an der Stange hängen, dicht an dicht. Wie kann man denn angesichts dieser Fülle noch wählen? Wühlen ja, aber doch nicht wählen. Kurz darauf erlebte ich dasselbe in Unterweißenbach, dem Ort meiner Kindheit. Ähnlich bedrückende (oder beglückende, je nach Gemütsart) Erlebnisse kann man in den Kleiderabteilungen unserer Flohmärkte haben. Was für eine Fülle, was für ein Überfluss!

Ich denke an meine Kindheit zurück. Wir liefen nie zerlumpt herum. Wir hatten immer was anzuziehen. Auch im Winter froren wir nicht aus Mangel an passender Kleidung. Nur ging es viel bescheidener und einfacher zu.

Aus eigenem Erlebnis könnte ich es nicht mehr sagen, aber meine um acht Jahre ältere Schwester Mitzi rief mir erst vor kurzem in Erinnerung, dass wir Buben während des Zweiten Weltkrieges und der Zeit nach diesem (das betraf zumindest meine Brüder Toni und Otto und mich) in der Phase des Sauberwerdens in Kitteln herumliefen anstatt in Hosen. Windeln gab es zu jener Zeit eigentlich gar nicht. Solange wir an die Wiege gefesselt waren und noch nicht laufen konnten, wurden wir mit irgendwelchen Fetzen gewickelt. „Arschfetzen" nannte man bezeichnender Weise diese Textilien. Sobald wir aber laufen konnten und uns im Freien aufhielten, verschwanden diese unangenehmen Dinger, wir Buben bekamen Kittel angezogen und konnten es von nun an halten, wie wir wollten. Jedenfalls lebten wir im analen Bereich viel trockener und freier als vorher.

Ein Kleidungsstück ist mir in Erinnerung, das es heute in dieser Form nicht mehr gibt: Wir nannten es „Hussinant", „Leib- und Seelhose" oder „Schnellfeuerhose". Das war eine warme Unterwäsche, die so beschaffen war, dass das Oberteil (Leibchen) und das Unterteil (Hose) in einem Stück war. Damit es beim Klosettgehen dennoch zu keinen Komplikationen kam, war der Hussinant hinten offen und gab in gebückter Stellung problemlos das Hinterteil frei (daher „Schnellfeuerhose").

Im Vorschulalter und bis ins Schulalter hinein erinnere ich mich an eine Hosenmode, die mir verhasst war: die „Dreivierteltakthose". Sie wäre heute hoch modern. Die Hose reichte ein Stück übers Knie, und ich konnte sie als kleiner Volksschüler überhaupt nicht ausstehen, weil ich der einzige war, der so ein antiquiertes Stück tragen musste. Auf dem ersten Foto, das es von mir gibt, trage ich so eine Hose (Foto Seite 175). Ich war damals fünf Jahre alt.

Ich war in religiöser Hinsicht ein frühreifes Kind. Mein Katechet Franz Wimmer, der spätere Pfarrer von Aspach im Innviertel, entschied, dass ich schon in der ersten Klasse Volksschule zur Erstkommunion gehen durfte. Meines Wissens war ich der einzige Schulanfänger, dem dieses Privileg zugestanden wurde. Ich war sehr stolz darauf. Gefördert wurde diese Hochstimmung durch die Tatsache, dass ich einen neuen Erstkommunionanzug bekam. Ich glaube mich zu erinnern, dass die Großmutter den Stoff gekauft hatte: ein blaues Tuch mit beigefarbenen Streifen darin. Er fühlte sich weich an. Meine Mutter ging mit mir zum Schneider, der nahm Maß und fertigte ein schönes Gwandl an, das dem Anlass mehr als gerecht wurde. Am 29. April 1951 fand die Erstkommunionfeier statt; diese war in Unterweißenbach damals immer am Weißen Sonntag, das ist der Sonntag nach Ostern.

Da ich den Weg zum Hackl-Schneider (in der Nähe des Gasthauses „Moserwirt“) beim Anmessen schon einmal gegangen war, traute man mir kleinem Buben zu, dass ich mir den fertigen Anzug selber holen könne. Der Fußweg von meinem Elternhaus zum Hackl-Schneider beträgt für einen Erwachsenen mehr als eine halbe Stunde Gehzeit. Ich werde sicher für eine Strecke fast eine Stunde gebraucht haben. Heute führt der Weg vom Obermitteregger zum Moserwirt zu einem großen Teil durch Wald. Damals war noch nicht alles so zugewachsen wie heute. Es gab die Straße noch nicht. Der Weg führte an einem alten, leer stehenden Bauernhaus vorbei, dem „Lackner-Nazn“. Bei diesem Haus waren schon viele Fensterscheiben eingeschlagen, und ich erinnere mich, dass ich schreckliche Angst ausstand, als ich an dem Haus vorbei gehen musste. Die Freude über den neuen Anzug überwog aber die Angst, und so fand ich am Rückweg das Vorbeischleichen an diesem Geisterhaus gar nicht mehr so schlimm. Als ich daheim ankam und meinen schönen Anzug herzeigte, waren meine Mutter und einige andere Leute mit Steinklauben auf dem Kornfeld vor den Fenstern (auf der so genannten „Ebene“) beschäftigt. Wie sehr muss mich das Ereignis meines ersten Anzuges damals bewegt haben, dass ich mich an dieses Detail so genau erinnern kann. Über die Feier in der Kirche könnte ich nicht das Geringste erzählen.

Schulentlassung 1958
(v.l.n.r.: Erwin Hölzl, Willi Lehner, Fritz Gallistl, Oberlehrer Seyrl)

Ein Kleidungsstück aus meiner Kindheit ist mir noch in besonderer Erinnerung. Es handelt sich um eine grüne Joppe in der Machart eines Trachtenröckleins. Auf dem Entlassschülerfoto des Geburtsjahrgangs 1944 in der Volksschule Hackstock trage ich diese Joppe. Man sieht auf dem Bild sehr gut, dass ich schon ziemlich „drin zwicke", wie man das nannte, wenn man einem Kleidungsstück schon etwas entwachsen war. Ich hielt dieses schöne Stück sehr in Ehren, weil ich es von meinen beiden Schwestern Mitzi und Gerti geschenkt bekommen hatte.

Die beiden (7 und 8 Jahre älter als ich) arbeiteten nach ihrer Pflichtschulzeit jahrelang am elterlichen Hof mit. Sie waren dort weder versichert, noch bekamen sie einen Lohn für ihre Arbeit. Ein bisschen Geld hätten sie aber doch auch gern gehabt. So verbrachten sie im Herbst und im Frühjahr etliche Wochen in der „Rübenarbeit". So nannte man diese Saisonarbeit, bei der sich damals viele Bauernsöhne und -töchter aus unserer Gegend einiges Geld verdienten. Wie meine ältere Schwester später, als es um die Pensionsberechnung ging, feststellen musste, waren diese Saisonarbeiter nicht sozialversichert. Die Zuckerrübenarbeit bestand im Frühjahr darin, dass man die Rübenpflänzchen vereinzeln musste. Die Zuckerrüben haben die unangenehme Eigenschaft, dass mehrere Samen in einer gemeinsamen Hülle stecken, was dazu führte, dass auch die Pflänzchen in Gruppen sprossen. Das musste durch das Vereinzeln korrigiert werden, weil die Rüben nur dann gut gedeihen konnten, wenn sie genügend Platz hatten. Heute gibt es Einzelsaatgut, was die mühsame Arbeit des Selektierens durch Vereinzeln erspart.

Die zweite Arbeit, die im Frühjahr zu tun war, war die Bekämpfung des Unkrauts, das „Häunln". Diese Tätigkeit fällt heute durch den Herbizid-Einsatz gänzlich weg.

Beide Tätigkeiten waren zwar nicht sehr Kraft raubend, es handelte sich aber um eine furchtbare „Kreuzweharbeit", die dadurch verschlimmert wurde, dass die Tage im Mai sehr lang waren und es nicht und nicht Abend wurde, wenn man auch vor lauter Rückenschmerzen kaum mehr „kriechen" konnte. Die Felder wurden den Arbeitern im Akkord überlassen, was die an Arbeit gewohnten Mühlviertler zur Selbstausbeutung trieb.

Die Herbstarbeit bei den Zuckerrüben war eine sehr anstrengende. Die Zuckerrüben treiben bekanntlich ihre langen Wurzeln sehr tief in den Lehmboden hinein. Das sichert ihnen in der heißen Zeit des Sommers das Überleben. Da Lehmböden, wenn der Herbst trocken ist, sehr hart werden, war das Herausstechen der Rüben eine ziemliche Schinderei. Mit der linken Hand erfasste man die Rübenblätter („Toscha" genannt), während man mit der rechten die zweizurkige Rübengabel nahe an der Rübe ansetzte und mit dem rechten Fuß in den Boden trat. War die Gabel tief genug drinnen, musste man deren Stiel zu Boden drücken, wodurch eine Hebelwirkung entstand, welche die Rübe aus dem Boden hob. Wichtig war, dass man dabei die lange Wurzel nicht abbrach, weil dort der Zuckergehalt am höchsten ist. Die Rüben wurden zu Haufen geworfen und später mit einer Sichel „abgehapt". Bei diesem Vorgang musste man die Rübenwurzel mit der linken Hand erfassen und mit der Sichel in der rechten die Blätter von der Rübe trennen. Diese Herbstarbeit ware wegen der Plagerei eigentlich eine Männerarbeit gewesen, es waren aber in jener Zeit auch viele Mädchen dabei, die sich diese Schwerarbeit zumuteten. Meine Schwestern waren elfmal im Einsatz: meiner Erinnerung nach in Niederneukirchen bei St. Florian und auch in Breitbrunn in der Gemeinde

Oftering. Als 16-jähriger war auch ich einmal einige Wochen bei den Zuckerrüben, zusammen mit meiner Schwester Thekla. Ihre Ausdauer bei der Arbeit hat mir damals ziemlich zugesetzt.

Warum schildere ich diese Sache so im Detail? Deshalb, weil meine Schwestern mit einem Teil ihres so hart verdienten Geldes mir Zwölfjährigem eine Freude machen wollten und mir das oben erwähnte grüne Jöppchen kauften. Das ist doch Grund genug, die Sache ausführlich zu schildern.

Noch ein Kleidungsstück muss ich erwähnen, das ich auf sonderbare Art erworben habe. 1956 wollten sich die Ungarn von der Herrschaft des Kommunismus befreien. Der Aufstand wurde von der Sowjetarmee niedergeschlagen. Viele Ungarn flüchteten damals über die Grenze nach Österreich, und Österreich nahm sie auf, obwohl wir selbst zu dieser Zeit noch weit vom Wohlstand entfernt waren. In Europa liefen Hilfsaktionen für die Ungarn an. Unter anderem sammelte man Kleider und schickte sie zunächst nach Ungarn, und als die Grenze wieder dicht gemacht worden war, nach Österreich, um die Flüchtlinge einzukleiden. Die Hilfslieferungen kamen in Österreich ins Stocken, und es muss so eine Fülle von brauchbaren Kleidern vorhanden gewesen sein, dass man dazu überging, die überschüssige Ware in den armen Mühlviertler Gemeinden, die erst ein Jahr zuvor von der russischen Besatzung erlöst worden waren, zu verteilen. So erfuhren auch wir durch einen Gemeindeaufruf, dass es in Unterweißenbach Winterbekleidung zu verschenken gab.

Meine Eltern schickten mich Zwölfjährigen zu diesem unerwarteten Füllhorn, und tatsächlich bekam ich dort einen sehr schönen Wintermantel geschenkt. Er stammte aus Schweden, worüber ein Zettel, der in der Tasche steckte, informierte und war von einer Qualität, wie wir sie nicht kannten. Direkt nobel war ich unterwegs, als ich ihn am nächsten Sonntag ausführte.

Neue Kleider bekamen wir selten. Wir Buben gaben die wertvolleren Stücke von einem zum andern weiter, soweit sie nicht zu zerschlissen waren, um sie weiter zu verwenden. Das Sonntagsgewand mussten wir ohnehin sofort nach dem Kirchgang ausziehen; darauf achtete meine Mutter mit großem Nachdruck. Was ausgezogen wurde, durfte auch nicht herumliegen, sondern wurde schon im Kindesalter von uns selbst säuberlich gefaltet und in den Kasten gehängt oder gelegt. Die damals anerzogene Ordnungsliebe dauert bei mir bis zum heutigen Tag an. Wenigstens in dieser Hinsicht hat meine Frau mit mir keine Sorgen. Dass sich so eine anerzogene Gewohnheit nicht auf Kinder vererben lässt, ist leider eine Tatsache und stimmte mich, so lange sie im Haus waren, manchmal traurig. Meine Ordnungsliebe geht so weit, dass ich sogar schmutzige Hemden, die eigentlich in die Waschmaschine gehören, gedankenlos falte und in den Kasten zurücklege. Dafür musste ich schon manche Rüge von meiner Frau einstecken.

Eine positive Wendung nahmen unsere Kleidersorgen, als meine älteste Schwester Mitzi im Jahre 1959 sich anschickte, die Herrenschneiderei zu erlernen. Sie ist schwerhörig, fast gehörlos und war zunächst als billige Arbeitskraft am elterlichen Hof gebraucht worden. Erst im Alter von 23 Jahren kam sie zum Schneidermeister Nötstaller nach Weitersfelden, absolvierte die Lehre und auch die Berufsschule erfolgreich und war durch viele Jahre hindurch unsere Ausstatterin.

Meine Schwester Mitzi

Sie fertigte in ihrer kargen Freizeit neue Hosen und Sakkos für uns fünf Brüder an, manches Kleidungsstück entstand durch Umarbeiten eines noch brauchbaren geschenkten oder geerbten Stückes. Sie tat es gerne für uns und hatte jedes Mal mit uns eine Freude, wenn wir etwas Neues anprobierten.

Damals dachte ich mir nie etwas dabei und fand es fast selbstverständlich, dass sie durch ihr Handwerk unser Erscheinungsbild so positiv förderte, heute aber erscheint mir das, was sie damals für uns leistete, als Ausbeutung und Aufopferung. Sicher haben wir ihr damals Anerkennung gezollt und auf die Schulter geklopft, und unsere Freude war ihr Genugtuung und Stolz. Wenn man es aber genau bedenkt, sind wir ihr bis heute einiges schuldig geblieben.

Die Mühlviertler Bauern waren während der Zeit nach dem Zweiten Weltkrieg auch im Bereich der Bekleidung und der Wäsche noch in gewisser Hinsicht und mit Einschränkungen Selbstversorger. Da ist zunächst die Eigenproduktion der Schafwolle und der Kleidungsstücke zu erwähnen, die daraus erzeugt wurden. Auf meinem Elternhaus hielten wir damals mehrere Schafe. Es handelte sich um das genügsame Bergschaf. Im Sommer gehörte es zu meinen Bubengeschäften, vor dem Schulgehen die fünf Schafe und ihre dazugehörigen Lämmer auf ihre Weideplätze zu bringen. Bei uns durften die Schafe nicht frei herumlaufen, sondern wurden paarweise oder einzeln an Ketten, die etwa eine Länge von vier Metern hatten, ausgeführt und angepflockt. „Schafe aushängen" nannten wir diese Tätigkeit. Je nach Üppigkeit der Weidefläche mussten sie ein- bis zweimal am Tag „umgehängt" werden. Jedenfalls waren sie von mir am Abend wieder einzuholen, von der Kette zu befreien und in den Schafstall zu sperren. Die Lämmer durften natürlich frei herumlaufen und waren meine Freude. Die Schafweiden waren sehr magere Wiesen oder Bracheflächen, auf denen zwischen den Kultivierungsarbeiten immer wieder Gras wuchs. Ärgerlich war, dass die Schafe auf den Bracheflächen nicht gut angepflockt werden konnten, weil der Boden zu weich war. Daher kam es nicht selten vor, dass die Schafe ausrissen und in für sie verbotenes Terrain vordrangen.

Im Winter bekamen die Tiere einerseits Schafheu, andererseits das so genannte „Schoflauba" (Schaflaub). Das Schafheu war minderwertiges Futter. Es stammte von Rainen und Böschungen zwischen den Feldern und von den so genannten „Kobeln". Solche gab es beim Mitteregger mehrere: den Staudenkobel, den Stoankobel, den Mittern-Kobel. Unter einem Kobel versteht man ein Grundstück, das so sehr mit großen Steinen und Felsblöcken durchsetzt ist, dass man es für den Getreideanbau nicht verwenden kann. Zwischen den großen Steinblöcken wuchsen Sträucher und zwischen diesen ein wenig Gras. Diese kleinen grünen Wiesenflecken wurden im August von den Schafheumahdern aufgesucht und mit der Sense gemäht. Diese Arbeit des Schafheumähens machte man meist bei Schlechtwetter. Sie war sehr mühsam und Zeit aufwändig und war die richtige Beschäftigung an Regentagen zwischen den Schönwetterperioden. Das Gras wurde zu Haufen gerecht und mit Körben ausgetragen, weil man in dieses unwegsame Gelände mit einem Wagen nicht fahren konnte. Der Leiterwagen stand außerhalb des Kobels und oft weit weg vom „Roan“, der gemäht worden war, und so musste man das Gras mit Körben oft weite Strecken auf dem Kopf austragen. Das so mühsam gesammelte Gras wurde auf ein bereits abgeheutes (abgeerntetes) Wiesenstück gebracht, dort wieder ausgestreut und bei Schönwetter zu Schafheu getrocknet.

Das Schaflaub (Schoflauba) wurde auch um diese Zeit „geerntet“. Die vorhin erwähnten Kobeln mussten immer wieder von den Sträuchern befreit werden, damit etwas Gras für die Schafe wachsen konnte. So wurden die Sträucher (vor allem Haselstauden) mit dem Staudenhaken (eine vorne gebogene und mit einem Kurzstiel versehene Hacke, die einer Machete ähnelte) abgeholzt und zu Bündeln gebunden. Die Bündel ließ man trocknen und lagerte sie für den Winter. Da kam jeden Tag so ein Bündel in den Schafstall. Die Schafe zupften das getrocknete Laub ab. Die kahl gefressenen Zweige wurden anschließend zu Reisigbündeln gehackt und im Ofen verheizt.

Ein Erlebnis für uns Kinder war das Waschen der Schafe vor der Schur. Im Sautrog wurde warmes Laugenwasser angerichtet. Man legte das Schaf hinein. Jemand musste den Kopf des Schafes halten, jemand anderer die Beine, weil das Tier ja kräftig gestrampelt hätte. Der Hauptakteur wusch die Wolle des Schafes durch gründliches Kneten und Reiben. Nun stellte man das Schaf auf die Beine und half ihm aus dem Trog. Das Schaf stand auf dem Rasen und wurde mit klarem kaltem Wasser aus der Gießkanne übergossen, damit das Seifenwasser aus der Wolle gespült wurde. Bei dieser Gelegenheit schüttelte sich das Schaf meist so kräftig, dass das Wasser nach allen Seiten spritzte und die Umstehenden waschnass wurden. An diesem Tag (das Wetter sollte schön und windig sein) durften die Schafe frei laufen. Wenn die Wolle nach und nach trocknete, erkannten wir unsere Schafe beinahe nicht wieder, so strahlend weiß erschienen sie uns.

Gegen Abend ging es an die Schur. Bei uns war diese Arbeit der Großmutter vorbehalten, solange sie noch rüstig genug war. Das Schaf wurde auf eine Decke gelegt, die Großmutter kniete sich darüber und schnitt die Wolle mit der Schafschere ab. Das sah aus, als ob sie dem Schaf den ganzen Pelz abzöge. Nach der Schur sahen die Schafe gänzlich ungewohnt aus: Sie hatten einen überdimensional großen Kopf und einen ungewöhnlich mageren Körper.

Die Wolle wurde nachgetrocknet und für den Winter aufbewahrt. Das Spinnen war eine Winterarbeit. Die Wolle musste zunächst „gezoast“, das

Spinnrocken

heißt gezupft werden, wodurch jene Stellen in der Wolle, die verklebt und verwachsen waren, aufgelockert wurden. Daraufhin wurde die Wolle „gekempt" (gekämmt). Die „Wollkempm" war ein Gerät, das im Wesentlichen aus zwei großen, leicht nach hinten gekrümmten Haarbürsten bestand. Eine dieser Bürsten wurde auf einer Art Bank befestigt. Auf die etwa 25 Zentimeter im Quadrat große Bürstenfläche wurde eine Handvoll Wolle gelegt. Mit einer zweiten Bürste gleicher Beschaffenheit und Größe wurde mehrere Male die Wolle gekämmt, bis jedes Wollhärchen locker neben dem anderen lag und die Wolle wie toupiert aussah. Die solcherart aufbereitete Wolle wurde auf eine Spindel gesteckt und mit einem Spinnrocken zu einem Wollfaden versponnen. Der Faden wurde zunächst auf eine Spule gedreht und später von dort zu einem Wollknäuel abgewickelt. Letzteres war wieder Kinderarbeit.

In meiner Kinderzeit gab es keine anderen Socken und Strümpfe als die aus Schafwolle. Die Socken waren schwer in Ordnung, die Strümpfe aber waren für die weiche und empfindliche Haut der Kinder eine schlimme Sache, weil sie auf den Waden und in den Kniekehlen schrecklich juckten, kratzten und „bissen". Die Strümpfe reichten ja ein gutes Stück über die Knie und wurden oberhalb des Knies durch einen Strumpfgürtel gehalten. Natürlich waren auch die Fäustlinge, die Hauben und die Westen aus Schafwolle. Frauen mussten die Kunst des Strickens gut beherrschen, weshalb die Mädchen schon in der Volksschule den Umgang mit der Nadel erlernten. Bis zu einer Lehrplanreform in den 70er-Jahren des 20. Jahrhunderts hatten Mädchen durch den vermehrten Handarbeitsunterricht in der Volksschule zwei Pflichtstunden mehr zu absolvieren als ihre männlichen Kameraden.

Eine zweite Möglichkeit, aus eigener Produktion Textilien zu fertigen, war die Erzeugung des Leinens (Leinwand), dessen Grundlage der Flachsanbau war. Flachs, auch Lein genannt, wurde bei uns daheim bis etwa 1960 angebaut. Wir nannten die Pflanze nie bei diesem Namen. In der Gegend meiner Heimat wurde der Flachs als „Hoar" (= Haar) bezeichnet. Flachs wurde nach Hafer gebaut. Schon die Aussaat war eine heikle Sache. Bekanntlich sind die Samen des Leins winzig klein und rutschig, und es war daher nicht einfach, eine genaue Aussaat mit der Hand hinzukriegen. Der Anbau erfolgte im Frühjahr. Die kleinen Flachspflänzchen mussten durch Jäten von Unkraut befreit werden.

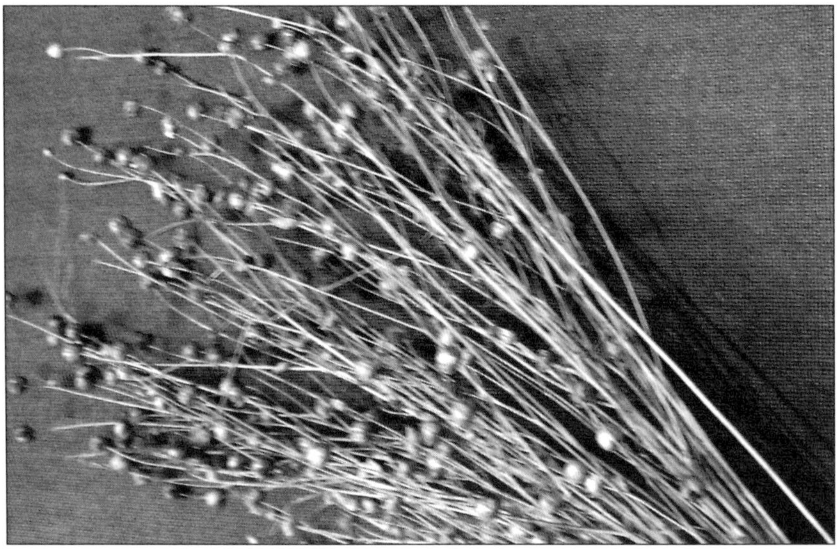

Flachs

Eine Freude war es, wenn der Flachs in Blüte stand. Es sah wunderschön aus, wenn der Wind über die blauen Blüten strich und das Feld aussah wie die stark bewegte Oberfläche eines stehenden Gewässers. Im September wurde der Flachs geerntet. „Hoarfaunga" wurde die Tätigkeit genannt. Dabei halfen uns stets Frauen aus der Nachbarschaft. Sie ergriffen mit beiden Händen die Flachspflanzen büschelweise und rissen sie samt den

Wurzeln aus dem Boden. Die Büschel wurden zu großen „Binkeln“ (Ballen) zusammengelegt und mit einem Leiterwagen auf ein Haferstoppelfeld verbracht. Dort wurde der Flachs von den Frauen wieder ausgebreitet. Die Streifen des ausgebreiteten Flachses zogen sich sehr malerisch über das Feld. So blieb er längere Zeit der Sonne und dem Regen ausgesetzt. Der holzige Teil des Stängels der Flachspflanze sollte durch Verwitterung brüchig werden. „Retzn“ wurde der Vorgang genannt. Dabei verlor der Flachs seine bisher grün-gelb-bräunliche Färbung und sah nur mehr grau aus.

An einem sonnigen Tag wurde der Flachs aufgelesen und wieder zu Ballen gebunden. Daheim auf der Tenne wurde er anschließend ausgebreitet. Aus den Samenkapseln wurde mit einem primitiven Werkzeug, „Hoarscheit“ genannt, der Leinsamen geschlagen und mit der Putzmühle von Verunreinigungen gesäubert. Kühl und rutschig fühlte sich der Leinsamen an. Bekannt sind seit Alters her die Heilwirkungen des Leinsamens. Er wird bei Verstopfungen als mild wirkendes Abführmittel, bei lokalen Entzündungen und Drüsenschwellungen als feuchtheiße Kompresse verwendet. Leinöl braucht man auch für die Herstellung von Ölfarben. Bekannt ist auch Leinöl-Firnis zur Oberflächenbehandlung von Holz und Klinkerziegeln. Bei uns daheim wurde Leinsamen bei gewissen Erkrankungen an das Vieh verfüttert, vor allem aber zur Erzeugung von Leinöl verwendet. Für den Bodenbelag „Linoleum“ wird bzw. wurde auch das Leinöl als Grundstoff verwendet.

Die Flachsbearbeitung von der getrockneten und geretzten Pflanze bis zur Webereiware, dem Garn, habe ich als Kind durch viele Jahre erlebt und mitbekommen. In meiner späteren Kindheit war ich zum Teil in den Arbeitsprozess eingebunden und durfte mithelfen. Es handelte sich um eine Winterarbeit.

Nach dem Brotbacken wurde die Hitze des Backofens ausgenutzt, um den Flachs zu „dörren“. Während der Flachssaison wurde der Backofen gelegentlich auch extra für diesen Zweck eingeheizt. Das getrocknete Flachsstroh wurde in die „Breche“ gelegt. Bei uns daheim nannte man dieses Gerät auch „Hoarroi“ (Haar-Rolle). Der Tisch unserer Flachsbreche war mit einem Lattenrost ausgelegt. Diese Latten waren nach oben hin keilförmig zugerichtet. Das Flachsstroh lag im rechten Winkel zum Lattenrost. Von oben drückte eine hölzerne Zahnrad-Walze auf das Stroh. Über der Walze war eine Lade montiert, die mit Steinen gefüllt war.

Flachsbreche (bei uns „Hoarroi“ = Haar-Rolle) genannt

Hoarflachtn

Wenn man die Walze hin und her zog und schob (man brauchte dazu zwei Personen), wurde das Flachsstroh vielfach geknickt und gebrochen. Die Holzanteile fielen zum Teil sofort durch den Rost. Übrig blieben die Flachsfasern, noch stark mit Bruchstücken des verholzten Stängels durchsetzt. Nun wurde das Flachsbüschel „geflacht". Das Gerät dazu nannten wir in unserer Gegend die „Hoarflachtn". Ein großes hölzernes Rad mit schwertförmigen Flügeln wurde mittels Tretvorrichtung in Umdrehung gesetzt. Das Flachsfaserbüschel wurde von diesen Holzschwertern geschlagen und dabei von den Verunreinigungen gesäubert.

Die Flachsfaserbüschel wurden zu Zöpfen gedreht und zu etwa 50 Stück in Ballen gebunden. In dieser Form wurde der Flachs als Rohstoff an die Industrie weiter verkauft. Ein Teil des Flachses wurde daheim zu Garn und Zwirn versponnen.

Während die Frauen in unserer winterlichen Stube am Spinnrad saßen (die Großmutter mit der Wolle, die Mutter, die Godn und meine Schwester Mitzi mit dem Flachs beschäftigt), musste ich sie an manchen Nachmittagen, wenn ich schon von der Schule zu Hause war, unterhalten, indem ich ihnen vorlas. Ein Radiogerät gab es bis zu meinem 12. Lebensjahr nicht im Haus. Daher wurde zur Unterhaltung gesungen oder vorgelesen.

Flachsfaserzöpfe

Besonders beliebt waren die Reimmichlgeschichten. „Reimmichl“ war das Pseudonym des Tiroler Priesters Sebastian Rieger (1867–1953), der sich damals bei der bäuerlichen Bevölkerung als Volksschriftsteller großer Beliebtheit erfreute. In jener Zeit lernte ich viele alte Lieder kennen, deren Texte ich heute noch auswendig kann.

Eines dieser Lieder, das ich in keinem Liederbuch gefunden habe, obwohl ich viele besitze, möchte ich an dieser Stelle niederschreiben. Wir Kinder hörten es gern, und so drängten wir jedes Jahr unsere Godn (Maria Buchberger, die Schwester unseres 1951 verstorbenen Großvaters), uns beim Spinnen dieses Lied wieder vorzusingen. Es stammt aus der Dienstbotenwelt. Die Godn war früher Magd bei einem fremden Bauern (beim Nussböck) gewesen und kannte die Bräuche und Gepflogenheiten daher besonders gut. Dienstboten in der Landwirtschaft wechselten früher zu Lichtmess (2. Februar) den Posten oder sie verlängerten den Dienstvertrag. Wenn der Bauer wollte, dass ein Dienstbote weiterhin am Hof arbeitete, bot er diesem das so genannte „Drangeld“. Das war ein kleiner Geldbetrag, der nicht als Vorschuss gedacht war, sondern als eine Zugabe. Dieses „Drangeld“ besiegelte einen Vertrag und war so etwas wie ein Haftgeld, das dem Vertragspartner Sicherheit bot. Nahm es der Dienstbote an, so war damit das Dienstverhältnis für ein weiteres Jahr besiegelt. Das Eintreten in den Dienst nannte man „das Einstehen“, das Weggehen von einem Bauern nannte man das „Ausstehen“. Von so einem Vorgang erzählt dieses Lied. Ich musste bei der Niederschrift des Textes meinen Bruder Toni zu Hilfe nehmen, weil ich einige Lücken hatte.

Es geht scho z'nachst auf Liachtmessn,
da werdn die Baurnbuam frisch,
da stellt da Knecht den Sappl auf
und steht dem Baurn vorm Tisch:

Mei liaba Bauer,
i muaß jetzt wandern,
es ist jetzt Wanderszeit,
i hab mi ja seit'n Habernheign
auf Liachtmessn scho g'freut.

Du hast di ja seit'n Habernheign
auf Liachtmessn scho g'freut,
i hätt' dir oft a Arbeit g'schafft,
hast a net feiler g'eilt.

Wia soll i mi denn g'eilt haben,
is heint da oanzi Tag,
i hätt' mir öfter a Schmalzkoch g'schatzt,
hab kaum a Suppn g'ha(b)t.

Denkst allewei ans Essn,
an d' Arbeit denkst net auf,
bei da Nacht, da gangst zan Menschern,
um neune standst erst auf.

Hiazt wüll ma da Bauer
dös Menscherngehn verwehrn,
zu eahnterne Zeitn
is er selba ba eahn gwen.

Da Zöga hängt am Nagel,
da Stecka loahnt im Haus,
du Spitzbua, du Schlankl,
du geh ma aus 'm Haus.

O Bauer, o Bauer,
du grein mi net lang aus,
du gibst mir, was d'ma schuldig bist,
aft geh i dir aus 'm Haus.

Alls, was i dir schuldig bin,
dös macht fünf Kreuzer aus,
du Spitzbua, du Schlankl,
du geh mir aus 'm Haus.

O Bauer, o Bauer,
dös trag i net mit mir,
und hätt i mir net mehr verdient,
bin scho so lang bei dir.

Geh her mei Bua, geh her mei Bua,
i gib dir nu amol dran,
du muasst ma besser dahoamtn bleibn,
aft gib i dir elf Guldn z'Lohn.

Die Winternachmittage und Abende in der warmen Stube hatten etwas Anheimelndes. Meist machte sich auch der Vater in der Stube handwerklich zu schaffen. Eine Werkstatt gab es bei uns nicht. So spielte sich alles in der Stube ab: das Besenreisig ausschneiden, das Besenbinden, das Bindern (Anfertigen von Holzgefäßen wie Eimern, Schaffeln und Butten), das Späne machen (Kienspäne klieben). Es wurde aber zuweilen sehr eng in dem einzigen geheizten Raum.

Das gesponnene Garn landete zuerst auf der Spule des Spinnrockens. Von dort wurde es mit der Haspel zu Strähnen gebündelt. Diese „Strähnln" wurden mit einem Heftfaden daran gehindert, dass sie sich bei der weiteren Manipulation ineinander verhedderten. Die Garnsträhnen wurden in einer Holzaschenlauge gewaschen und auf einem Wiesbaum auf der Tenne aufgefädelt (aufgehängt). Beim Trocknen hatte das Garn das Bestreben, „zusammen zu schliefen", deshalb musste während des Trocknens von Zeit zu Zeit jemand auf die Tenne gehen und mit einem Kochlöffel, den man durch die Strähnen steckte und den man dann mit beiden Händen festhielt, strecken und straffen. Das Garn wurde zum Weber getragen, der daraus Leinen wob. Es gab feines und grobes Leinen, je nachdem, welches Garn man dem Weber geliefert hatte. Aus grobem Leinen (man nannte dieses auch „die rupferne Leinwand") wurden Grattücher und Säcke erzeugt. Auch Pfaidstümpfe (das untere Drittel eines Hemdes) wurden in früherer Zeit aus rupfernem Leinen genäht. Das feinere Leinen wurde für Handtücher, Tischtücher und Trachtenblusen verwendet.

Eine besondere Art der selbsterzeugten Textilien war der Mischlingsstoff. Dazu wurde Garn aus Flachs und Wolle von grauen oder schwarzen

Haspel

Schafen verwendet. Besonders beliebt war der „Mischling“ als Stoff für schöne Winterüberzieher bei Männern.

In meinem 15. Lebensjahr durfte ich mithelfen, in Rucksäcken das Garn zum Siegl-Weber in Windhing zu tragen. Das war ein Fußweg von etwa einer Stunde in einer Richtung. Meiner Erinnerung nach war es das letzte Mal, dass wir eigenes Garn weben ließen. Um diese Zeit hörte sich der Flachsanbau in unserer Gegend gänzlich auf. Durch das Aufkommen der Kunstfasern waren die Preise für Flachsfasern im Keller und auch der Eigenbedarf war nicht mehr in dem Ausmaß gegeben.

Wenn der Vater im Frühjahr die Leinenballen vom Weber holte, dann wussten wir Kinder, dass es wieder Arbeit für uns gab. Die Leinenbahnen wurden im Freien im Gras aufgespannt. Unsere Arbeit war es, bei Schönwetter das Leinen regelmäßig mit der Gießkanne zu besprenkeln, damit die Sonne und der Mond das noch graubraune Leinen bleichen konnten.

Meine drei Schwestern bekamen von der Mutter zur Heirat je einen Ballen feiner weißer Leinwand als Mitgift. Auch meine Frau bekam noch ein gutes Stück von ihrer Schwiegermutter geschenkt. Daraus ließ sich meine Tochter Elisabeth nach Jahren eine schöne Leinenjacke nähen.

Zwischen meinem Gang zum Weber im Jahre 1959 und der Jacke meiner Tochter lag ein Zeitraum von etwa 35 Jahren. Sie hat die schöne Jacke nicht sehr oft getragen. Das könnte damit zu tun gehabt haben, dass sie keine Ahnung von der Mühsal und vom Arbeitsaufwand der Leinenerzeugung hatte. Die Jacke landete schließlich vor einigen Jahren, dem Zeitgeist entsprechend, auf dem Flohmarkt der Pfarre. Vielleicht fand sie dort einen „Lieb-Haber".

Tiere

Unsere Nase ist ein wichtiges Sinnesorgan. Gerüche versetzen uns in Stimmung. Das kann der Geruch eines fertigen Schweinebratens sein, der unsere Speichelproduktion aktiviert oder ein bestimmtes Parfüm, das uns auf „andere Gedanken bringt“, die Hypophyse aktiviert und uns in Erregung versetzt.

Stallgeruch ist für mich ein Wohlgeruch, und ein Feld mit frisch ausgebreitetem Stallmist (Schweinemist ausgenommen) löst bei mir so etwas wie Bodenhaftung und eine Ahnung von Heimat aus.

Der Stall in meinem Elternhaus steht, wie so viele Ställe im Land, heute leer. Es gibt in meinen Augen kaum etwas Traurigeres als einen Stall ohne Vieh. Wenn Bauern das Vieh aus dem Stall geben und den Betrieb auf viehlose Bewirtschaftung umstellen, so tun sie dies meist aus betriebswirtschaftlichen Überlegungen. Der hohe Mechanisierungsgrad, zu dem heute die Bauern infolge der hohen Lohnkosten von Arbeitskräften gezwungen sind, drängt zur Spezialisierung. Zurzeit scheint mir eine weitere Welle des Abstoßens von Vieh bei den Bauern heranzurollen, die damit zu tun hat, dass die Jungen ungebundener sein wollen als ihre Vorfahren. Wer Vieh im Stall hat, der ist ständig „angehängt“, der kann kaum einen Tag frei haben.

Urlaub zu machen, ist fast unmöglich. Bauern im Nebenerwerb pfeifen auf das „Zusatzeinkommen" aus der Landwirtschaft, weil sie erkennen müssen, dass sie aus der Wirtschaft nicht nur wenig Ertrag schöpfen, sondern dass sie auch noch das Geld, das sie anderswo verdienen, in die Landwirtschaft investieren müssten, wenn sie mithalten wollten.

Was bei einem Urlaub am Bauernhof so geschätzt wird, besonders wenn Kinder mit von der Partie sind, das sind Bauernhöfe, auf denen noch alles mögliche Vieh zu sehen und zu erleben ist. Das war als Kind mein alltägliches Umfeld. Da mein älterer Bruder Toni das Gymnasium am Kollegium Petrinum besuchte, war ich in der Vorstellung meiner Eltern der logische Hoferbe und wurde in diesem Geist erzogen. Es verging kein Tag, an dem ich mich nicht im Stall aufgehalten hätte. Die Tiere waren meine Welt. Ich liebte den Stallgeruch, die Ausdünstungen der Rinder und des Pferdes, und ich machte mir immer im Stall zu schaffen.

Es gab auch stets etwas Nützliches zu tun: Ich musste die Kälber, welche von der Kuh „abgespeent" (entwöhnt) wurden, trinken lassen. Sie waren es gewohnt, an den Zitzen zu saugen, und nun sollten sie die Milch, die noch dazu gewässert war, aus einem Schaff saufen. Man musste die ganze Kinderhand in die Milch im Schaff tauchen und die Kälber dazu verleiten, die Hand als Zitzenersatz zu nehmen.

Die Kitze der Ziegen waren im Stall in einer Kiste eingesperrt. Zum Säugen durften sie die Kiste verlassen. Diese Befreiungsaktion war mein Bubengeschäft. Das war ein munteres Völkchen! Wenn sie mit dem Trinken fertig waren, nutzten sie die Freiheit weidlich aus und sprangen übermütig im Stall umher. Besonders lustig sah es aus, wenn sie aus dem Stand in die Luft sprangen und dort eine Pirouette drehten. Manchmal rutschten sie bei der Landung aus der Luft auf dem glitschigen Stallboden aus und stießen gegen die Wand, wobei sie jämmerlich meckerten.

Oft wurde ich auf den Heuboden geschickt, um Futter auf die Tenne zu werfen. Mit zunehmendem Alter sah man es gern, wenn wir Kinder auch das Putzwerkzeug in die Hand nahmen und die Tiere striegelten und bürsteten. Das taten wir nicht gern, weil es dabei unangenehm staubte. Am liebsten hätten wir die Kälber geputzt, doch die hatten es am wenigsten nötig.

Auf mich als Buben machten die Bauern, die das Gewicht eines Tieres richtig zu schätzen verstanden, großen Eindruck. Mein Schwager Franz, der Schaffelleitner, war darin besonders treffsicher. Ich wollte das auch lernen, und so holte ich mir immer wieder das Maßband, das wir zu diesem Zwecke im Haus hatten, und kontrollierte den Brustumfang der Stiere und der Ochsen. Der Brustumfang ist nämlich ein wichtiger Anhaltspunkt für das Lebendgewicht der Rinder. Meine Eltern sahen solche Handlungen des kleinen Hoferben mit Wohlgefallen. Das richtige Schätzen war für einen Bauern damals eine wichtige Kunst, weil beim Handel mit Nutzvieh niemals das Gewicht mit der Waage, sondern nur durch Augenschein und Erfahrung ermittelt wurde. Nur das Schlachtvieh, das der Fleischhauer vom Hof abholte, wurde gewogen. Die Schweine wog man gleich am Hof mit einer so genannten Dezimalwaage oder einer Stangenwaage, die Rinder wog der Fleischhauer im Schlachthof, oft erst nach der Schlachtung, ohne dass der Bauer dabei war. Man verließ sich auf Treu und Glauben.

Wenn der Fleischhauer ein paar Schweine abholte, griffen die Bauern gern zu einer nicht ganz ehrlichen Vorgangsweise. Die Schweine wurden vor der Abwaage noch schnell gefüttert. Dadurch zeigte die Waage ein paar Kilo mehr an, als wenn der Magen leer gewesen wäre. Die Fleischhauer wussten das und ließen den Bauern über den genauen Zeitpunkt der Abholung im Unklaren. Wenn der Wagen des Metzgers vorfuhr, konnte die Bäuerin nicht schnell genug sein, denn der Fleischknecht ließ sich durch Geschwätz nicht lang aufhalten und steuerte zielsicher auf den Schweinestall zu. Waren die Schweine beim Fressen, sah das nicht gut für die Bäuerin aus.

Als ich 14 Jahre alt war, gelang es mir, meinen Vater zu überzeugen, dass wir statt der Ochsen ein Pferd brauchten. Tatsächlich ließ er sich dazu überreden. Eines Tages stand ein wunderschöner brauner Hengst mit einer semmelgelben Mähne im Stall. Meine Freude war riesengroß. Mein Vater ließ mich aber spüren, dass man so ein Tier nicht nur begehren konnte, sondern es auch pflegen musste, und so war es fortan meine Aufgabe, täglich das Pferd zu putzen. Es stellte sich aber heraus, dass der Hengst an der Bauchseite entsetzlich kitzlig war und er keinerlei Respekt vor mir, dem schmächtigen Jüngling, hatte. Er wieherte bedrohlich und drückte mich gegen die Wand, sodass ich mich zu fürchten begann. Es dauerte eine Weile, bis wir uns aneinander gewöhnt hatten. So nach und nach zeigte ich ihm bei der Arbeit „den Herrn", und er leistete in all den vielen Jahren, die er auf meinem elterlichen Hof als Zugtier verbrachte, schier Unglaubliches.

Hengst Fritz mit Toni in Lippizanermanier

Mir machte nun besonders die Feldarbeit Freude, weil sie, im Vergleich zu früher, als wir das Pflügen und das Eggen mit den Ochsengespannen bewerkstelligen mussten, um ein Vielfaches schneller voranschritt. Wenn ich als 15-jähriger auf einem steinigen Feld pflügte, so brauchte ich niemanden, der das Pferd an der Hand führte, wie das früher bei den Ochsen unumgänglich gewesen war. Auch wenn das Feld mit Steinen übersät war, wie man das noch jetzt in der Steinleiten erkennen kann, kam ich mit dem Pferd allein gut zurecht. Ich dirigierte das Pferd durch die Hindernisse mittels Zügel (Loatseil), vor allem aber gab ich dem Ross unmissverständliche sprachliche Befehle, wobei ich an manchen Tagen sehr laut wurde, was meiner Stimme nicht gut tat. Ich beherrschte mein Handwerk noch nicht perfekt genug, vor allem fehlte mir noch die Kraft, die man brauchte, um in diesem Terrain zu bestehen. Aus den meisten Feldern wurden in den späteren Jahren die Steine durch Sprengungen und mittels Raupenfahrzeugen entfernt, lediglich der obere Teil des Steinleitenfeldes präsentiert sich noch heute in der ursprünglichen Form.

Ausfahrt mit dem Mistwagen: der Autor mit Tochter Brigitte

Am meisten bewunderte ich unser Pferd, dass es imstande war, einen voll beladenen Heuwagen aus der großen Wiese durch den Wald bis zum Haus zu ziehen. An der steilsten Stelle des Weges, unmittelbar nach der Einfahrt in den Wald, rutschte es mit den Vorderhufen im Sand manchmal aus und kam auf die Knie nieder. Niemals aber war das ein Anlass für unseren Fritz, so hieß das Pferd, aufzugeben und den Wagen abwärts rollen zu lassen. Nach Schlechtwetterperioden gab es Tage, da musste das arme Tier sieben- bis achtmal eine Heufuhre den steilen Weg bis zum Haus hinauf ziehen.

Wenn ich in späteren Jahren, als ich nicht mehr auf dem Hof meiner Eltern arbeitete, auf ein paar Tage nach Hause kam und den Stall betrat, horchte das Pferd auf, wenn es meine Stimme hörte. Nach Jahren noch konnte ich einspannen, und Fritz nahm mich als seinen ehemaligen Fuhrmann sofort wieder ernst und gehorchte aufs Wort.

Vor dem Stallbau im Jahre 1960 war unser Stall klein, eng und feucht. Die Decke war nicht feuerfest, sondern bestand aus Holz. Bretter waren einfach über die Deckenbalken gelegt, und auf diesen Brettern lag zum

Zwecke des Kälteschutzes eine Schicht des Abfalls aus der Flachsbearbeitung. Wir nannten das Zeug „Hoar-Aum". Die Deckenbretter waren immer feucht und glitschig, der Stall hatte nur sehr kleine Fensteröffnungen und war daher schwer zu belüften. Im Sommer war es darin oft sehr stickig, und ich konnte die Rinder gut verstehen, dass sie vor Übermut hüpften und einen Freudentaumel aufführten, wenn sie ab August auf die Weide getrieben wurden.

Während in späteren Jahren meine Brüder Toni und Willi, die nacheinander den Hof übernahmen, die Kühe auch schon im Frühjahr auf die Weide trieben, war das in meinen Bubenjahren anders. Zuerst wurden einmal alle Grünflächen abgeerntet, um Heu für den Winter zu haben. Nur auf dem „Kleeland", auf dem Kleegras wuchs, durften die Kühe den zweiten Schnitt, das Grummet, auf der Weide fressen. Daher hieß es damals immer erst im August: „Wir treiben aus."

Für einige Kühe besaßen wir Glocken. Ich machte es zu meiner Aufgabe zu kontrollieren, ob die Riemen in Ordnung waren, und ich durfte auch den Kühen die Glocken um den Hals hängen. Das Hüten der Kühe war nur ganz am Anfang lustig. Damals wurden bei uns daheim die Weiden nicht eingezäunt. Man hatte ja eh die Kinder, welche die Kühe in Schach halten und sie daran hindern konnten, auf verbotenen Weiden zu grasen. Sobald die saftigen Weiden überrupft oder gar schon abgeschabt waren, gelang es nur mit Mühe, die Kühe auf der für sie vorgesehenen Fläche zu halten. Ganz schlimm war es, wenn es im Sommer heiß wurde und es die Kühe satt hatten, sich vom Ungeziefer peinigen zu lassen. Da begannen sie auf der Weide umherzurasen und waren bald nicht mehr zu kontrollieren. Sie brannten durch und landeten irgendwo im kühlen Wald, wo sie sich des Ungeziefers, besonders der Bremsen, besser erwehren konnten. „Schwoaf he und vaun" (Schwanz in die Höhe und davon) sagte unsere Godn zu so einem Verhalten der Tiere. Wenn einem so etwas als Halterbub passierte, dann gab es daheim Ärger. Man wurde verdächtigt, herumgespielt und nicht ordentlich aufgepasst zu haben. Das kam freilich auch vor und war den Kindern nicht zu verdenken. Man stelle sich vor: Vom Austreiben bis zum Eintreiben vergingen mindestens drei Stunden. In den Sommerferien waren wir täglich dran, im Herbst, wenn schon Schule war, jedenfalls jeden Samstag und jeden Sonntag. Nur die Godn, die gute, erlöste uns an Sonntagen hie und da und tat die Arbeit für uns.

Ich kam über Gebühr oft dran. Mein älterer Bruder Toni war nicht daheim, meine um drei Jahre ältere Schwester Thekla war ebenfalls einige Jahre bei fremden Leuten, die älteren Schwestern waren keine Kinder mehr und wurden für die Erwachsenenarbeit heran gezogen. Einzig mein um zwei Jahre jüngerer Bruder Otto wäre als Alternative zu mir in Frage gekommen. Ich verlangte das auch und setzte durch, dass er an meiner Statt einmal die Kühe hüten musste. Er ging aber erst in die erste Klasse Volksschule. Wie zu befürchten war, kam er bald weinend nach Hause und gestand, er habe das Vieh verloren. Die Folge: Ich war wieder an der Reihe. Wenn mich meine Erinnerung nicht trügt, zahlte ich ihm das aber irgendwie heim.

Das Hüten der Rinder beschränkte sich auf die Zeit von August bis in den Herbst hinein. Wer aber glaubt, im Frühling und im Frühsommer hätte ich es vergleichsweise gut gehabt, weil diese Plage wegfiel, der irrt. Wir hatten zwei gottverdammte Ziegen, die ich auch in der Zeit vorher auf die Weide treiben und hüten musste. Ziegen sind nicht so genügsam wie Schafe. „Blangig wia a Goaß", diesen Vergleich mussten wir oft hören, wenn wir auf dieses und jenes einen Gusto hatten, es aber nicht zu essen bekamen.

Dieser Ausspruch sagt alles. Die Ziegen sind sehr wählerische Tiere beim Fressen. Weil aber die Mutter wollte, dass die Ziegen viel Milch gaben, musste ich sie an vielen Tagen im Jahr, und eben auch an den Sonn- und Feiertagen dorthin begleiten, wo sie ihre Schmankerl holen konnten: Besonders die Kobel und Bühel waren ein guter Ort für die Ziegenweide. Dort zupften sie die jungen Blätter von den Stauden und holten sich nur das beste Gras. War man aber als Hüterbub unachtsam und spielte auf den großen Felsblöcken mit Steinen und Zapfen, so konnte es leicht geschehen, dass die Geißen plötzlich mitten in den Rüben oder im Kraut standen. Und wenn das ans Tageslicht kam, dann hatte man bei der Mutter die liebe Not. Und die wurde nicht mit Schimpfen allein abgetan. Unsere Mutter meinte, die Strenge müsse man auch spüren.

Bei uns wurde bis in die 60er-Jahre auch das gesamte Haferstroh an die Tiere verfüttert. Das war notwendig, weil wir sie sonst nicht über den Winter gebracht hätten. Die Rinder hatten aber keine rechte Freude damit. So mussten wir zu einer List greifen, um es ihnen sozusagen unterzujubeln, ohne dass sie sich verweigern konnten.

Das Haferstroh wurde nach dem Maschindreschen im späten Herbst mit der Schneidmaschine kurz geschnitten und in diesem Zustand in der Scheune gelagert. Das Heu wurde ebenfalls geschnitten, allerdings nicht auf einmal. Fast jede Woche (oder war es 14-tägig?) hieß es Futterschneiden. Das bedeutete, ein gewisses Quantum Heu aus dem Heustock zu raffen und durch die Schneidmaschine zu schieben. Wir besaßen immerhin schon einen Motor, der die Schneidmaschine antrieb: Marke Warchalowsky. Gestartet wurde er mit Benzin, dann konnte man auf Petroleum umstellen. Ich habe noch den Geruch des Motors in der Nase und erinnere mich an diesen als angenehm, während ich heute die Abgase von Verbrennungsmotoren nicht ausstehen kann. Bei unserem Nachbarn habe ich einmal geholfen, mit der Hand eine solche Maschine zu betreiben. Das geschah mit einem Rundholz von etwa drei Metern Länge, das an einem Ende am Schwungrad der Schneidmaschine, am anderen Ende an einer Säule beweglich befestigt war. Ein oder zwei Leute erfassten sie mit beiden Händen und setzten so das Rad der Maschine in Bewegung, wobei die Holzstange einen Kegel beschrieb.

Als im Jahre 1955 mein Elternhaus an das elektrische Stromnetz angeschlossen wurde, kam bald auch ein Elektromotor ins Haus. Er war zwar nicht neu, doch hatten wir eine rechte Freude mit ihm. Fortan brauchten wir „das schwere Trumm“ eines Warchalowsy-Motors nicht mehr herumschleppen, wenn es zum Futterschneiden war. Mit dem neuen Elektromotor hatte ich ein schlimmes Erlebnis. Die einzige Kraftsteckdose befand sich im Vorhaus. Es stellte sich heraus, dass das Kabel zu kurz war. Der Motor stand mitten im Hof. Wir hätten ihn aber auf der Tenne gebraucht. Da hieß es mit dem Futterschneiden zuwarten, bis wir ein längeres Kabel gekauft hatten. Ich wollte aber den Motor wenigstens ausprobieren und einmal laufen sehen. Daher schaltete ich den Motor ein. Er war aber fehlerhaft angeschlossen und so geriet ich in den Stromkreis. Es versetzte mir einen so kräftigen elektrischen Schlag, dass es mich gegen die Hauswand schleuderte. Von da an hatte ich ungeheuren Respekt vor der Elektrizität, die bis zum heutigen Tag anhält. Ich arbeite an offenen Steckdosen und Schaltern nur, wenn der Strom abgeschaltet ist.

War das vorgesehene Quantum Heu gehäckselt, so musste das in der Scheune gelagerte und schon geschnittene Haferstroh mit Körben in die Futterkammer getragen und über das Heu geschüttet werden. Anschließend musste das Stroh mittels einer Gabel mit dem Heu vermischt werden. Das war eine Arbeit, bei der es schrecklich staubte, besonders dann, wenn das Heu verretzt war, das heißt, wenn es in der Zeit des Heuens mit dem Wetter nicht geklappt hatte.

Die Arbeit des Futter-Mischens war lange Zeit eine Spezialität der Godn. Sie war es auch, die über die Futtervorräte wachte und immer genau wusste, ob wir mit dem Heu bis zur nächsten Ernte das Auslangen finden würden. Sie hatte da im Heustock eine bestimmte Marke: Wenn die zu „Pauli Bekehrung“ (25. Jänner) schon überschritten war, dann sah es nicht gut aus. Es handelte sich bei diesem Datum um die Mitte des Winters, wie ein alter Spruch sagte: „Pauli Bekehr, halb hin und halb her“. Wenn das Futter knapp zu werden drohte, dann musste man vielleicht rechtzeitig ein Stück Vieh verkaufen.

Das geschnittene und mit Stroh vermischte Heu nannten wir „Gsod“. Woher der Name kommt, vermag ich nicht zu sagen. Bei uns bekamen die Ochsen und die trocken stehenden (weil hochträchtigen) Kühe nur Gsod, während die Kühe, welche Milch gaben, auch einen Korb voll reines Heu (wir sagten „lediges Heu“) zu fressen bekamen. Unsere Godn, die im Stall für die Ochsen und die Kälber zuständig war, wachte eifersüchtig darüber, dass meine erwachsene Schwester Gerti, die Kuhdirn, ja den Korb mit Heu nicht übermäßig voll stopfte. Das Heuzufüttern für die Milchkühe nahm zuweilen den Nimbus des Verbotenen an und grenzte oft an Heimlichtuerei. Das Vieh musste das wenig geliebte Haferstroh mitsamt dem Heu fressen, weil es mit diesem vermischt und für die Tiere nicht auseinander zu klauben war. Bevor die Tiere frisches Futter bekamen, musste der Futtertrog (ein steinerner „Barren") ausgeputzt werden. Da befand sich dann doch manchmal ein Rest von Stroh. Das Heu hatten sich die Tiere fein säuberlich herausgefischt. Das gehäckselte Futter konnte von den Tieren im Unterschied zu langem Heu nicht mit den Hörnern erfasst und aus dem Futtertrog geworfen werden. So war zu verhindern, dass gutes Futter unter dem Bauch der Tiere und schließlich im Stallmist landete. Dazu war das kostbare Heu zu schade. Schon die Prozedur des Futterschneidens und –mischens erschien uns später eine unverständliche Fleißaufgabe, die die Bauern über Jahrhunderte gemacht hatten. Besonders haarsträubend fanden wir aber die in den 50er-Jahren bei uns noch praktizierte Art des „Nassfütterns". Man schüttete mit dem Korb das Gsod in den Futtertrog und leerte dazu das Wasser, das die Tiere zu trinken bekamen. Auf diese Art konnten die Tiere noch viel weniger ein Hälmchen Futter „verwirksen", das heißt unter den Mist bringen. Unglaublich klingt es, dass die Stall-Leute das Wasser für das Vieh vor 1954 mit Holzbutten und Holzeimern aus der Küche (dort stand der Wassergrander) in den Stall trugen, wobei der Weg durch die Stube führte. Von der Küchentür bis zur Stubentür verlief deshalb ein Streifen betonierter Boden („d' Flötz"), den man leichter säubern konnte als den Holzfußboden, zumal man ja mit den Stallholzschuhen durch die Stube gehen musste. Manchmal verschüttete man auch Wasser, was den Verschmutzungsgrad der Stube zusätzlich hob.

Meiner Frau ist es ein Dorn im Auge, wenn sie sieht, dass ich aus einem Glas trinke, obwohl der Mund noch nicht leer ist. Ich habe mir schon oft vorgenommen, ihr solche Sorgen nicht mehr zu bereiten, vergesse aber immer wieder auf die guten Vorsätze. Sie legt mir das wahrscheinlich als Starrköpfigkeit aus, als Ungezogenheit jedenfalls. Mir ist beim Schreiben des vorstehenden Absatzes klar geworden, woher meine Unart stammt: Ich habe als Kind zu oft den Ochsen zugesehen, wie sie das nasse Futter aus dem steinernen Futtertrog fraßen. Das „Nassfüttern" ist bei mir also auf eine frühkindliche Prägung zurückzuführen, und ich kann gar nichts dafür, dass ich in dieser Hinsicht so unartig bin.

Beim Hausstockbau im Jahre 1954 verschwand die Flötz in der Stube, von der Küche wurde eine Wasserleitung in den Hof gelegt. Dort stand nun neben der Stalltür ein großer Steingrander, aus dem wir dann das Wasser für die Tiere holten. Erst beim Stallbau 1960 bekamen wir für die Tiere Selbsttränker. Das Futterschneiden wurde um diese Zeit endlich eingestellt.

Auch für das Pferd wurde der Klee gehäckselt, und zwar sehr kurz. Pferde sind bekanntlich keine Wiederkäuer und müssen das Futter während des Fressens ordentlich kauen. Um die Zeit des Fressens zu verkürzen, half man mit dem Häcksler nach. Wenn das Pferd häufig zur Arbeit eingespannt wurde, bekam es reichlich Hafer. Dieser wurde zum „Ghack", so hieß der Häcksel, dazugegeben. In der arbeitsflauen Zeit wurden die Hafergaben für das Pferd reduziert. Pferde haben die Möglichkeit, durch einen Luftstoß aus den Nüstern den Staub aus dem Futter heraus zu blasen.

Das Haferstroh wurde zur Gänze verfüttert. Gerste bauten wir damals noch nicht an. Einen großen Teil des Roggenstrohs brauchten wir als Streu für die Schweine. Das lange Stroh wurde mit einem eigens dafür vorgesehenen Werkzeug, dem „Strahmesser" einmal durchgeschnitten und so in die Schweinekoben geworfen. Der Schweinemist, der einen hohen Strohanteil hatte, wurde im Frühjahr auf das Grünland ausgebracht. Dort lag er wochenlang ausgebreitet und war dem Wetter ausgesetzt. Dabei wusch der Regen die Kotanteile aus dem Stroh. Das schon einmal benützte Stroh wurde, wenn es trocken war, wieder eingesammelt und als Streu für das Vieh verwendet. Diesen Recycling-Vorgang nannten wir „Saumist heign".

Viel Stroh brauchten wir auch zur Erzeugung der „Schaub". Das Schaubstroh musste sehr fest und durfte auf keinen Fall geknickt, also nicht gedroschen sein. Das Stroh wurde in kleinen Portionen mit den Ähren voran in eine Vorrichtung eingeklemmt und mit dem so genannten „Schaubkampel" nach hinten zu ausgekämmt. Dabei wurde alles Gras und Unkraut aus dem Stroh entfernt. Dann wurde das solcherart gekämmte und gereinigte Stroh im Strohschneider zurecht gestutzt. Mehrere solche Portionen ergaben dann einen Schaub, der mit einem Strohband gebunden wurde. Damit nicht die Mäuse über die gelagerten Schaube herfielen und womöglich neben den paar Körnern, die sie noch in den Ähren fanden, auch das wertvolle Stroh anknabberten, wurden die Schaube am Bund auf eine Gabel gespießt und die Ähren mit einer anderen Gabel so lange gekämmt und ausgestreift, bis auch das letzte Körnchen aus den Ähren draußen war.

Für das Vieh im Stall hatten wir bei weitem nicht genügend Stroh für die Einstreu. Deshalb musste der Wald herhalten. Wir holten Jahr für Jahr mehrere Wagen voll Streu aus dem Wald. Mit dem Streurechen wurde der Waldboden durchkämmt und alles dürre Laub, aber auch die abgefallenen Nadeln eingesammelt und mit Körben zum Wagen gebracht. Die Waldstreu wurde in der „Strahüttn“ (Streuhütte) gelagert und erwärmte sich, da sie nicht ganz trocken war. Ich kann mich noch lebhaft an den Geruch erinnern, den sie eine Zeit lang nach der Einbringung verströmte. Dem Wald bekam das ganz schlecht. Der Waldboden konnte keine Humusschicht bilden, weil wir das Material, das jährlich von den Bäumen herunter kam, bis auf den Sandboden wegkratzten. Entsprechend schlecht wuchsen die Bäume.

Bevor wir auf mein Drängen hin ein Pferd bekamen, standen im Stall immer vier Ochsen. Mein Vater kaufte junge Ochsen bei einem Viehhändler. Sie waren etwa zwei Jahre alt und noch nicht als Zugtiere abgerichtet. Weil sie erst für die Arbeit gezähmt werden mussten, nannten wir sie „Zaumer“ (die noch zu Zähmenden). Die Jungochsen kamen aus Gegenden mit Almwirtschaft. Ein alter Bauer aus Murau erzählte mir vor vielen Jahren anlässlich eines Kurzurlaubes, den meine Frau und ich am dortigen Hof verbrachten, dass er wiederholt dabei gewesen sei, wenn sie aus dieser Gegend der Weststeiermark die Jungochsen nach dem Almabtrieb über den Sölkpass und über den Pyhrnpass nach Oberösterreich trieben. So ein Jungochse wog etwa 250 bis 300 Kilogramm. Man richtete sie zu Zugtieren ab, was am Anfang ziemlich viel Kraft und Geschicklichkeit seitens des „Dompteurs“ erforderte. Besonders gut für den Anfang eignete sich die Arbeit des Mistführens im Winter, wenn der Schnee hoch lag. Da war es weniger schlimm, wenn sie von der vorgesehenen Route etwas abwichen. Auch ermüdeten sie im Tiefschnee rasch und wurden leichter handzahm. Zwei bis drei Jahre blieben die Jungochsen am Hof, taten die Arbeit und wuchsen zu kräftigen Tieren heran. Im letzten Jahr hießen sie „Füatterochsen“. Sie wurden mehr und mehr geschont, besonders im Winter. Sie bekamen etwas Getreideschrot und erreichten ein Gewicht von etwa 700 Kilogramm. Die Handelsspanne, die dem Bauern verblieb, wenn er die Mastochsen an den Fleischhauer verkaufte und wieder Jungochsen erwarb, war eine der wenigen Möglichkeiten, zu Bargeld zu kommen.

Das Ochsengeld gehörte dem Bauern, das Buttergeld der Bäuerin. Das Geld, das durch den Verkauf von Schweinen hereinkam, hatte so eine

Punzierung nicht. Mit dem Ochsengeld wurden die während des Jahres aufgelaufenen Schulden bezahlt: beim Wagner, beim Schmied, beim Müller, beim Schuster, beim Schneider. Diese Gewerbetreibenden brauchten oft einen langen finanziellen Atem.

In meinem Bubenalter interessierte ich mich für alles Mögliche im Stall. Wenn ein Rind krank war, wurden zunächst alle verfügbaren Hausmittel angewandt, bevor ein Tierarzt geholt wurde. Ich sehe in der Erinnerung meine Mutter mit ihrem Ohr am Bauch einer Kuh, um festzustellen, ob „der Löser" zu hören war. Sie erklärte mir, dass der Blättermagen der Kuh umblättere, wenn die Verdauung in Ordnung sei. Höre man das nicht, sei die Kuh krank. Seit dieser Zeit weiß ich auch, dass ein gesundes Rind warme Ohren hat, während sich die Ohren eines gesunden Menschen kühl anfühlen. Ich erkannte bald auch die Zeichen einer nahenden Geburt eines Tieres an der Beschaffenheit der Scheide, ihrem Ausfluss und an den schlaff gewordenen Sehnen, die links und rechts des Schwanzes vom Beckenknochen zum Rückgrat führen.

Besonders interessant war es für uns Kinder auch, wenn die Tiere brünstig waren. Unsere Kühe mussten wir zum Gemeindestier treiben. Der stand beim Helmesschläger (Puchner) in Grafenschlag. Obwohl es dahin eine halbe Stunde zu gehen galt, meldete ich mich meist, wenn der Vater sagte: „Ich brauch wen zum Nachtreiben." Den Weg nahm ich gern in Kauf, denn beim Stier gab es was zum Schauen. Wenn es nach der Mutter ging, hätte ich beim Deckakt eigentlich wegsehen müssen. Aber sie war Gott sei Dank nicht dabei, und der Vater hatte Verständnis für meine Neugierde.

Wenn die Schafe ihre Paarungszeit hatten, holten wir für ein paar Wochen einen Widder auf den Hof. Der durfte Tag und Nacht die liebeshungrigen weiblichen Tiere betreuen. Wenn ich auf der Weide Zeuge einer erfolgreichen Annäherung zwischen dem Widder und seinen Zugewiesenen wurde, belustigte mich die Art und Weise, wie er seine Werbung einleitete. Wie ein Balzen sah das gelegentlich aus, wenn er sich ihnen näherte. Ich erinnere mich noch genau, welche Laute er da von sich gab und wie er sich dabei gebärdete.

Mit den Ziegen war es wieder eine andere Sache. Es gab mehrere Ziegenböcke in der Umgebung. Einer stand beim Bindreiter in Hackstock. Da ich alt genug war und, was das Vieh betraf, die notwendige Aufklärung schon genossen hatte, kam die Mutter auf die glorreiche Idee, ich könnte die bockende Geiß auf dem Weg zur Schule mitnehmen und sie beim Bindreiter abgeben. Wenn ich nach der Schule heimginge, könnte ich sie ja wieder mit nach Hause nehmen. Ich nahm die Geiß auch wirklich mit, musste aber von den Nachbarsbuben, die mich natürlich mit der Geiß auf dem Schulweg erblickten, schreckliche Häme einstecken. Als die nächste Geiß bockte, wehrte ich mich ziemlich heftig gegen eine Wiederholung einer ähnlichen Mission.

Meist kauften meine Eltern die Ferkel zu und züchteten sie nicht selber. Einmal wollte es meine Mutter aber probieren. So wurde eine Sau „zugelassen", wie man das nannte. Der Saubär (Eber), den wir dazu benötigten, stand beim Plank in Hinterreith. Das war ein Fußweg von einer halben Stunde – ohne schweinische Begleitung. Wir trieben aber die Sau mit uns. Ich kann mich nicht mehr erinnern, welche erwachsene Person die Hauptverantwortung trug. Ich war jedenfalls der Helfer und Nachtreiber. Das dumme Schwein stellte sich sehr begriffsstützig an und wollte den Weg nicht geradeaus gehen. Mit einem Korb, den wir ihm immer wieder seitlich hinhielten, gelang es uns, ein ständiges Umkehren zu vermeiden. Als wir endlich beim Plank ankamen, gab es für mich natürlich wieder was Neues zu sehen.

Unsere Sau setzte sich dauernd mit dem Hinterteil auf den Boden und rutschte auf diese Weise vor dem Eber umher. Jetzt verstand ich einen Ausspruch, den ich schon oft gehört hatte. Er wurde gern in einem völlig anderen Zusammenhang verwendet. „Bedeutungsübertragung" nennen so etwas die Sprachwissenschafter. Wenn eine Arbeit „hunzte" und nicht gelingen wollte, dann hieß es: „Heint bärt's aber!" Und wenn ein Handgriff nicht und nicht gelang und zum x-ten Mal fehlschlug, dann hörte ich gelegentlich: „Wann d'Sau bärt, dann fahrt's am Loh" (Hinterteil).

Ich wusste also auf allen Linien Bescheid. Nicht nur, wie die jungen Tiere in den Bauch der Mutter kamen, sondern ich erlebte auch viele Male das Gebären der Jungen. Auch da war die Mutter zunächst bestrebt, den kleineren Kindern den Anblick zu ersparen. Irgendwie war die verschrobene Sexualmoral jener Zeit sogar bis in den Stall vorgedrungen. Es ließ sich aber auf Dauer nicht vermeiden, dass wir die Sache mitbekamen. Oft mussten wir in die Nachbarschaft laufen und schnell einen Helfer herbei bitten, wenn es beim Kälbern zu Komplikationen kam und das Kalb durch eigene Kräfte nicht zu kriegen war. Die Ziegen und die Schafe brauchten selten eine Hilfe. Die Jungen lagen meist in der Früh im Stall, waren schon sauber geleckt und standen häufig auch schon auf ihren wackeligen Beinen. Vorkommen konnte das bei den Kühen auch, aber es war die Ausnahme.

An eine Schwergeburt erinnere ich mich bis heute lebhaft. Eine Kuh konnte ihr Kalb nicht kriegen, weil sie einen „Drall" hatte. Die Gebärmutter hatte sich im Bauch gedreht, so dass der Muttermund sich nicht öffnen konnte. Nach allen möglichen Versuchen, mit starken Armen das Kalb im Leib der Mutterkuh herumzudrehen, griff man zu einer ungewöhnlichen Maßnahme: Man trieb die arme Kuh aus dem Stall und hinter das Haus. Dort war die Wiese im Bereich der Hofeinfahrt etwas abschüssig. Die Helfer brachten die Kuh zum Liegen, fassten sie bei den Beinen und wälzten sie abwärts, in der Hoffnung, der Drall würde sich lösen. Als auch dieser Versuch fehlschlug, holten wir doch den Tierarzt. Was dieser genau machte, weiß ich heute nicht mehr. Ich erinnere mich aber, dass die gute Kuh nicht mehr richtig aufkam und wir sie schlachten lassen mussten. Solche Missgeschicke waren echte Schicksalsschläge bei uns daheim. Der wirtschaftliche Schaden war groß, der Tierarzt hatte viel Geld gekostet, und es war alles umsonst gewesen.

Unsere eigenen Kinder durften, als sie noch sehr klein waren, einmal miterleben, wie ein Kalb auf die Welt kommt. Unsere fünfköpfige Familie war wieder einmal in Dauerbach auf Kurzurlaub. Mein Bruder Toni wollte die Gelegenheit, jemanden im Haus zu haben, nutzen und mit Vater und Mutter einen Besuch beim Schattauer, im Elternhaus meines Vaters, machen. Er trug mir auf, ich solle von Zeit im Stall nachsehen, ob mit dem Pferd alles in Ordnung sei. Das damalige Pferd, die Nachfolgerin von unserem legendären Fritz, war eine Stute. Sie war hochträchtig und sollte bald ein Fohlen bekommen. Ich erschrak etwas, weil ich bei einer Pferdegeburt noch nie assistiert hatte. Sie fuhren weg, und ich sah alle paar Stunden im Stall nach. Als ich wieder einmal nach dem Rechten sehen wollte, entdeckte ich, dass aus der Scheide einer Kuh die Vorderfüße eines Kalbes ragten. Sofort schlug ich Alarm. Meine Frau nahm die drei Kinder mit in den Stall und setzte sie auf einen Melkschemel am Mistgang, so dass sie die Geburt gut mitverfolgen konnten. Bernhard war noch so klein, etwa zwei Jahre war er alt, dass ihn Gitti auf dem Schoß halten musste. Die Kinder waren ziemlich aufgeregt, meine Frau und ich nicht minder.

Ich suchte den „Kaiblstrick" im Haus, und ich fand ihn tatsächlich an dem Platz, wo er auch früher immer gewesen war. Aus der Scheune holte ich einen Korb voll Streu und polsterte damit den Platz am hinteren Ende der Kuh aus. Dann wusch ich mir die Hände, und wir gingen ans Werk. Ich kontrollierte im Geburtskanal, ob auch der Kopf des Kalbes zu spüren war, damit ich sicher sein konnte, dass es sich um die Vorderfüße handelte, die da aus der Kuh herausragten. Ich befestigte an den Beinen des Kälbchens die Stricke und gab einen meiner Frau in die Hand.

Behutsam zuerst, dann aber mit aller Kraft, zogen wir nach hinten. Die Kuh half brav mit, und so konnten unsere Kinder sehen, wie das Kalb langsam aus der Kuh glitt. Da lag das junge Geschöpf vor ihnen im Stroh und pustete den Schleim von den Nüstern. Ich trennte die Nabelschnur durch und streifte sie aus, dann rieben wir das Kalb mit dem Stroh etwas ab und legten es der Kuh zum Kopf hin. Sie stand auf und gebärdete sich ziemlich erregt vor Freude. Die Kinder waren entzückt, als sie sahen, mit welcher Liebe das Muttertier das Junge leckte und liebkoste, bis es sauber war. Als wir wieder in der Stube saßen, suchte ich mir die Broschüre „Geburten im Stall" und zeigte den Kindern, wie das im Inneren der Kuh aussieht, wenn sie ein Kalb kriegt. Das war Erlebnispädagogik pur.

Von einem besonderen Ereignis muss ich noch berichten, das ich als Bub daheim miterlebte. Unsere beste Milchkuh, die Liesl, war krank. Sie hatte kalte Ohren, sie fraß nicht, wiederkäute nicht und hatte einen traurigen

Blick. Als der Tierarzt kam, vermutete er, dass sie „ein Eisen" hatte. Wie sich später heraus stellte, hatte er wirklich Recht. Er schlug vor, die Kuh zu operieren. Obwohl das sehr kostspielig war, stimmten meine Eltern zu. Es war eben unsere beste Kuh. Der Tierarzt weigerte sich, diesen Eingriff im Stall vorzunehmen. Dort war es zu finster, und im alten Stall hätte auch die Gefahr bestanden, dass von der Decke Mist heruntergefallen und in die offene Wunde gekommen wäre. Weil aber Winter war und der Tierarzt die Operation auch im Freien nicht durchführen konnte, trieben wir die Kuh in die Stube. Ich sehe sie noch heute vor mir, wie sie auf der Flötz in der Stube stand. Der Tierarzt nahm eine örtliche Betäubung vor, rasierte das Fell an der vorgesehenen Stelle (an der linken Hungergrube knapp unterhalb des Rückgrates) aus und schnitt der Liesl den Bauch auf. Wir standen wie gebannt rund um das arme Tier. Der Tierarzt öffnete auch den Pansen und räumte aus diesem eine Menge Futter heraus. Das dampfte und stank nicht wenig. Der Panseninhalt kam in ein blechernes Wandl, das früher zum Baden der Kinder verwendet worden war. Es war schier unglaublich, wie viel Futter im Bauch der Kuh war. Dann griff der Tierarzt mit seiner Rechten tief in die Kuh hinein und tastete die Vorderwand des Pansens ab. Tatsächlich steckte dort ein rostiger Nagel und war im Begriff, die Pansenhaut zu durchstechen und Richtung Herz zu wandern. Er zog ihn heraus und nähte die beiden Wunden wieder zu: den Pansen und das Fell. Die Kuh überlebte den Eingriff gut. Die Heilung schritt voran und die Liesl erholte sich wieder. Die Milchleistung war jedoch nicht mehr die gleiche wie vorher.

Der schwärzeste Tag, den wir in meiner Kindheit mit dem Vieh erlebten, war der 20. Mai 1954. Meine Eltern hatten sich zum Neubau des Wohnhauses entschlossen. Den Anstoß dazu gab die Sturmkatastrophe des Jahres 1953. Bei diesem schrecklichen Unwetter kam es in den Wäldern meiner Heimat zu gewaltigen Windbrüchen. Große Waldgebiete sahen nach der Sturmnacht (es war der 18. Juli) aus wie wenn Bomben eingeschlagen hätten. Auch der Wald oberhalb meines Elternhauses, der „Bichl", war betroffen. Ein gewaltiger Wirbelwind musste wie ein Tornado mitten in den Wald gefahren sein, weil die Bäume wie gedreht da lagen. Nun gab es Bauholz ganz in der Nähe, und was man als Bauholz nicht brauchte, konnte verkauft werden. Daher wurde im Jahr darauf das alte und viel zu kleine Wohnhaus abgerissen und das Gebäude aufgestockt. Der Bau war in vollem Gange. Eine Wandersäge stand zwischen Hauskobel und Haus und schnitt das Bauholz. Der Sagler hieß Reiter Gregor.

Es war Christi Himmelfahrt, ein schöner Maitag. Am Nachmittag zog ein Gewitter auf. Es hatte nur ein paar mal gedonnert und sah gar nicht schlimm aus. Auf einmal schlug ein Blitz in unser Haus ein. Ich saß gerade beim Tisch in der Stube und machte meine Schulaufgaben. Der Blitz kam durch die Küche herein, fuhr über den Tisch und verschwand durch das Fenster. Unser Schrecken lässt sich denken. Der Blitz war so nahe an meinem Kopf vorbei gesaust, dass ich für eine Zeit lang das Bewusstsein verlor. Der laute Knall hatte auch mein Gehör geschädigt. Alle sprangen vom Tisch auf und liefen aus dem Haus. In der neuen Nordmauer, die schon bis in den ersten Stock hochgezogen war, klaffte ein Loch von einem Quadratmeter Größe. Aber das Haus ging erstaunlicherweise nicht in Flammen auf. Wir atmeten auf, gingen wieder in die Stube und besprachen das Ereignis. Niemand kam auf die Idee, in den Stall zu gehen und nach dem Vieh zu sehen, wie das sonst immer geschah, wenn ein Blitz ganz in der Nähe einschlug. Das Gewitter war um etwa drei Uhr Nachmittag gewesen.

Als meine Schwester Gerti, die Kuhmagd, am Abend um etwa halb sieben in den Stall kam, lagen alle fünf Kühe tot vor ihr. Ihre Bäuche waren schon aufgedunsen und sie streckten alle Viere von sich. Meine Schwester bekam so einen Schock, dass sie wie verrückt schrie. Sie ließ sich überhaupt nicht beruhigen und wirkte wie völlig durchgedreht. Wir alle waren fassungslos, meine Eltern niedergeschlagen und ganz kleinlaut. Wir liefen zu den Nachbarn. Sie halfen mit, die toten Tiere aus dem Stall zu ziehen. Da lagen sie im Hof. Es war ein schrecklicher Anblick. Noch am Abend wurden die Kadaver mit Pferden aus dem Hof geschleift und ein Stück oberhalb des Hauses in einer Grube vergraben. So etwas wäre heute aus gesundheitspolizeilichen Gründen streng verboten. Vielleicht war es das damals auch schon. Doch in dem Chaos wurde danach nicht gefragt.

Die Mutter war sehr verzagt. Am nächsten Tag waren viele Leute angesagt: Die Maurer, die Zimmerleute und eine größere Anzahl von Helfern. Meine Mutter musste etwas auf den Tisch bringen, das war nicht anders vorstellbar. Neue Kühe zu kaufen, das ging nicht so schnell und war finanziell auch nicht leistbar. Wir waren nicht versichert gewesen.

Am nächsten Tag um die Mittagszeit war unser Stall wieder voll. Bauern aus der näheren und weiteren Umgebung hatten uns fünf Kühe in den Stall gestellt, leihweise. Einige dieser Tiere verblieben mehrere Monate unsere Melkkühe. Dieser Akt von Nachbarschaftshilfe hat meine Eltern sehr gerührt. Sie weinten Tränen der Freude und der Dankbarkeit. Auch bei mir, dem damals 10-jährigen, hat sich diese Tat der Nächstenliebe tief in der Erinnerung eingegraben.

Zu den Schweinen hatte ich wesentlich weniger Beziehung als zu den Tieren im Kuhstall. Ich fand, dass der Saumist tatsächlich stinke. Ich wusste, dass sich im Schweinestall unter dem Prügerlboden immer Ratten aufhielten, die, wenn man am Abend das Licht aufdrehte, über die Planken zwischen den Schweinen huschten. Einmal geschah es sogar, dass eine Ratte ein Schwein, das zum Schlachten gemästet worden war, anfiel und aus dem Rückenspeck ein deutlich sichtbares Grübchen heraus fraß. Solange die Schweine klein waren, fand ich sie zwar auch recht allerliebst, aber wenn sie größer wurden, verlor ich meine Zuneigung zu ihnen. Mir grauste auch vor dem Geschlader, das sie in sich hineinfraßen.

Zur Zeit, als im Schweinestall und in der Küche noch die Großmutter das Sagen hatte, mussten Mastsauen wirklich wie solche aussehen. Der Stolz der Großmutter an einem Schwein, das zur Schlachtung heran stand, war die Speckseite der Sau. Je dicker der Rückenspeck war, desto größer war ihre Freude. Ein großes, fettes Schwein lieferte neben Fleisch und Speck auch noch das Schweinefett. Dieses befindet sich im Inneren an der Rückseite des Schweins in der Lendengegend und bildet so etwas wie einen Nierenschutz.

Dieses Fettgewebe wurde geschnitten und zu Grammeln ausgelassen. Das Fett aber kam in einen großen irdenen Topf, das „Foastnhefa“, das im Keller stand und dessen Inhalt für die nächste Zeit eine nahrhafte, weil schmalzige Nahrung sicherte.

In meiner Bubenzeit waren die Hausschlachtungen ein großes Ereignis. Wenn der „Saustecher“ kam, heizte die Mutter rechtzeitig den Wasserkessel, richtete das Saupech und kramte die Enthaarungsketten und die Geräte zum Klauenabziehen hervor. Der Vater musste die „Saureim“ aus dem Schuppen holen. Sie diente dazu, das tote Schwein an den Hinterbeinen aufzuhängen. Das Ding sah aus wie eine Art Galgen. Auch die Messer wurden scharf geschliffen.

Wenn das Wasser im Kessel kochte, konnte es losgehen. Dem ahnungslosen Schwein wurden an einem Hinterbein und am Rüssel Stricke befestigt, und man trieb das Tier unter gutem Zureden aus dem Stall. Im Hof wurde es durch ruckartiges Ziehen am Strick zu Fall gebracht. Der Saustecher und wenigstens ein zweiter starker Mann machten sich über das Schwein her und hielten es am Boden fest. Es wehrte sich und zappelte und schrie dabei aus Leibeskräften. In späterer Zeit kam auch bei uns daheim die Betäubungspistole in Mode, mit der ein Bolzen in den Stirnknochen geschlagen wird, damit das Tier das Bewusstsein verliert und das eigentliche Abstechen nicht oder kaum spürt. In meiner frühen Kindheit und auch noch während meiner Schulzeit wurde die Sau jedoch bei vollem Bewusstsein gestochen. Moslems nennen diese Tötungsart „Schächten".

Das Stichmesser wurde dem Schwein in die Halsschlagader gestoßen, und das Blut quoll in einem dicken Strom heraus. Eine der Frauen im Haus musste mit einem Topf oder einer Rein das Blut auffangen, weil man es zur Erzeugung der Blutwürste, der Blunzn, brauchte. Das war nicht einfach, weil das Schwein sehr um sich schlug, wobei es oft geschah, dass das „Bluathefn" in weitem Bogen davonflog. War das Schwein ausgeblutet, musste das Blut sofort mit einem Sprudler gequirlt werden, damit es nicht gerinnen konnte. Der für die Blutgerinnung wichtige Blutfaserstoff Fibrin bildet dabei eine Art Haut und kann aus dem Blut herausgefischt werden. Das so behandelte Blut kann nicht mehr gerinnen. Es wurde in den Keller gestellt und bis zum Blunznmachen dort aufbewahrt.

Das tote Schwein wurde im Sautrog in siedend heißes Wasser gelegt, mit Saupech bestreut und mit Ketten, die unter dem Schwein durchgezogen und hin und her bewegt wurden, enthaart. Wo sich die Haare hartnäckig hielten (besonders an den Beinen und im Kopfbereich) mussten sie mit Messern wegrasiert werden. Die Klauen wurden abgezogen. Anschließend wurde der Bauch des Schweins geöffnet und die Innereien herausgerissen. Der Kopf wurde abgetrennt und das Schwein mit gespreizten Beinen aufgehängt. In diesem Zustand wurde das Rückgrat herausgeschnitten und herausgehackt. Nun musste das Fleisch auskühlen, bevor es weiter verarbeitet werden konnte. In meinem späteren Bubenalter gehörte es zu meiner Arbeit, die Gedärme zu putzen. Den gereinigten Dickdarm verwendeten wir für die Blunzn, der Dünndarm wurde aufgeschlitzt und ebenfalls gereinigt. Nach dem Krieg wurde daraus nach oftmaligem Waschen die „Schnoattlsuppe" gekocht.

Eine Schlachtung ist mir besonders in Erinnerung geblieben. Die Großmutter hatte ein Prachttier gemästet. Es wog an die 250 Kilogramm. Wir hatten einen neuen Sautrog bekommen, der sollte diesmal „eingeweiht" werden. Als wir das dicke, fette, tote Schwein in den Sautrog wälzten, stellte sich heraus, dass wir es darin nicht herumdrehen konnten. Das Schwein war einfach zu groß. Schließlich brach der neue Sautrog auch noch entzwei.

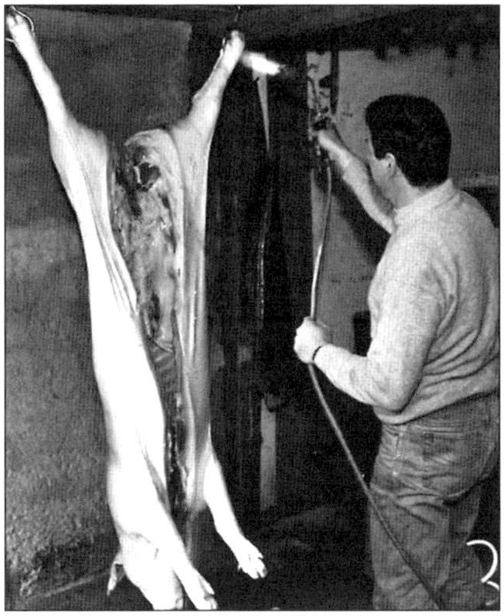

In der Zeit, bevor die Kühlschränke und Gefriertruhen in Mode kamen, gab es frisches Fleisch (wir sagten „grünes Fleisch“) nur kurze Zeit nach dem Saustechen. Sonst gab es nur Geselchtes, jahraus, jahrein. Und das Geselchte war aus heutiger Sicht entsetzlich fett.

Damit wir öfter in den Genuss von Frischfleisch kamen, war es bei uns daheim üblich, dass man von den Nachbarn, die gerade geschlachtet hatten, ein Stück Fleisch bekam. Schlachtete man selbst, gab man ein Stück retour. Dabei wurde nicht gewogen, sondern nur geschätzt. Wenn wir an der Reihe waren, mussten wir Kinder das Fleisch in die Nachbarschaft austragen.

Meine Mutter schenkte jedes Mal auch einigen armen Leuten in Unterweißenbach ein Stück Fleisch. An eine dieser Frauen erinnere ich mich namentlich. Wir nannten sie die „Hupfert Nandl“, weil sie wegen eines körperlichen Gebrechens so humpelte. Diese Fleischspenden nahm die Mutter am Sonntag mit, wenn sie zur Kirche ging.

Wenig Freude hatte ich mit einer anderen Gepflogenheit meiner Mutter. Auch der Lehrer bekam von unserer toten Sau ein Stück ab, und ich sollte der Überbringer sein. Ich hatte Angst, meine Mitschüler könnten dahinter kommen, was ich da im Sack mit trug. Mich störte aber auch, dass der Lehrer auf diese Weise günstig gestimmt werden sollte. Ich hielt es angesichts meiner Schulleistungen für unangebracht.

Kinderarbeit

Kinder gehen vom ersten Tag ihres Lebens an auf Entdeckungsreise. Alles ist für sie neu: das Licht, die Farben, die Töne. Die Eltern sind entzückt, wenn sie merken, dass Kinder einer Bewegung mit den Augen folgen, wenn sie den Kopf in die Richtung eines Geräusches oder eines Tones bewegen, wenn sie bewusst zurück lächeln. Bald kommt die Phase des Begreifens im eigentlichen Sinn des Wortes. Die Kinder lernen die Welt über den Tastsinn kennen und die Dinge zu unterscheiden. Kinder im Alter von einem halben Jahr beobachten ihre Umgebung sehr genau und ahmen nach: die Laute, die Töne, die Mimik. Das Lernen durch Nachahmung ist unbestritten in der menschlichen Entwicklung wichtig und sehr erfolgreich.

Je älter die Kinder werden, desto interessanter wird alles, was ältere Geschwister oder die Erwachsenen tun. Kinder sind glücklich, wenn sie etwas probieren und tun dürfen, was die Erwachsenen tun. Wenn Kinder sehr intensiv spielen, wenn sie mit Bauklötzen hantieren, mit Hammer und Zange die Verbindungen der Matador-Klötze herstellen oder lösen, wenn sie ein Bahngleis bauen und die Züge darauf fahren lassen und wenn sie im Sandkasten Kuchen backen: Immer ist es ein sehr ernsthaftes, oft ein sehr ausdauerndes Tun, das sie ganz gefangen nimmt. Und wenn sie den Erwachsenen bei der Arbeit helfen dürfen, indem sie mit ihrer kleinen Scheibtruhe Erde transportieren oder mit dem Mixer den Kuchen rühren dürfen, dann kommen sie sich besonders wichtig und wertvoll vor. Mit hochroten Wangen und mit Eifer sind sie bei der Sache und sitzen anschließend wie die Großen beim Tisch und entwickeln einen gesunden Appetit. Sie haben etwas geleistet und wurden gelobt.

Kinderarbeit. Dieses Wort hat einen schlimmen Beigeschmack, wenn man an die Ausbeutung von Kindern denkt, die im Europa der industriellen Revolution in den Manufakturen standen und billige Arbeitskräfte abgaben, während ihre Väter arbeitslos waren. Und immer wieder machen uns die Medien bewusst, dass an den billigen Waren aus dem Fernen Osten oder aus Südamerika Kinderschweiß klebt. Nur kurz plagt uns das schlechte Gewissen, dann vergessen wir die Sache und greifen beim nächsten Einkauf wieder zu, um günstige Angebote zu ergattern.

In meiner Kindheit war Arbeit auch ein wichtiges Thema. Ich glaube nicht, dass wir dabei ausgebeutet wurden. Man hat uns schon sehr bald zugemutet, dass wir etwas Nützliches tun könnten. Die Anforderungen stiegen mit zunehmendem Alter. Als Kinder hatten wir nicht immer die notwendige Ausdauer, wir haben gewiss auch versucht, uns vor der Arbeit zu drücken, wenn es ging. Manchmal hätten wir lieber gespielt als gearbeitet. Aber dazu war sehr wenig Zeit. Spielzeug im heutigen Sinn hatten wir eigentlich nicht. Unsere Spielsachen fanden wir in der Natur: Steine, Zapfen, Wurzeln, Sand und Erde. Unsere Spielideen entnahmen wir aus der Arbeitswelt. Wir spielten nach, was wir bei den Erwachsenen so sahen. Ich war immer selig, wenn ich eine Zeitlang meine Ruhe hatte und unter einem schattigen Baum meine Welt aufbauen konnte. Mit Ästen legte ich den Grundriss eines schönen Bauernhofes aus und als Tiere verwendete ich die Zapfen aus dem Wald. Die Fichtenzapfen waren meine Rinder, die kleineren Föhrenzapfen verwandelte ich in Ziegen, Schafe und Schweine. Wenn wir bei solchen Spielen zu zweit waren, trieben wir mit den Tieren auch Handel. Sobald man uns aber zu etwas Nützlichem brauchte, hatte es sich ausgespielt.

Selbst so wichtige Dinge im Leben eines Kindes wie das Lesen eines Buches waren eher verpönt als gern gesehen, zumindest dann, wenn es Arbeit für uns gab. Das Lesen bei Licht war überhaupt verboten. Ein Licht brennen zu lassen, weil ein Kind lesen wollte, das war unwirtschaftlich. Wenn wir von der Schule nach Hause kamen, dann standen die Speisen in der „Warmröhre", und meist lag auf dem Tisch ein Auftrag, was nachher zu tun war. Das Erledigen der Hausaufgaben für die Schule musste oft bis zum Abend warten. Das Problem war, dass wir bis 1955 kein elektrisches Licht hatten. Das Schreiben der Hausübung bei der Petroleumlampe war für die Augen anstrengend, das Ergebnis oft dem entsprechend.

Im Kapitel „Tiere" habe ich bereits einige sehr Zeit aufwändige Kinderaufgaben näher beschrieben: das Hüten der Kühe und der Ziegen und das Aushängen und Heimholen der Schafe. Es gab aber noch vieles andere, das wir tun mussten oder sollten. Oft brauchte es schon auch den Nachdruck der Eltern, bis wir unseren kleinen Verpflichtungen nachkamen. In meiner Erinnerung gab es Arbeiten, die wir lieber taten, weil sie nur sehr selten anfielen und daher den Reiz des Neuen hatten, und solche, die uns zum Hals heraus hingen, weil sie alle Tage oder jedenfalls mit großer Regelmäßigkeit getan werden mussten.

Jeden Tag mussten wir Kinder von der Holz- und Reisighütte das Brennmaterial für die Küche holen. „Holz einatragn“ und „Reisa einatragn“ nannten wir das Geschäft. Die Holzscheite legte man sich auf den linken Unterarm und umfasste sie dann mit dem rechten Arm. Mit einmal gehen war es meist nicht abgetan. Das verlockte mich, immer mehr und mehr auf den Arm zu laden. Wenn ich den Bogen überspannt hatte und mich auf dem weiten Weg die Kräfte verließen oder ich gar am Türstock streifte, weil ich wegen des vielen Holzes vor den Augen nicht mehr sah, wo ich hintrat, dann begannen die Scheite zu purzeln und lagen womöglich im Dreck. Wenn meine Mutter mich dabei erwischte, wie ich da verunglückte, sagte sie oft den Spruch: „A Fauls tragt si oanmol z'Tod, a Fleißigs geht zwoamol.“ Die Reisigbürdl waren sehr rau und kratzten einem fast die Augen aus, wenn man mehrere auf einmal zu tragen versuchte. Es war zum Auswachsen: Jeden Tag gegen Abend war die Holzlade in der Küche wieder leer!

Gern verrichtete ich die tägliche Arbeit des Eierabtragens. Da unsere Hennen im ganzen Hof und auch rund um das Haus frei herumlaufen durften, was zur Folge hatte, dass man auf Schritt und Tritt Gefahr lief, auf ihre Exkremente zu treten, war es zunächst eine wichtige detektivische Tätigkeit, die Eiernester zu finden. Ein Nest war fast immer in der Schafheukammer. Auch in der Ecke vor dem Eingang zum Hühnerstall in einer Mulde der Waldstreu fanden sich immer einige Eier. Wenn aber eine Henne auf die Idee kam, ein gutes Versteck anzulegen, um dort ihre Eier zu sammeln, damit sie diese in der Folge ausbrüten konnte, dann war mein Spürsinn gefragt. Die Hennen haben die eigentümliche Angewohnheit, lauthals zu gackern, sobald sie ein Ei gelegt haben. Ich musste also am Vormittag – denn das ist die Legezeit – die Ohren spitzen, um zu hören, wo sie gackerten. Die brutbereiten Hennen ließen sich nicht immer hören, wenn sie Zuwachs ins Nest gelegt hatten. Der Instinkt wird ihnen das so verordnet haben. Wenn ich ein Nest mit vielen Eiern fand, war mir großes Lob von der Mutter sicher. Allerdings konnte es vorkommen, dass gleich 20 Eier in einem Nest waren und von einer einzigen Henne stammten. Diese Eier mussten auf ihre Genussfähigkeit überprüft werden. Wenn sie im Wasser untergingen, waren sie in Ordnung, wenn sie schwammen, waren sie meist verdorben oder schon teilweise ausgebrütet. Dann kam beim Öffnen ein unfertiges Küken zum Vorschein. Die Eier kamen im Rübenkeller in den Eierkasten, der einen eigenartigen Mief verströmte, weil in einigen seiner Laden uraltes Zeug aufbewahrt wurde. Regelmäßig kam der „Oarmaun“ (Eiermann) ins Haus und holte die Eier ab.

Im Winter, wenn die Hennen den ganzen Tag in ihrem Hühnerstall bleiben mussten, geschah es oft, dass sie ihre eigenen Eier oder die der anderen Hühner „anpeckten" und auffraßen. Besonders dürften sie es dabei auf die Kalkschale abgesehen haben, weil sie unter Kalkmangel litten.

Wir trockneten deshalb auch die Eierschalen immer, zerbrachen sie und verfütterten sie an die Hühner, die den Kalk begierig aufpickten. Wenn die Hühner einmal angefangen hatten, die Eier zu fressen, dann taten sie es immer wieder. Wir holten deshalb die legefreudigen Tiere in die Stube und sperrten sie dort in eine Holzbutte, in die wir zuvor Stroh gegeben und damit ein Nest gemacht hatten. Wenn die Henne das Ei legte, machte sie sich immer durch Gackern bemerkbar. Wir nahmen das Ei heraus und ließen die Gefangene wieder frei. Um zu wissen, welche Hühner an dem betreffenden Tag ein Ei legen würden, war eine Untersuchung notwendig. Ich musste geduckt in den Hühnerstall steigen (er war so niedrig, dass man nicht aufrecht stehen konnte) und die Untersuchung mit dem Finger vornehmen. „Heahngrabln" nannte man diese Maßnahme. War das Ei in der Henne schon spürbar hart, dann war sie fällig, fühlte sich das Ei noch weich an, dann dauerte es sicher noch einen oder zwei Tage, bis es legereif war. Dass nach solchen Eingriffen eine Handwaschung notwendig war, versteht sich von selbst.

Jeden Tag dreimal musste die Milch, die gemolken wurde, zentrifugiert werden, damit wir Rahm bekamen, aus dem wir Butter erzeugen konnten. Nicht jedes Mal waren wir Kinder greifbar, denn in der Früh mussten wir in die Schule und zu Mittag waren wir noch nicht daheim, aber am Abend waren wir jedes Mal dran. Nicht immer ich, aber jedenfalls eines von uns. „Milch abatreibn" hieß die Arbeit. Zuvor mussten wir die „Milchmaschine", wie wir die Zentrifuge nannten, zusammenstellen. Das war eine Wissenschaft für sich. Wenn man da einen Fehler machte, dann funktionierte der Vorgang der Trennung von Rahm und Milch sicher nicht. Die Milch musste noch kuhwarm sein, wenn sie zentrifugiert wurde. Im Inneren der Maschine war ein Getriebe, das die Umdrehungen der Handkurbel übersetzte und die Trommel in eine schnelle Drehung brachte. Am Anfang war es schwierig, die Maschine in Gang zu bringen. Den kleineren Kindern mussten die Mutter oder die Großmutter beim Start nachhelfen. Wenn die Trommel eine bestimmte Geschwindigkeit erreicht hatte (man hörte das an der Höhe des Tons, den sie dabei erzeugte), dann wurde die „Milchpipe" aufgedreht und man musste sehr darauf achten, dass man die Geschwindigkeit beibehielt.

Milchzentrifuge

Diese Arbeit wurde im Stehen verrichtet. Oft mussten wir auch die einzelnen Teile der Maschine, nachdem sie abgewaschen worden waren, abtrocknen. Der Rahm wurde in einem eigenen „Hefen“ kühl gestellt.

Zweimal pro Woche hieß es „Butter rühren“. Das Butterfass bestand bei uns aus Holz, hatte einen runden Bauch und wurde oben mit einem Deckel abgeschlossen. Im Inneren befand sich ein Rad, das vier oder fünf Dauben hatte, welche durchlöchert waren. Die Radachse führte nach außen und wurde mit einer Handkurbel gedreht. Wenn sich das Rad mit den Dauben drehte, durchmischten diese den Rahm, der sich im Fass befand, ständig. Man hörte den Rahm plätschern. Mit der linken Hand musste man den Deckel des Butterfasses niederhalten, mit der rechten drehte man die Kurbel. Der Rahm sollte eine bestimmte Temperatur haben. Passte sie genau, dann war man schneller am Ziel. Oft aber dauerte das Butterrühren himmellang, man hörte es plätschern und plätschern und es wurde nichts anders. Sobald der Rahm zu „grießeln“ anfing, veränderte sich das Geräusch im Fass. Es hörte sich nicht mehr so flüssig, sondern eher breiig an und ging schließlich dazu über, dass die Butterknollen in die Buttermilch platschten, was ein lautes Paschen verursachte. An der Kurbel spürte man, wie sich die Butter wutzelte, bevor sie in die Buttermilch zurückfiel, wodurch man beim Treiben fast ins Stocken geriet. Auf diese Geräusche hatte man schon sehnlichst gewartet. Man konnte aufhören zu drehen. Die Großmutter holte mit der Hand die Butter aus dem Fass und drückte sie in hölzerne Model. Das sah wunderschön aus, wenn sie den Model umstürzte und auf der Oberseite der Butter Rosen sichtbar wurden. Als Belohnung für die anstrengende Tätigkeit bekam man ein Butterbrot. Die Großmutter drückte mit ihrem Daumen den Butterpatzen auf dem Brot breit. Das war ein Genuss! Von solchen Butterschichten kann ich heute nur noch träumen. Meine Frau sorgt sich beharrlich um meinen Cholesterinspiegel und will mir einreden, dass dieser gefährlich ansteige, wenn man die köstliche Butter zu dick auftrage.

Butterfass

Jeden Samstag hieß es: „Hof kehren". Mit einem Birkenbesen mussten wir Kinder den Hof, der nicht gepflastert und auch nicht begrünt war, säubern. Und jedes Mal lag wieder eine Menge von Unrat im Hof, der das Auge der Eltern störte. War es trocken, dann war das eine staubige Arbeit, hatte es zuvor geregnet, dann wutzelte sich der Schmutz, und man brachte ihn nicht recht von der Stelle. Ein Glück war es, wenn es am Samstag in Strömen regnete, denn dann konnte vom Hofkehren keine Rede sein. Oft wurden wir geschimpft, dass wir den Besen zu verkrampft auf dem Boden aufdrückten, weil wir dann neben dem herumliegenden Stroh und dem anderen Zeug auch Sand aus der Erde kratzten. Als wir später diese Arbeit nicht mehr machen brauchten, weil wir erwachsen waren, war das Hof kehren eine Arbeit für die Godn. Mit ihren kranken Händen, die zu keiner „starken" Arbeit mehr zu gebrauchen waren, fegte sie bis ins hohe Alter den Hof, wobei sie es immer richtig machte. Sie streichelte mit dem Besen leicht drüber, brachte den Schmutz zur Strecke und beließ den Sand dort, wo er hingehörte. Und sie war immer vergnügt dabei und freute sich nachher, weil der Hof wieder so sauber war und sie zeigen konnte, dass sie noch zu brauchen war.

Eine Arbeit, die ich gern tat, war das „Mohnstessn". Wir hatten dazu einen Mörser aus Holz, der von drei Eisenringen zusammengehalten wurde. Der Boden des Mörsers war zirka acht, die Seitenwand etwa fünf Zentimeter dick. Der gut getrocknete Mohn wurde in den Mörser geschüttet und mit einer Eisenstange, die an einem Ende eine tellerförmige Verbreiterung aufwies, gestoßen. Am Anfang knirschte der trockene Mohn unter der schweren Eisenstange, bald aber begann er zu schmatzen und zu „schnagitzen". Der Mohn wurde gatschig und begann, an der Eisenstange festzukleben. Man musste von Zeit zu Zeit die Eisenstange vorsichtig aus dem Mörser ziehen, das halbfertige Produkt von ihr lösen und wieder in den Mörser zurückbefördern. Kurz bevor die Arbeit getan war, kam die Großmutter mit einigen Würfeln Zucker und warf sie in den Mörser. Auch die Zuckerwürfel wurden zerstampft und mit dem Mohn vermischt. Ich gestehe, dass ich zu diesem Zeitpunkt sehr versucht war, durch Kostproben die Qualität meiner Arbeit zu prüfen und es auch immer wieder, wenn auch verstohlen, tat. Köstlich schmeckte der Mohn! Man musste nur teuflisch Acht geben, dass man die Reste der Kostprobe zwischen den Zähnen nicht all zu deutlich sah, sonst war man überführt. Was man genascht hatte, das fehlte ja später in den Mohnknödeln oder in den Mohnnudeln.

Als wir alt genug waren und es uns zuzutrauen und zuzumuten war, gehörte zu unseren Pflichten an einem Samstag das Putzen der Schuhe für den Sonntag. Nicht nur die eigenen Schuhe galt es zu reinigen, sondern auch die der Erwachsenen. Wenn ich heute meine Schuhe putze, dann kann ich meistens die Notwendigkeit kaum erkennen. Sie sehen halt ein bisschen matt aus, das Leder zeigt keinen Hochglanz. Damals aber, als die Fußwege noch weit, die Straßen nicht asphaltiert, sondern nur rolliert und gesandet und voller Schlaglöcher waren, da machte das Putzen der Schuhe noch Sinn. Samstag für Samstag stellte uns die Mutter die Schuhparade vor die Nase und trug uns auf, die Arbeit ja gewissenhaft zu erledigen. Als erstes trat die Kotbürste in Aktion: Wenn man mit ihr herzhaft über die verdreckten Schuhe herzog, dann staubte es, dass es eine Freude war. Wichtig war daher, dass wir die Sache noch vor dem Baden hinter uns brachten. Wenn wir zu zweit waren, dann teilten wir die Arbeit auf. Wer die Schmutzarbeit getan hatte, konnte rasten, bis der andere die Schuhe eingecremt hatte. Das Glanzbürsten machte am meisten Spaß, weil das Ergebnis so erfreulich war. Da standen nun unsere Laufwerkzeuge und glänzten dank Erdal wieder wie neu.

Jeden Samstag Schuhe putzen

Eine sehr Zeit raubende Tätigkeit in meiner Kindheit war das „Mehnen" der Zugtiere beim Pflügen. Auf unseren Feldern lagen zu jener Zeit so viele große Erdsteine, dass die Ochsen nicht in der Lage waren, ohne Leitperson den richtigen Weg zu finden. Ständig galt es, irgend einem großen Stein oder gar einem Kobel auszuweichen. Für diesen Zickzackkurs waren die

Ochsen zu dumm. Ehe sie die Kunst des richtigen Furchengehens erlernt hatten, waren sie schlachtreif geworden. Später, als wir ein Pferd hatten, war das anders. Dieses konnte man mit einem Zügel dorthin lenken, wohin man es haben wollte, und es wurde mit der Zeit so klug und erfahren, dass es so manche Route richtig ging, ohne dass man es ihm erst sagen musste. Das Pferd blieb im Unterschied zu den Ochsen durch 20 Jahre dasselbe, während wir die Ochsen alle drei Jahre auswechselten und gegen junge tauschten, die wieder keine Ahnung von den Tücken der kurvenreichen Furche hatten.

Bruder Toni beim Mehnen

Der Mehnerbub musste also vor den Ochsen hergehen und sie dorthin dirigieren, wo der Pflüger sie haben wollte. Hatte man einem Stein ausweichen müssen, so war es auf der anderen Seite des Steins mühsam, die störrischen Zugtiere wieder in die Furche hinauf zu bringen. Zudem mussten die Ochsen immer wieder in den Rückwärtsgang versetzt werden, um auf beiden Seiten des Steins einen Zwickel in Form kurzer Furchen umzuackern. Dieses Rückwärtsgehen der Ochsen bezeichnete man als „Haufa". Der Mehnerbub musste dabei die Ochsen mit einem Stecken auf die Hörner oder auf den Nasenrucken schlagen, damit sie die Rückwärtsbewegung begriffen. Wenn die Steine so dicht nebeneinander lagen, dass dieses Vorgehen wenig Sinn hatte, weil die Ochsen vor lauter „Haufa" schon ganz würflig wurden, ließen wir die Ochsen einfach stehen und nahmen den Pflug auseinander. Der Bub übernahm die Rolle des Pflügers und packte den Pflug bei den „Riastern". Der Pflüger (oder auch die Pflügerin) ergriff den Pflug beim „Grindel" und spielte die Rolle des Zugtieres. Auf diese Weise wurden die schmalen Zwischenflächen zwischen den Steinen umgepflügt. Wenn uns ein Mensch der Gegenwart hätte zuschauen können, er hätte sich im Mittelalter gewähnt.

In der Steinleiten wurde damals auch zwischen diesen Steinen gepflügt.

In meinem zwölften Lebensjahr wurde mir frühzeitig die Rolle des Pflügers zugeteilt. Meine Eltern waren beide mitten im Sommer im Krankenhaus gelandet. Der Vater war barfuß in die Schneide einer Sense gestiegen, wodurch er sich eine gefährliche Schnittwunde zugezogen hatte, die sehr stark blutete. Er umwickelte den Fuß mit einem Fetzen und ging weiter seiner Arbeit nach. Nach einigen Tagen war die Wunde in einem Zustand, dass der Arzt die Befürchtung aussprach, der Fuß müsse amputiert werden, wenn nicht augenblicklich eine sachgerechte Behandlung, die nur mehr im Krankenhaus zu gewährleisten sei, erfolge. Diese Aussicht brachte sogar meinen Vater zur Räson, und er fügte sich der ärztlichen Anordnung. Die Mutter hatte sich in einer Hand einen großen Schiefer eingezogen, der so verschmutzt gewesen war, dass er eine gefährliche Wundinfektion auslöste. Somit fielen gleich zwei Arbeitskräfte mitten im Sommer über längere Zeit aus. Das große nordseitige Feld, die Hintern, war dringend zu pflügen. Die Zwiebrache musste jetzt erledigt werden, die Arbeit litt keinen Aufschub. Da kam die gute alte Godn auf die Idee, ich könnte doch das Ackern probieren.

Sie würde mir die Ochsen mehnen und mir in jeder Hinsicht mit fachmännischem Rat zur Seite stehen. Die Hintern war unser schönstes Feld, es war bei weitem nicht so „unrappig" („urappö" gesprochen) wie die sonnseitigen Felder. Das würde die Sache erleichtern. Wir machten einen ersten Versuch. Zunächst wackelte ich schon ziemlich bedrohlich hinter dem Pflug her. Gelegentlich warf es mich aus der Bahn. Ich hatte „einen Bären gemacht", wie man das nannte. Die Ochsen mussten den Rückwärtsgang einlegen und ich den Pflug bis zur Stelle des Versagens zurückziehen. Von Tag zu Tag ging es besser. Die Godn redete mir gut zu und zollte mir immer wieder Anerkennung.

Als zwei Wochen vorüber waren, lag das große Feld (zirka fünf Joch) frisch geackert vor uns. Wenn ich heute an diese zwei Wochen zurückdenke, so spüre ich noch jetzt das Hochgefühl, das mich bei der Arbeit begleitete. Sicher bin ich an den Abenden auch todmüde gewesen, doch das habe ich längst vergessen. Aber ich hatte etwas Bemerkenswertes geschafft, von dem die Leute redeten. Stolz erzählte man es den Eltern im Spital, und diese erzählten es eifrig weiter. Der Erfolg von damals lässt sich nur mit wenigen Ereignissen in meinem Leben vergleichen. Ich würde ihn selbst auf eine Stufe mit der Führerscheinprüfung oder der Matura stellen. Für mein Leben hatte ich gelernt: Wenn dir andere eine Sache zutrauen, dann schaffst du die Herausforderung auch. Ich kann heute sagen, dass ich diese wertvolle Erfahrung noch mehrmals in meinem Leben machen durfte.

Ich hatte in jenem Sommer noch ein besonderes Erlebnis. Die Kleine Kirchenzeitung, ein Ableger des Linzer Kirchenblattes, für Kinder gedacht und gemacht, hatte einen Wettbewerb ausgeschrieben, und ich hatte einen Preis gewonnen. Worum es in dem Wettbewerb gegangen ist, kann ich heute nicht mehr sagen. Der Preis jedenfalls bestand darin, dass ich eine Woche nach Kremsmünster fahren durfte. Als ich die Nachricht erfuhr, machte ich vor Freude einen Luftsprung und war außer mir. Die große Freude wandelte sich aber sehr bald in eine große Betrübnis, weil man mir klar machte, dass man daheim nicht eine Woche auf mich verzichten konnte.

Der Grund für diese schlimme Wendung war der Krankenhausaufenthalt meiner Eltern. Ich muss so herzzerreißend geweint haben und so untröstlich gewesen sein, dass man schließlich meinem Bitten nachgab. Die Godn erinnerte an meine Glanzleistung beim Zwiebrachen und machte meinen erwachsenen Schwestern und der Großmutter klar, es könne doch nicht sein, dass die Tüchtigkeit nun wie ein Bumerang auf mich zurückschlug.

Ich durfte nach Kremsmünster fahren und erlebte im Stift mit einer Gruppe anderer Buben aus Oberösterreich unter der Führung von Pater Gregor eine schöne Woche. In besonders lebhafter Erinnerung ist mir ein üppiges Frühstück geblieben, das es anlässlich des Namenstages des dortigen Abts gab. Er hieß Ignatius, also musste das Datum der 31. Juli gewesen sein.

Ich war bis dahin noch nie allein in Linz gewesen und hatte daher ein wenig Sorge, ob ich den richtigen Weg vom Autobusbahnhof zum Hauptbahnhof und dort zum richtigen Bahnsteig finden könne. Bei der Hinfahrt klappte alles wunderbar. Als ich aber auf der Rückfahrt mit der Kremstalbahn im Hauptbahnhof Linz ankam, musste ich übersehen haben, wo die anderen Leute verschwanden. Ich hatte nicht mitgekriegt, dass man nur unterirdisch in die Bahnhofshalle gelangen konnte. Ich lief ganz verzagt am Bahnsteig hin und her und sah, dass zwei Gleise weiter das Bahnhofsgebäude lag, das ich von der Herfahrt kannte. Wie sollte ich da hinüber kommen? Als ich mich in einem Augenblick unbeobachtet glaubte, nahm ich mir ein Herz und lief über die beiden Gleise, obwohl ich die Warnung „Überschreiten der Gleise verboten“ gelesen hatte. Drüben angekommen, schnappte mich ein Bahnbeamter und schimpfte fürchterlich mit mir. Er verlangte von mir eine Geldbuße als Strafe. Ich hatte aber kein Geld für so etwas übrig. Was ich noch bei mir hatte, brauchte ich für den Autobus nach Unterweißenbach. Der Uniformierte zeigte sich großzügig und erließ mir die Geldbuße, wenn ich vor ihm 20 Kniebeugen machte. Das war für mich zwar demütigend, aber ich wollte die Sache hinter mich bringen und machte die Turnübung. Wie ein begossener Pudel lief ich zum Autobusbahnhof hinüber und war mehr als froh, als mein Bus Richtung Mühlviertel rollte.

Im letzten Jahr meiner Pflichtschulzeit sagte ich der Schule für einige Wochen ade. Meine Eltern wussten, dass es möglich war, einen Schüler im letzten Jahr der Schulpflicht mit der Begründung, man brauche ihn für die

Arbeit am Hof, für mehrere Wochen von der Schule beurlauben zu lassen. Diese Möglichkeit gibt es laut § 10 des Schulpflichtgesetzes auch jetzt noch unter gewissen Voraussetzungen. Allerdings sind die betroffenen Schüler heutzutage um ein Jahr älter, weil die Schulpflicht auf neun Jahre ausgedehnt wurde.

Meine Eltern stellten das Ansuchen und ich wurde beurlaubt. Allerdings war ich nur zum Teil am elterlichen Hof tätig. Den größeren Teil meines „Karenzurlaubes" verbrachte ich damit, dass ich gegen Bezahlung bei der Aufforstung von zwei aufgelassenen Bauernhöfen in der Umgebung mithalf. Es handelte sich um das „Schmöck" in Enebitschlag, nahe der Klammleiten und um das „Hinterberger" in der Gemeinde Kaltenberg, das an der Straße nach Weitersfelden liegt. Wir waren eine Gruppe von jungen Leuten, die unter der Anleitung des Försters von Unterweißenbach die Fichtensetzlinge in Reih und Glied auf die Felder und Wiesen pflanzten.

Mit meinen 13 1/2 Jahren war ich mit Abstand der Jüngste. Man dürfte mit meiner Arbeitsleistung zufrieden gewesen sein, weil man mich mehrere Wochen beschäftigte. Natürlich wussten meine Eltern und auch ich, dass ich mich da auf verbotenem Terrain bewegte, und wir hofften, dass uns niemand verpfeifen würde. Wenn ich mich recht erinnere, arbeiteten wir für einen Stundenlohn von 5 Schilling. Wenn ich auf der Straße von Kaltenberg nach Weitersfelden am Hinterberger (der Bauernhof wurde bereits abgerissen) vorbei komme, dann mache ich gelegentlich Halt und staune, wie hoch die damals gepflanzten Bäume schon sind. An ihrem Stammumfang kann ich deutlich sehen, dass ich inzwischen älter geworden bin.

Gegen Ende meines Bubenalters kam noch eine Herausforderung auf mich zu: Ich sollte und wollte das Mähen mit der Sense erlernen. Wir hatten damals noch keinen Motormäher. Daher war es wichtig, dass beim Mähen alle, die dazu in der Lage waren, eingesetzt wurden.

Für den Anfänger gab es eine kleinere Sense, mit der man eine schmale Mahd nehmen konnte. Eine wichtige Sache für einen guten Mahder ist das richtige Wetzen der Sense. Dazu gehört viel Übung, und das Einüben ist verdammt gefährlich, weil ein Ausrutscher mit dem Wetzstein gleich eine schreckliche Schnittwunde zur Folge haben kann. Bei den ersten Versuchen ließ ich mir daher meine Sense von einem Profi wetzen. Bald aber stellte sich heraus, dass ich damit die anderen Leute bei der Arbeit ständig aufhielt, und ich begann, mir die Schneid selber zu machen. Am Hosenbund hing der Wetzkumpf, in dem der Wetzstein steckte, und im Kumpf befand sich Wasser oder Most. Nur wenn der Stein ständig feucht gehalten wurde, machte er eine scharfe Schneid. Wenn man beim Mähen nicht sehr aufpasste, dann geriet man mit der Sense in einen Scher- oder Ameishaufen. Da der Boden im Mühlviertel sehr sandig ist, ruinierte so ein Bodenkontakt sofort die Schneide der Sense. Manchmal riss sie sogar auf, und die Sense bekam eine Scharte.

Wichtig war beim Mähen, dass die Sense jeden Tag ordentlich gedengelt wurde. Das war in der Regel die Arbeit des Vaters, während die Frauen im Stall die Kühe molken. Auf jedem Bauernhof gab es früher den Dengelstein, einen Dengelstock oder eine Dengelgoaß. Darauf war ein kleiner Amboss befestigt. Die Sense wurde langsam über den Amboss geführt und mit dem Dengelhammer die Schneide bearbeitet, bis sie ganz dünn ausgeklopft war.

Beim Dengeln

Der Klang des Dengelhammers war für mich wie Musik in den Ohren. Wenn man genau hinhörte, dann verstummte der Klang immer wieder, was bedeutete, dass der Vater beim Dengeln eingeschlafen war. Unter diesem Zustand litt die Treffsicherheit des Vaters. Die Hammerschläge gingen kurz vor dem Einschlafen daneben und bewirkten an den Sensen, dass sie die Spannung verloren und „Blattern" bekamen. Man hörte die Blattern beim Wetzen ganz grauslich tönen und „pledern". Der Vater wurde immer wieder ausgescholten, weil er das Werkzeug so schändlich zurichtete, aber es half nichts. Er war eben müde, und es passierte ihm immer wieder, dass er einschlief.

Meine Mutter sah die Lösung darin, dass ich an den Dengelstein gerufen wurde. Das war zwar eine ehrende Zumutung, doch der Erfolg stellte sich auch bei mir nicht gleich ein. Wenn sich fortan jemand besonders plagen musste bei der Mäharbeit, dann war eben ich Schuld an der Schinderei. Aber: Ich habe das Dengeln gelernt und kann es noch heute.

Das Mähen war eine anstrengende Arbeit. In aller Herrgottsfrüh rückten wir aus. Wer im Stall nicht unbedingt gebraucht wurde, der ging mit dem Vater schon vor dem Frühstück (vor der Suppn) auf die Wiese. Lag eine Wiese in der Früh noch im Schatten, dann hatte man mit der Mückenplage zu kämpfen. Die Mücken saßen offensichtlich im feuchten Gras und wurden durch das Mähen aufgescheucht. Sie fielen über die nackten Arme und Waden her und saugten uns das Blut aus den Adern. Solange der Tau am Gras glitzerte, schnitt die Sense das Gras am leichtesten ab. Wehe aber, wenn es gegen Mittag ging und das Gras schon trocken war! Da bog sich das Gras um und stand hinter der Sense wieder auf. Besonders traf das auf die Bürstlingwiesen zu. Das Borstgras (oder Bürstling genannt) ist nur mit allerbester Schneid und nur bei exaktem Mähradius zu kriegen.

Das Mähen der Wiesen war die eine Sache, das Mähen auf den Feldern eine andere. Das Mähen von Rotklee, besonders wenn er sich schon umgelegt hatte, war eine besonders Kraft raubende Tätigkeit. Diesem Klee musste man von der richtigen Seite kommen, wollte man seiner habhaft werden.

Das Mähen des Hafers war immer eine Horuckarbeit. Das gesamte Feld sollte möglichst schnell gemäht werden, weil man ja den Hafer an einem einzigen Tag einfahren wollte. Daher ließen wir uns manchmal auch von fremden Leuten helfen. An ein solches Hafermähen erinnere ich mich noch heute lebhaft. Wir standen zu siebt auf dem Haferfeld in der Hintern. Der Hafer war gut gediehen und stand prächtig da: goldgelb und reif. Mein Schwager, der Schaffelleitner, war gekommen, um uns zu helfen. Er war klein von Gestalt, aber flink bei der Arbeit, ausdauernd und zäh. Er gab das Tempo vor und trieb uns alle vor sich her. Natürlich ließen wir ihn in der Früh vorn anrücken. Weil er aber so schnell war, stand er bald am unteren Ende des Feldes und kam wieder herauf zur nächsten Mahd. Und nun hatten wir ihn im Rücken. Ich als 14- oder 15-jähriger war an diesem Tag als Schlusslicht eingeteilt, weil ich der schwächste Mahder war, und nun hatte ich den Franz auf den Fersen. Er gab mir den Rat, die Mahd sehr schmal anzusetzen, was ich im weiteren Tagesverlauf auch tat. Dennoch plagte mich den ganzen Tag ein Seitenstechen, und ich fiel am Abend todmüde ins Bett.

Eine Besonderheit muss ich noch von der Heuernte erzählen: das Schöber tragen. Unsere Wiesen waren zu jener Zeit noch sehr sumpfig, der Boden an vielen Stellen weich und nass. Am ersten Tag nach der Mahd wurde das Gras gleichmäßig verteilt, einmal mit dem Rechen gewendet und am Abend geschöbert. Die Schöber hatten die Form von Schwedenbomben. Die Aufgabe von uns Buben war es, diese Schöber mittels zweier Stangen von den feuchten Wiesenböden auf trockene Stellen zu tragen. Dort wurden sie abgestellt. Diese Tragstangen waren etwa drei Meter lang und an beiden Enden zugespitzt. Sie wurden parallel unter den Heuschöbern durchgeschoben.

Am nächsten Tag wurden die Schöber zerstreut, das Heu noch einmal gewendet und, wenn die Sonne zwei Tage heiß geschienen hatte, noch am Nachmittag eingefahren. Die dünn bestreuten Flächen nannten wir „grüne Scheiben“, die am zweiten Tag sehr dick bestreuten Flächen nannten wir „Foarchtscheiben“.

Das Heu, das am zweiten Tag zur Endtrocknung auf den „Foarchtscheiben“ in der Sonne lag, nannten wir das „Foarchtheu“ (das zum Einfahren heranstehende Heu). Die Heufuhre hieß bei uns das „Farchtl“.

Der zweite Grasschnitt, das Grummet, fiel in früherer Zeit meist sehr dürftig aus. Das hing damit zusammen, dass wir mit dem ersten Schnitt, der Heuernte, so spät dran waren und dass wir die Wiesen nicht düngten.

Das Grummet war so kurz, dass man die Schöber nicht mit Stangen tragen konnte, weil sie dabei auseinander gefallen wären. Daher musste man beim Austragen aus den „nassen Erchtern“ (nassen Orten) Körbe verwenden. Die Körbe wurden mit Grummet gefüllt, ein ordentlicher Gupf gemacht und dieser mit einem Strick nieder gehalten. Den gefüllten Korb trug man auf dem Kopf aus dem Nassen ins Trockene. Das allerdings war keine Bubenarbeit.

Die Ortschaft Dauerbach, in der mein Elterhaus liegt, ist heute zum großen Teil mit Wald bedeckt. Viele Bauernhöfe verschwanden in den 30er-Jahren des 20. Jahrhunderts und wurden von der Herrschaft Coburg aufgekauft, andere gaben in der Zeit nach dem Zweiten Weltkrieg auf. Der Wald holt sich die vor Jahrhunderten gerodeten Flächen wieder zurück. Solche Bauernhöfe waren das „Eppenschlager", das „Klein Lackner", das „Lackner-Nazn", das „Ober-Dauerböck" und das „Unter-Dauerböck", das „Obernfraundorfer", das „Groß-Fraundorfer". Heute sind auch das „Reiter im Exenschlag" und das „Mitteregger-Sepperl", die während meiner Kindheit noch in Betrieb waren, aufgelassen. Die Ortschaft ist flächenmäßig sehr groß und weitläufig. Ich musste in meiner Bubenzeit die ganze Ortschaft mehrmals in wichtiger Mission bereisen:

Meine Mutter war von der Pfarre beauftragt, in Dauerbach die Caritas-Haussammlung, die jedes Jahr im April stattfindet, durchzuführen. Die Mutter nahm sich zwar der Sache an, hatte aber verständlicherweise nicht die Zeit, es selbst zu tun. Dazu hatte sie uns Kinder. Also ging ich „Caritas fechtn“ (= betteln). Ich war viele Stunden unterwegs, lernte die Leute kennen und musste mir manches kritische Wort über die Institution Caritas anhören.

Der Vater war ein Funktionär des Bauernbundes. Er hatte durch Jahre hindurch den Auftrag, die Gemeinde bei der Viehbestandsaufnahme zu unterstützen. Die Gemeinde wollte genaue Angaben über die Anzahl der Kühe, weil sie ja Zahlen brauchte, um die Deckumlage für den Gemeindestier zu berechnen. Die Gemeinde wollte erreichen, dass die Leute ihre Kühe nicht von irgend einem Stierl, sondern von einem gekörten Zuchtstier decken ließen. Zum anderen lieferte die Viehbestandsaufnahme wichtige Zahlen für die wirtschaftspolitischen Entscheidungen der Regierung. Nach dem Krieg konnte Österreichs Landwirtschaft die Bevölkerung bei weitem nicht selbst versorgen. Um die richtigen Entscheidungen über die Einfuhr von Schlacht- und Nutzvieh zu treffen, brauchte die Regierung möglichst exakte Zahlen. Der Vater war also der amtlich bestellte Viehzähler. Weil er aber nicht recht Zeit dazu hatte, delegierte er die Aufgabe an mich. Ich ging von Haus zu Haus und nahm die Viehbestände auf: die Schweine, die Pferde, die Rinder, die Ziegen und Schafe. Ich verließ mich auf das, was mir die Leute sagten, wusste aber, dass sie oft logen. Die Menschen waren noch immer misstrauisch, was genaue Zahlen betraf. Während des Krieges war man streng kontrolliert worden und hatte jede Hausschlachtung angeben müssen. Das Trauma wirkte noch nach. Was die Anzahl der Kühe betraf, schwindelte man besonders deshalb, weil man sich das Sprunggeld für den Gemeindestier ersparen wollte.

Ich habe vor 40 und 50 Jahren bei den verschiedenen Tätigkeiten, die man mir als Kind und Jugendlicher zutraute, eine Menge gelernt. Gewiss habe ich dabei oft gestöhnt und hätte gern mehr Freizeit gehabt. Aber was war denn Freizeit? Meine Eltern hatten keine Freizeit und haben ihr Leben lang nie Urlaub gemacht. Wenn wir der Mutter manches Mal vorgehalten haben, dass es andere Kinder leichter und besser hätten, dann hat sie meist mit dem Satz geantwortet: „Wo der Herr dich hingestellt, ist dein Heim und deine Welt.“

Heute ist Kinderarbeit sehr streng geregelt. Das Kinder- und Jugendbeschäftigungsgesetz verbietet es, einen Pflichtschüler gegen Lohn zu beschäftigen oder ihn als Lehrling aufzunehmen. Diese Bestimmungen haben schon ihre Berechtigung und schützen Kinder und Jugendliche vor Ausbeutung. Ich habe aber als Schulinspektor 15-jährige erlebt, die die

Schule satt hatten und die gern eine Arbeit angenommen hätten, aber nicht durften. Kein Betrieb durfte sie einstellen, weil sie die 9-jährige Schulpflicht noch nicht abgeschlossen hatten. Diese Jugendlichen waren groß, kräftig, wollten Geld verdienen und selbstständig sein, weil es auch im Elternhaus ständig Konflikte gab. In diesen Fällen hätte ich mir gewünscht, ich könnte nach meinem gesunden Hausverstand und auf Grund eigener Erfahrungen in meiner späten Kindheit anders entscheiden, als das Gesetz es mir vorschrieb.

Schule

Den Großteil meines beruflichen Lebens habe ich einer Institution gewidmet, mit der ich, so wie jeder andere auch, schon in jungen Jahren Kontakt hatte. Nur hätte ich mir damals nicht träumen lassen, wie das einmal enden würde.

Meine gesamte Pflichtschulzeit verbrachte ich an der Volksschule in Hackstock. Dort stand ein Schulgebäude, das Platz für drei Klassen hatte. Der Oberlehrer (so nannte man damals den Schulleiter) hatte im Schulhaus eine Dienstwohnung. Vor dem Schuleingang stand der Dorfbrunnen, in den jahraus, jahrein frisches Trinkwasser plätscherte. Am Brunnen vor dem Tore stand aber kein Lindenbaum, sondern die Rinder, die die Bauern aus dem Dorf zur Weidezeit am Brunnen vorbei trieben und sie saufen ließen. Bei dieser Gelegenheit fiel immer wieder etwas ab, worein man treten konnte, wenn man nicht aufpasste. Erfahrungsgemäß sind Kinder keine Sauberkeitsfanatiker und nicht in erster Linie darauf bedacht, dass die Schuhe sauber bleiben, wenn sie Nachlaufen spielen. So kam es, dass der Schulwart mit uns oft seine liebe Not hatte.

Mein Elementarlehrer war Max Zehethofer, der im Herbst 2003 bei einem Verkehrsunfall auf tragische Weise im Alter von 80 Jahren ums Leben kam. Er muss einen guten Grundstock gelegt haben, weil ich im späteren Leben eigentlich nie ein Lernproblem hatte. Er muss es richtig gemacht haben, obwohl er nicht nur die Erstklassler zu betreuen hatte, sondern auch noch die zweite und die dritte Schulstufe. Ich könnte kein einziges Detail aus seinem Unterricht erzählen, aber ich bin mir sicher, er war ein guter Lehrer, weil er es verstand, uns neugierig zu machen auf all das, was uns in der Schule erwartete. Großen Eindruck machte er auf mich, als er mit uns einen Schulausflug zum Rubener Teich machte. Keiner von uns Schülern konnte schwimmen. Unser junger Lehrer aber schlüpfte aus den Kleidern, sprang in das tiefbraune Wasser des Teiches und war mit einigen Tempi weit draußen. Dann legte er sich sogar auf den Rücken und trieb mit dem Bauch nach oben in dem kalten Nass. Uns blieb der Mund offen: Was unser Lehrer alles konnte!

An ein Zweites erinnere ich mich aus der ersten Klasse. Etwas Unerhörtes war geschehen: Die Dauerbacher und Rubener Schüler waren geschlossen nicht in der Schule erschienen. Sie waren „stürzen gegangen“, was so viel hieß wie: Sie hatten die Schule geschwänzt. Die großen Buben aus der Oberstufe hatten die Idee gehabt, einen Schultag mit den Mädchen gemeinsam in einem der Heustadel, die am Schulweg standen, zu verbringen. Wahrscheinlich wollten sie den Aufklärungsunterricht, dem die Lehrer damals noch in weitem Bogen auswichen, auf autodidaktische Weise und in Form eines praxisorientierten Projekts endlich erledigt wissen. Ein Problem waren dabei die Kleinen. Einerseits durfte man sie nicht zur Schule gehen lassen, sonst wäre ja die Sache sofort aufgeflogen, andererseits standen sie dem Vorhaben im Wege. So wurden die Kleinen in einer Art Kindergartengruppe an einem besonderen Ort festgehalten, damit sie den Verlauf des Tagesprogramms nicht all zu sehr störten und nicht all zu vorzeitig in die Geheimnisse der zwischenmenschlichen Beziehungen eingeweiht würden. Sie wurden eingeschüchtert und mit Repressalien bedroht, wenn sie zu Hause oder in der Schule irgend etwas von der Sache verraten sollten. Am nächsten Tag aber wussten die Lehrer Bescheid. Eines der Kinder hatte daheim gebeichtet, und die erbosten Eltern waren in der Schule vorstellig geworden. Da es sich bei diesem Vorfall offensichtlich um ein Vergehen gegen das sechste Gebot handelte, überließen die Lehrer die notwendigen pädagogischen Maßnahmen dem Herrn Kaplan. Franz Wimmer, der später viele Jahre Pfarrer von Aspach im Innviertel war, nahm sich der Sache auf seine Art an. Er tobte in der Oberstufe, die ihre Klasse über unserem Klassenzimmer hatte, derart, dass in unserer Klasse einige Schüler zu weinen anfingen und sich sogar in die Hose machten. Es muss ein fürchterliches Strafgericht gewesen sein, nach allem, was an akustischen Ausblähungen an unser Ohr drang.

Max Zehethofer

Lehrerehepaar Seyrl

Die Frau des neuen Oberlehrers war meine Lehrerin in der zweiten und dritten Klasse. In der Oberstufe unterrichtete sie uns in Musikerziehung. Ich hatte bei ihr immer einen Stein im Brett, weil ich die Stimme halten konnte, wenn sie mit uns mehrstimmig singen wollte. Davon hat sie bis ins hohe Alter immer wieder geschwärmt, wenn wir uns trafen. Grete Seyrl, so heißt sie, und sie lebt zurzeit in einem Seniorenwohnheim in Rainbach, hätte es gern gesehen, wenn ich nach der vierten Klasse in die Hauptschule nach Unterweißenbach gewechselt hätte. Die Hauptschule wurde damals nur als Erster Klassenzug geführt. Wer nicht geeignet war, dorthin zu gehen, der musste in der Volksschuloberstufe verbleiben. Meine Schulleistungen hätten für die Hauptschule gereicht. Ich wollte aber an der Volksschule bleiben, und meine Eltern waren irgendwie froh darüber, weil sie mich auf diese Weise mehr für die Arbeit am Hof einsetzen konnten. Die Schule konnte die begabten Schüler nicht verpflichten, die Schulart zu wechseln. Erst Ende der 60er-Jahre wurden an den Hauptschulen die Zweiten Klassenzüge eingeführt, und in der Folge ließ man die Oberstufen an den Volksschulen auslaufen. Ab diesem Zeitpunkt mussten nach der vierten Schulstufe alle Schüler an die Hauptschule, soweit sie nicht überhaupt ins Gymnasium gingen.

Als mein Onkel, der Dechant in Schärding war, erfuhr, dass ich mich beim Lernen leicht tat, wollte er in vorgerückten Schuljahren noch retten, was zu retten war. Er sprach in dieser Angelegenheit mit dem Schulinspektor von Freistadt, Richard Grabmayr, ob es nicht doch möglich sei, an die Hauptschule zu wechseln, obwohl ich schon in die siebte Schulstufe ging. Der Inspektor wies meinen Lehrer an, mich nach Unterweißenbach in die Hauptschule zu einem Vorstellungsgespräch zu schicken. Der dortige Direktor, er hieß Dittrich und war später Schulinspektor in Schärding, solle eine Art Überprüfung vornehmen, ob ein solcher Umstieg möglich sei. Frau Seyrl, meine Lehrerin aus der Unterstufe, wusste, dass mein Problem der Rückstand in Englisch sein würde und bot mir an, Gratis-Nachhilfe in der Fremdsprache zu geben. Ich musste nach Unterrichtsschluss in der Schule bleiben, und es wurde Englisch gepaukt. Wir machten, so weit ich mich erinnern kann, große Fortschritte. In jeder Stunde erledigten wir zwei bis drei Lessons. Damals konnte ich mir Vokabel noch merken. Mein Verhalten der selbstlosen Lehrerin gegenüber muss aber so bockig und widerspenstig gewesen sein, dass sie eines Tages zu mir sagte: „Lausbua, geh hoam, waunnst net wüst."

Das Vorstellungsgespräch beim Hauptschuldirektor fand dennoch statt. Er prüfte mein Wissen und machte sich ein Bild über meine Auffassungsgabe. Er bot mir an, ich könne nach Abschluss der siebten Schulstufe an der Volksschule in die dritte Klasse Hauptschule wechseln. Da hätte ich aber ein Jahr länger in die Schule gehen müssen, und das wollte ich nicht. Also wurde nichts aus dem Schulwechsel. Diese meine Halsstarrigkeit habe ich Jahre später sehr bereut.

Wenn ich heute mein damaliges Verhalten und die Gründe, die dazu geführt haben, analysiere, dann muss ich den Kopf schütteln. Ein Grund war: Ich wollte Bauer werden und war mir sicher: Dazu brauche ich den Hauptschulabschluss nicht. Ich war damals weit lieber bei den Tieren und auf dem Feld als bei meinen Schulheften. Ein anderer Grund war der: Hinter dem Schulhaus in Hackstock war ein kleiner Turnplatz. Dort wurde in den Mittagspausen beim Völkerballspiel die Rangordnung der Schüler festgelegt. Schüler der Unterstufe durften gar nicht mitspielen. Das wäre viel zu gefährlich für sie gewesen. In der Oberstufe befanden sich vier Schulstufen in einer Klasse. Als ich mich in der 5. und 6. Schulstufe befand, beherrschte vor allem ein Mann den Platz: der Moser Karl! Seine Schüsse konnte keiner halten. Sie waren mörderisch. Damals schwor ich mir: Wenn der einmal aus der Schule kommt (er war drei Jahre älter als ich), dann wollte ich mich auch hinaufarbeiten. Tatsächlich gehörte ich in den letzten Jahren meiner Schulzeit ebenfalls zu den gefürchteten Schützen. Lasinger Hans, der ein Jahr älter war als ich und Moser Lambert, ein Jahr jünger als ich, beherrschten mit mir zuletzt das Feld. Auch die Moserwirt Irmi, heute Seniorchefin in der Konditorei Kern in Perg, schoss scharf und konnte mithalten. Und diese soziale Stellung, die ich mir hart erarbeitet hatte, hätte ich aufgeben sollen? Nur der Hauptschule wegen? Nie und nimmer!

Schulausflug 1953

Ich besitze wenige Fotos aus meiner Pflichtschulzeit: das Foto von der Erstkommunion, das Schulentlassfoto, zwei Klassenfotos aus der Oberstufe und je eines von zwei Schulausflügen: einer Schifffahrt auf der Donau und einem Wandertag zum Kammererkreuz. Von Wienwochen oder gar Englandaufenthalten war damals noch keine Rede. Unser Radius war sehr beschränkt. Dennoch war ich an allem sehr interessiert. An Geographie, zum Beispiel. Ich erinnere mich, dass ich in meiner kargen Freizeit oft Landkarten nach meiner Fantasie entwarf und auf Schmierpapier, soweit welches zur Verfügung stand, zeichnete. Ich erfand neue Länder, benannte die Städte nach meinem Gutdünken und ließ gewaltige Flüsse durch die Landschaft ziehen. Auch die Naturlehre, heute als Physik und Chemie bezeichnet, faszinierte mich. Naturgeschichte war weniger wichtig, denn da konnte mir der Lehrer nicht viel beibringen, was ich nicht aus der Praxis wusste. Wenn mich mein Erinnerungsvermögen nicht trügt, habe ich zu Hause kaum einmal für die Schule gelernt. Die Hausübungen waren natürlich zu machen. In der Schule aber habe ich aufgepasst wie ein Haftelmacher. Der Lehrer war in einer günstigen Position: Er konnte uns Sachen erzählen, von denen wir wirklich keine Ahnung hatten und die wir auch sonst von nirgendwoher erfahren konnten. Er hatte so gut wie keine Konkurrenz: kein Fernsehen, keine Bücher, keinen Computer, in den ersten fünf Jahren meiner Schulzeit nicht einmal ein Radio.

Ich besaß nur zwei Bücher, in denen ich lesen konnte. Das eine war das Lesebuch der Oberstufe. „Buntes Leben“ stand vorne drauf. Dieses Buch hat heute noch einen Ehrenplatz in meiner Bibliothek. Wenn ich darin blättere, wird die Zeit von damals wieder lebendig. In diesem Buch gibt es keine Textzeile, die mir nicht bekannt vorkommt. Die meisten Gedichte und Balladen aus dem Buch kann ich heute noch auswendig. Das zweite Buch aus meiner Bubenzeit war „Lederstrumpf“ von J. F. Cooper, Ausgabe 1956. Ich bekam dieses Buch von Tante Hedwig, der Pfarrerköchin von Laakirchen, einmal zu Weihnachten geschenkt. Neu war es nicht, aber gut erhalten. Auch der „Lederstrumpf“ steht heute in meinem Bücherregal. Ich habe die Geschichten vom Wildtöter und vom letzten Mohikaner regelrecht verschlungen.

Mein Lehrer in der Oberstufe war Hans Seyrl. Er war Leiter unserer Kleinschule und später Volksschuldirektor in Kefermarkt. Sein Geschäft mit uns war sicher schwierig. Er musste mehrere Schulstufen in einem Klassenzimmer unterrichten und hatte daher alle Hände voll zu tun. In den Realien wurden die letzten drei Schulstufen gemeinsam in Form des Epochalunterrichts geführt. Der gesamte Stoff der Oberstufe war im Lauf von drei Jahren zu bewältigen, die Reihenfolge war eher unwichtig. Aber die fünfte Schulstufe und eine Zeitlang auch die vierte waren gesondert zu führen. Immer dann, wenn der Lehrer mit den jüngeren Schülern arbeitete, mussten wir Großen uns still beschäftigen. Oft ging es in dieser Zeit darum, das Tafelbild abzuschreiben. Mein Pech war, dass mich der Lehrer regelmäßig zum Schreiben des Tafelbildes einteilte.

Klassenfoto 1958

Während ich also an der Tafel stand und den Text, so gut es ging, aufschrieb, konnten meine Mitschüler diesen in ihre Hefe einschreiben. Nur in meinem Heft stand nach so einer Stunde kein Merkstoff. Kopieren war damals noch nicht möglich. Also musste ich den Text nachträglich abschreiben. Darüber ärgerte ich mich oft sehr, aber: Nach zweimaligem Schreiben hatte ich den Merkstoff auch im Kopf und ersparte mir vor Prüfungen das Büffeln.

Die Hackstocker versuchten auf ihre raue Art, den Oberlehrer in ihre Gesellschaft zu integrieren. Dazu gab es so manche Gelegenheit. Er musste den Schriftführer bei der Feuerwehr machen und gehörte als solcher dem Kommando an. Er konnte tarockieren und war daher in den Häusern an den langen Winterabenden willkommen. Zum Verhängnis wurden ihm solche Tarockpartien dann, wenn der Gastgeber gerade Kornschnaps brannte. Da war es üblich, dass ein paar wackere Männer dem armen Schnapsbrenner die ganze Nacht Gesellschaft leisteten, damit dieser nicht bei der Arbeit im Schnapsdunst einschlief. Das wäre schlecht gewesen, denn jeder Bauer hatte beim Schnapsbrennen vom Finanzamt nur eine gewisse Zeit eingeräumt bekommen, in welcher die Sache erledigt sein musste. Man wollte das „Schwarzbrennen", das heißt, die Erzeugung von

Schnaps ohne Versteuerung, verhindern. Die ganze Nacht hindurch wurde Karten gespielt und zwischendurch immer wieder der frische Schnaps verkostet. Es musste ja sichergestellt werden, dass kein Fusel in die Flaschen kam. Nach so einer Nacht kam unser Lehrer eines Morgens ziemlich erschöpft und angeschlagen in die Schule. Wir hatten eine Menge Spaß mit ihm und er mit uns. Der Lernfortschritt hielt sich an diesem Tag jedoch in Grenzen.

In der Schule meiner Kindheit standen in den Klassen noch die alten Holzöfen. Es gehörte zu unserem Geschäft, Holz aus der Hütte in die Klassen zu tragen. Das „Nachlegen" behielt sich der Lehrer vor. Aufsätze wie „Die Mutter heizt ein" oder „Der Ofen raucht" gehörten damals zum Standard. Ich erinnere mich an besonders strenge Winter mit viel Schnee und grimmiger Kälte. Da gab es in einer Woche etliche Tage, wo das Thermometer Minus 25 Grad anzeigte. Wir Schüler mussten die Schulwege ja zu Fuß zurücklegen und hatten keinen Schulbus, der uns von der warmen Stube in die warme Klasse gebracht hätte. Mein Schulweg war im Sommer etwa eine halbe Stunde, im Winter brauchten wir wesentlich länger. Ich hatte aber Schulkameraden, die doppelt und dreimal so weit wie ich zu gehen hatten. Da gab es dann bei solch extremer Witterung natürlich Ausfälle. An einigen Tagen waren wir in der Klasse nur mehr zu fünft oder zu dritt. Das war schön! Wir durften ausnahmsweise den Ofen selbst heizen und legten so kräftig nach, dass er rot glühte. Wir saßen mit dem Lehrer um den Ofen und lauschten seinen Geschichten.

Ein Erlebnis der besonderen Art waren die Filmvorführungen in der Schule. In der frühen Zeit meiner Schuljahre, als uns in Hackstock die Segnungen der Zivilisation in Form der Elektrifizierung noch nicht erreicht hatten, waren die Filmtage besonders aufregend. Die großen Buben aus der Oberstufe durften mit dem Lehrer in die Holzhütte gehen und dort den Motor in Gang setzen, der über ein angeschlossenes Aggregat elektrischen Strom erzeugte. Wenn dann Filme wie „Die Stadtmaus und die Feldmaus", „Der Hase und der Igel" oder „Holzfäller im Winter" über die Leinwand flimmerten, waren wir hellauf begeistert. Allerdings mangelte es den handelnden Personen im Film an geschmeidigen Körperbewegungen. Sie ruckelten und zuckelten durch die Gegend wie die elektronisch gesteuerten Roboter heute.

Einmal kam unsere Schule in den Genuss einer wohltätigen Aktion. Die Volksschule in St. Marienkirchen an der Polsenz musste erfahren haben, dass es im tiefen Mühlviertel Kinder gab, die kaum jemals in den Genuss eines guten Apfels kamen. Auf einer Höhenlage von mehr als 900 Meter und unter Einwirkung des „Böhmischen Windes“ gediehen Edelobstsorten nicht. Es gab nur Holzäpfel und saure Mostäpfel. Also sammelten die Kinder aus der Eferdinger Gegend gutes Obst für uns und schickten es in großen Paketen nach Hackstock. Dort wurden die köstlichen Äpfel an uns verteilt. Wir mussten uns anstellen und durften im Kreis so lange an den Äpfelkisten vorbeiziehen, bis diese leer waren. Diese Aktion muss etwas ganz Besonderes in meiner Schulzeit gewesen sein, weil ich mich daran so lebhaft erinnere. Ich weiß noch, wie sie geschmeckt haben, die geschenkten Äpfel aus der guten Gegend. Natürlich haben wir Briefe an die Kinder, die uns diese Freude bereitet haben, geschrieben.

Wir Kinder aus Hackstock waren nicht unterernährt, wir hatten zu essen. Unsere Kost muss aber sehr einseitig gewesen sein, weil es zu einem häufigen Auftreten der „Englischen Krankheit“, der Rachitis, kam. Auch ich hatte in meinen Bubenjahren eine regelrechte „Hühnerbrust“. Die Rippen verformten sich so eigenartig, dass sich die Brust nach vorn wölbte und in der Mitte regelrecht einen Grat bekam, wie das bei den Hühnern eben auch ist. Der Schularzt erklärte, das komme von einem Vitamin-D-Mangel. Abhilfe wurde geschaffen, indem wir Lebertrankapseln schlucken mussten. Es war nicht notwendig, sie zu zerbeißen. Wir sollten sie einfach schlucken, und sie würden sich schon im Magen auflösen, sagte man uns. Ich hatte mit ihnen meine liebe Not. Mir grauste vor dem Zeug. Mein Mund wurde ganz trocken, was zur Folge hatte, dass sie mir am Gaumen kleben blieben, sich im Mund schon aufzulösen begannen und sehr bald einen tranigen Geschmack verbreiteten, dass mir ganz übel wurde.

Unsere Schuljause war nicht üppig. Wir bekamen ein Stück Brot mit, manchmal auch einen Apfel. Selten gab es ein Butterbrot. Man lief immer Gefahr, dass die Schulsachen davon schmierig wurden, was wir natürlich vermeiden wollten. Wurst oder Schnittkäse kannten wir so gut wie nicht, und der Topfen eignete sich nicht besonders für die Schule. Da kam eines Tages jemand in Hackstock auf die Idee, die Kinder, die so weit her gehen mussten und bis in den Nachmittag hinein Unterricht hatten, sollten eine Schulausspeisung bekommen. Auch meine Eltern waren bereit, die paar Schilling dafür aufzubringen. Die Ausspeisung sollte wenig kosten, und es sollte halt etwas Warmes sein. Ich kann mich im Detail nicht mehr an die Kost erinnern, die uns dort vorgesetzt wurde. Eine Speise aber ist mir in schrecklicher Erinnerung geblieben: der Pudding. Von daheim kannten wir so etwas natürlich gar nicht, daher war mir der Geschmack fremd. Dazu kam, dass der Pudding nicht in der mir heute bekannten schwabbeligen Konsistenz serviert wurde, sonder in Form einer suppenartigen Brühe, in der noch dazu so eine Art Hautfetzen, die von der Milch stammten, schwammen. Ich konnte das Zeug nicht essen. Wenn ich es doch probierte, musste ich mich fast übergeben. Es gab auch öfter Buchteln mit Kakao. Auch den Kakao kannte ich von daheim nicht und konnte mich an den Geschmack nicht gewöhnen. Pudding esse ich heute gerne, den Kakao mag ich auch heute noch nicht.

Mein Schulweg hätte, wenn es nach der Mutter ging, der kürzest mögliche sein sollen. Im ersten Jahr hatte ich eine erfahrene Begleiterin. Meine große Schwester Gerti ging in die achte Klasse, auch meine um drei Jahre ältere Schwester Thekla war bei uns. Wir waren zu dritt. Manchmal gesellten sich auch die Mädchen vom Untermitteregger, die Berta und die Hedwig, zu uns. Unser Weg führte uns durch den Bichel (Bühel), hinüber auf die Seppn-Überländ und hinunter zum Kobelbach. Von dort ging dann ein ziemlich steiler Weg durch die Hackstocker Felder hinauf ins Dorf. Kurz vor dem Dorf stießen die Kinder aus Grafenschlag zu uns. Zwischen Glaser und Ahorner mündete der Weg in die Dorfstraße ein.

Hackstock heute; das einstöckige Gebäude hinter dem Bauernhaus in der Bildmitte ist die Volksschule, die 2006 wegen Schülermangels geschlossen wurde.

Als Gerti aus der Schule war, verblieben noch Thekla und ich. Toni war zu dieser Zeit schon im Petrinum in Linz. Dazu kam der jüngere Otto mit seinen kurzen Beinen. Man erzählte mir später, dass ich ihn auf dem Schulweg sekkiert hätte, indem ich ihm davonlief und mich versteckte, damit er sich fürchtete. Ich kann solchen Gerüchten nichts abgewinnen. Otto hat sich später und bis heute darüber nie beschwert. Thekla kam nach Schönau, Otto zog nach Laakirchen, und ich war allein. Meine Mutter verlangte im Ernst, ich sollte den kurzen Schulweg allein gehen. Sie wollte nicht, dass ich mit den „Holzhacker-Kindern" in die Schule ging. Da sie gehört hatte, was die aus dem drinneren Dauerbach und aus der Ruben getrieben hatten, fürchtete sie, wir könnten auch auf so dumme Ideen kommen, wenn wir eine größere Gruppe waren. Daher plädierte sie für den Einzelgang. Ich wollte aber nicht zum Einzelgänger verkommen und musste zu einer List greifen. Ich tat so, als würde ich, wie befohlen, den kurzen Weg nehmen. Im Bichl, wo mich die Mutter nicht mehr sehen konnte, machte ich aber eine Rechtswendung und eilte auf der Route, die unsere Wasserleitung nahm, hinauf zum Hausl und den Moltererhäuslern. Dort gab es Schüler in meinem Alter und auch einige, die älter waren: die Schmalzbuben Pepi und Helmut, die Hauslkinder Sepp, Resl und Erwin. Meine Mutter warnte immer: „Von denen hörst und siagst nix G'scheits." Mit diesen unterwegs zu sein, war aber viel unterhaltsamer. Natürlich lernte ich dabei auch so Manches kennen, was nicht im Sinn meiner gestrengen Frau Mutter war, aber gerade das machte den Reiz aus. So manches Sprücherl aus der Kategorie „Erotische Literatur" habe ich von denen gelernt und kann es bis heute. Als meine Mutter spitz bekam, dass ich nicht in ihrem Sinn wandelte und trotz Verbotes mich zu den Nachbarskindern schlich, versuchte sie, mich auf eine andere Art daran zu hindern. Sie deckte mich vor dem Schulgehen mit Arbeit ein und ließ mich erst so spät aus dem Haus, dass sie sicher sein konnte, die anderen Kinder wären schon längst fort gegangen. Sie meinte, ich müsste schon aus Zeitgründen den kurzen Weg wählen, wollte ich rechtzeitig in der Schule sein. Da hatte sie aber die Rechnung ohne meine langen Beine gemacht. Freilich waren die Kinder über alle Berge, und ich musste mich abhetzen, doch irgendwann stieß ich auf die Gruppe und war wieder glücklich.

Im Winter, wenn die Gegend tief verschneit war, musste und durfte ich mit den anderen Kindern gehen. Ich hätte sonst keinen Pfad gehabt. Wenigstens da brauchte ich nicht schwindeln. Meist fuhren wir mit den

Schiern. Unsere Ausrüstung bestand aus Eschenschiern mit Riemenbindung. Auf den Steilstücken traten wir uns mit der Zeit eine Piste aus und ließen es „tuschen". Mit der Ausrüstung von damals konnte man zwar ganz gut Schuss fahren, das Abschwingen aber war ein Problem. Links herum gelang es mir ganz gut, aber mit den Rechtsschwüngen hatte ich bis zuletzt Probleme. Die großen Steine in den Feldern nutzten wir für unsere Zwecke, indem wir auf ihnen Sprungschanzen ausbauten. In meiner besten Zeit kam ich auf solchen Schanzen auf eine Weite von 15 Metern.

Schulentlassungsjahrgang 1944, hinten links: Kaplan Berthold Müller, später langjähriger Stadtpfarrer von Grein

Als ich Anfang Juli 1958 mein Entlasszeugnis in Händen hielt, glaubte ich, mit der Schule fertig zu sein und meinte, ich könnte mich jetzt dem richtigen Leben zuwenden. Das tat ich auch zunächst am elterlichen Hof. Bald aber musste ich erfahren, dass es auch dort nicht ohne Weiterlernen abging.

Meine Eltern schickten mich 1959 auf einen mehrwöchigen Melkerkurs nach Ritzlhof. 1961 wurde ich Landwirtschaftslehrling und absolvierte 1962 einen dreiwöchigen Kurs am Pfannstielgut in Pupping bei

Eferding. Nach meiner fast dreijährigen Tätigkeit als Landarbeiter besuchte ich im Winter 1963/64 die Landwirtschaftliche Fachschule für Burschen in Katsdorf, die für mich der eigentliche Anstoß und Auslöser für den zweiten Bildungsweg wurde.

Nach Besuch einer vierjährigen Fachmittelschule im salzburgischen Ursprung-Elixhausen maturierte ich 1969 in den Fächern Deutsch, Mathematik, Betriebswirtschaft, Tierzucht und Maschinenkunde und inskribierte an der Pädagogischen Akademie des Bundes in Linz. Diese Schule besuchte ich in einem Abendlehrgang und schloss sie 1971 mit der Lehramtsprüfung für Volksschulen ab. Während meiner dreijährigen Tätigkeit als Lehrer an der Volksschule in Luftenberg bereitete ich mich auf die Prüfungen für das Hauptschullehramt vor und legte diese 1974 in den Fächern Biologie, Deutsch und Geschichte ab. Zehn Jahre unterrichtete ich an der Hauptschule meines Wohnortes, bevor ich 1984 die Leitung dieser Schule übernahm. Die letzten 13 Jahre meiner Schullaufbahn verbrachte ich als Bezirksschulinspektor des Bezirkes Perg. 45 Schulen gehörten zu meinem Aufsichtsbereich, in denen knapp 800 Lehrerinnen und Lehrer etwa 7.400 Schüler unterrichteten.

Religion

In unserer Pfarre St. Georgen an der Gusen besuchen derzeit weniger als zehn Prozent der Einwohner den Sonntagsgottesdienst. Der Rückgang ist deutlich spürbar. Als meine Frau und ich nach unserer Hochzeit im Jahre 1969 in diese Pfarre übersiedelt sind, wurden an den Sonntag-Vormittagen noch drei Messen angeboten: die Frühmesse um sieben, die zweite Messe um acht und die dritte um halb zehn Uhr. Neben dem Pfarrer gab es noch zwei Kapläne. Mitte der 70er-Jahre wurden über Beschluss des Pfarrgemeinderates die Sonntagsgottesdienste auf zwei reduziert, weil nur mehr zwei Priester zur Verfügung standen und weil auch der Messbesuch schon stark nachgelassen hatte. Die Bauern protestierten damals sehr gegen die Abschaffung der Frühmesse. Die Leute hätten beim Angebot von zwei Messen leicht in der Kirche Platz haben müssen, es stellte sich aber heraus, dass in der zweiten Messe, die wir um neun Uhr platziert hatten, die Kirche so zum Bersten voll war, dass es wirklich schon ungemütlich wurde. Also wurde die zweite Messe wieder um eine halbe Stunde auf halb zehn Uhr hinausgeschoben.

Heute bietet die Pfarre noch immer zwei Sonntagsgottesdienste an, die Messbesucher hätten aber locker Platz, wenn es nur eine Messe gäbe. Die Lücken in den Sitzreihen sind so groß, dass man oft schon aufstehen und ein Stück in der Bank weitergehen muss, wenn man das Opferkörbchen, das die Runde macht, weiter geben will. Nur an den hohen Festtagen, bei Begräbnissen von bedeutenden Persönlichkeiten oder verunglückten jungen Menschen ist die Kirche voll.

Das Kirchengebot „Du sollst an Sonn- und Feiertagen der heiligen Messe andächtig beiwohnen“ kratzt heute kaum jemanden.

Unsere Beichtstühle haben ebenfalls ausgedient. Nicht nur im tiefen Mühlviertel, auch in St. Georgen standen vor 30 Jahren die Leute noch Schlange davor. Wir haben die Beichtstühle modernisiert, man könnte darin gemütlich sitzen und brauchte nicht mehr knien, aber die Leute wollen es im Beichtstuhl nicht einmal gemütlich haben. Sie brauchen ihn nicht mehr. Auch ich habe den Beichtstuhl schon seit Jahren nicht mehr von innen gesehen. Wenn vor Ostern noch das Angebot gemacht wird, dass ein fremder Priester im Beichtstuhl sitzt, so sitzt er dort auf verlorenem Posten.

Pfarrkirche St. Georgen an der Gusen

Es sind nicht bloß junge Leute, die der Kirche den Rücken kehren. Auch viele Ältere, die man früher Sonntag für Sonntag in der Kirche sah, reduzieren die Frequenz und bleiben schließlich ganz weg.

Ich bin traurig über diese Tendenz. Wohin wird sie führen? Wir klagen über mangelnden Priesternachwuchs und die Überalterung des Priesterstandes. Aber werden sie in Zukunft überhaupt noch gebraucht werden? Die Erstkommunionfeiern wurden noch nie so sorgfältig vorbereitet und waren noch nie so aufwändig gestaltet wie heute. Für nicht wenige Kinder aber ist es nicht nur die erste, sondern gleichzeitig auch die letzte Kommunion. Dabei waren sie so adrett gekleidet gewesen, und man hatte viele schöne Fotos und Filmaufnahmen gemacht. Warum eigentlich? Man musste festhalten, was man wenig später nicht mehr sehen würde.

Auch die Firmung steht noch hoch im Kurs. Die Zeit der Firmvorbereitung und die Firmfeier selbst stellen so etwas wie ein religiöses

Zwischenhoch dar. Die Geschenke, die dabei verabreicht werden, nehmen immer gigantischere Ausmaße an. Bloß eine Firmuhr zu bekommen, wäre eine herbe Enttäuschung. Dieser kostspielige Trend belebt aber die Wirtschaft, und es wäre daher schon aus ökonomischer Sicht gesehen schade, würde das Sakrament auslaufen.

Die kirchlichen Hochzeiten gehen stark zurück: einerseits, weil das Heiraten überhaupt aus der Mode gekommen ist – Wer wird sich denn noch auf Dauer binden wollen? – andererseits, weil es der Standesbeamte auch ganz schön macht.

Nur bei Begräbnissen verhält es sich anders. Selbst bei Leuten, die aus der Kirche ausgetreten sind, wollen die Angehörigen nicht auf die Segnungen der Kirche verzichten. Eine Leiche so sang- und klanglos zu vergraben, das ginge doch zu weit. Also muss ein Pfarrer her, wenn auch nur in Zivil. Angesichts des Todes von nahen Angehörigen ist man ohne den Glauben, ohne die Gebete und die trostreichen Worte eines Priesters einfach hilflos. Blumen und Kränze können zwar manches kaschieren, aber es reicht nicht.

Wenn meine Frau und ich am Sonntag Vormittag gemeinsam und zu Fuß in die Kirche gehen, dann bin ich glücklich. Ich kann es nicht anders sagen. Ich bin froh, dass wir, was die religiöse Praxis betrifft, auf einer Linie liegen. Wir gehen nicht in die Kirche, weil es die Kirche gebietet oder weil das Daheimbleiben sündhaft wäre. Wir gehen aus freien Stücken, wir nehmen eine Einladung an und freuen uns darauf. Am Sonntag ziehe ich fast immer einen Anzug an, selten trage ich ein Sakko. Das mache ich irgendwie unbewusst. Ich will am Sonntag genau so festlich gekleidet sein, wie wenn ich ins Theater oder in ein Konzert gehe. Dabei höre ich in unserer Kirche alles andere als ein Konzert. Unser Kirchengesang ist oft ein Jammer. Viele Leute wohnen noch immer „andächtig bei“, anstatt aktiv die Messe mitzufeiern. Nicht jede Predigt hebt mich vom Hocker, wie denn auch. Aber sehr oft fühle ich mich von der Predigt und von den Texten der heiligen Messe angesprochen. In unserer Pfarre gibt es viele Gruppen, die sich einbringen und die Sonntagsgottesdienste gut vorbereiten. Wenn man mich einlädt und mich lässt, trage ich gern auch meinen Teil zur Festgestaltung bei. Ein besonderes Erlebnis ist für mich die Osternacht. Beim großen Osterlob (Exultet) wurde ich viele Jahre als Kantor eingesetzt. Einige Male im Jahr gestalte ich mit meinem Männerchor eine Messfeier mit.

Ich habe einmal einen bemerkenswerten Satz gelesen: „Die Menschen verkommen, wenn sie kein Sonntagsgewand mehr anziehen." Möglicherweise ist diese Aussage unrichtig oder übertrieben. Man kann das sicher nicht verallgemeinern. Ich will die Sache nur für mich beurteilen. Für mich träfe der Satz zu. Ich hätte ohne Kirche am Sonntag ein Problem. Die Tatsache, dass ich in die Kirche gehen darf, macht mir bewusst, dass ich nicht beschränkt bin auf das Nützliche, das Notwendige. Ohne Ansehen von Stand, Rang, Brauchbarkeit und Namen sitzen wir im Gottesdienst nebeneinander und sind gleich wertvoll, in gleicher Weise gerufen und eingeladen, Gott, unseren Schöpfer, zu loben. Nicht dass er unser Lob nötig hätte. Aber uns verändert es, indem wir es tun. „Zu dir, o Gott, erheben wir die Seele mit Vertrauen", heißt es in einem Lied. Indem wir uns vertrauensvoll öffnen, spüren wir uns angenommen, für Wert gehalten, geleitet und geführt. Was immer das Leben bringen mag, wir wissen uns in seiner Hand, nicht eingesperrt und geknebelt in seiner Faust, sondern frei und glücklich. Ich laufe heute nicht mit meinem Kinderglauben herum. Was in der Kindheit grundgelegt wurde, erfuhr in mehreren Nachreifungen seine heutige Gestalt.

Kirche in Unterweißenbach

Zunächst soll von meinen religiösen Erlebnissen in meiner frühen Kindheit die Rede sein. Damals wurde ein Grundmuster in mich eingepflanzt, das noch heute erkennbar ist. Man mag die religiösen Erfahrungen in meiner Kindheit schädlich und erdrückend, angstbesetzt und richtigerweise vorkonziliar finden, mir haben sie keinen Schaden zugefügt. Der Grund dafür dürfte darin liegen, dass ich nicht auf dieser Stufe stehen blieb, sondern später Gelegenheiten hatte, an mein Glaubensgebäude neue Erkenntnisse heran zu lassen, es zu ergänzen und, gereift an Jahren, im späteren Leben auf seine Tauglichkeit hin zu prüfen. Eine solche Etappe war die Zeit, die ich in der Katholischen Jugend verbrachte, eine besonders wichtige war das Studium an der Pädagogischen Akademie des Bundes, wo Pater DDr. Silvester Birngruber mein Lehrer in Religionspädagogik war.

Mein Elternhaus war streng katholisch. Jeden Tag wurde mehrmals gebetet. Vor und nach jeder Mahlzeit, ausgiebig am Abend. Als wir noch klein waren und früher als die Erwachsenen zu Bett gehen mussten, wurden wir sehr konsequent zu Morgen- und Abendgebeten angehalten. Unser tägliches Morgengebet war dieses:

„O Gott, du hast in dieser Nacht so väterlich für mich gewacht.
Ich lob und preise dich dafür und dank für alles Gute dir.
Bewahre mich auch diesen Tag vor Sünde, Tod und jeder Plag;
und was ich denke, red und tu, das segne bester Vater du.
Ich will ein gutes Kind heut sein und dir nur dienen ganz allein.
Mein Tun und Lassen, Freud und Leid, sei alles deiner Ehr geweiht.
Die Eltern auch empfehl ich dir, behüt, o lieber Gott, sie mir,
vergilt o Herr, weil ich nicht kann, das Gute, das sie mir getan.“

Und das beteten wir als Schulkinder jeden Abend:

„Bevor ich mich zur Ruh begeb', zu dir, o Gott, mein Herz ich heb'
und sage Dank für jede Gabe, die ich von dir empfangen habe.
Und hab' ich heut beleidigt dich, verzeih mir's Gott, ich bitte dich,
dann schließ ich froh die Augen zu, es wacht mein Engel, wenn ich ruh.
Und du mein Heiland Jesus Christ, der ja mein Gott und Alles ist,
in deine Wunden schließ mich ein, dann schlaf ich ruhig, keusch
und rein“.

Ein anderes Gebet für kleine Kinder war dieses:

*„Jesukindlein, bleib bei mir, mach ein frommes Kind aus mir,
mein Herz ist klein, darf niemand hinein
als du, mein liebes Jesulein."*

Sehr beeindruckt war ich als Kind von der Allwissenheit und der Allgegenwart Gottes. Beides wurde in der Erziehung ständig angewendet: „Der Himmelvater sieht alles", „Der Himmelvater schaut zu". Wenn ein Gewitter im Anzug war und der erste Donner grollte: „Da Himmövota greint (=schimpft)."

Ein Erwachsenengebet vor dem Essen, das wir Kinder natürlich mitplapperten, ohne es zu verstehen:

*„Was aufgesetzt wird auf den Tisch, das segne uns, Herr Jesus Christ,
es speise uns Gott allezeit nach seinem Wort zur ewigen Freud und Seligkeit,
Amen."*

Und ein solches nach dem Essen:

*„Vergelt's Gott, speis Gott, tröst Gott, erlös Gott alle christgläubigen
Seelen im Fegefeuer, Vater unser ..."*

Jeden Samstag wurde bei uns ein ganzer Rosenkranz gebetet. Wir saßen dabei um den großen Tisch. Mein Vater ermüdete beim längeren Beten sehr rasch. Er nickte ein (er „napfitzte"), bis ihm die Mutter einen Stoß in die Rippen oder einen Tritt mit dem Fuß verpasste. Während des Rosenkranzes brannte immer eine Kerze auf dem Tisch. Wir Kinder erlaubten uns gelegentlich die Frechheit, die brennende Kerze so nahe an den Vater heran zu schieben, dass er beim „Einnapfitzen" mit den Händen, wenn sie herabsanken, in die Flamme geriet. Da wurde er sehr zornig, es passierte uns jedoch nichts, weil wir unter dem Schutz der Mutter standen und wir sie doch nur dabei unterstützt hatten, den Vater beim Beten wach zu halten. Nach dem Rosenkranz gab es noch eine Reihe „Vater unser". Die Gebetsintention für das jeweilige „Vaterunser" wurde vom Vater angesagt. Mich erstaunte es immer wieder, dass der Vater, wenn er während des

„Vaterunsers" eingeschlafen war, jedes Mal erwachte, um das nächste anzusagen.

In der Fastenzeit wurde jeden Sonntag, wenn die Frauen vom Geschirr abwaschen fertig waren, der Kreuzweg gebetet. Leute, die näher beim Ort wohnten, gingen dazu in die Kirche. Weil wir aber ohnehin schon einen weiten Fußmarsch hinter uns hatten, durften wir zu Hause bleiben, mussten jedoch, um den Tisch sitzend, den Kreuzweg beten. Die Mutter las Texte zu den einzelnen Stationen vor. Dazwischen gab es für alle refrainartige Wiederholungen wie „Wir beten dich an, Herr Jesus Christus und preisen dich, denn durch dein heiliges Kreuz hast du die Welt erlöst." Wir beteten immer den gleichen Kreuzweg aus dem Gebetbuch „Vater unser". Da es sich immer um den gleichen Text handelte, war das Kreuzwegbeten für uns Kinder eine ziemlich fade Angelegenheit. Aber die Texte habe ich mir gemerkt und könnte manche Passagen noch heute zitieren.

Wenn ein schweres Gewitter aufzog – das war in meiner Erinnerung oft – dann mussten wir „Wetter-Beten". Dabei wurde die rote Florianikerze angezündet. Die Mutter ging vor das Haus und sprengte Weihwasser in die Richtung des Gewitters. Vom getrockneten Palmbesen nahm sie einen Zweig und warf ihn in den Ofen. Wenn das Gewitter ganz schlimm tobte, wurden wir Kinder fertig angekleidet, der Vater zog die Stiefel an und richtete sich mit einem Stecken, um schnell die Tiere im Stall von der Kette zu lassen, falls der Blitz tatsächlich einschlagen sollte. Das alte und mit Stroh gedeckte Haus wäre natürlich in so einem Fall unweigerlich zur Gänze in Flammen aufgegangen. Das wussten wir, und wir fürchteten uns sehr.

Im Kapitel „Brot" habe ich schon das Korn-Beten erwähnt. Daran knüpft sich bei mir eine sehr angenehme Erinnerung. Im Mai, meist so um Christi Himmelfahrt, wenn das Korn schon geschosst hatte, zog die ganze Familie am Abend betend um das Roggenfeld. Weil auch die Großmutter dabei war und sie schon etwas schlecht bei Fuß war, ging das sehr langsam vonstatten. Dabei wurde zwischen den Gebeten, manchmal auch direkt ins Gebet hinein, das Gedeihen der Fluren besprochen. Was hier daheim geschah, das gab es in größerem Rahmen auch in der Pfarre und in der Filialkirche in Hackstock. Da rückten wir an den Bitt-Tagen aus und gingen mindestens eine halbe Stunde um die Felder. Die Schulkinder gingen geschlossen mit der Lehrerschaft mit. Von so einem Bittgang wird eine Geschichte erzählt, die sich fast wie ein Witz anhört. Die Bittprozession kam an einem Kornfeld vorbei, auf dem das Getreide äußerst dürftig stand. Nur einzelne Hälmchen ragten aus der sandigen Erde. Der Pfarrer sah das und sagte angeblich: „Da hilft koa Beten net. Da g'hört fest a Schofmist her."

In meiner näheren Umgebung gab es Kapellen und Bildstöcke, zu denen einmal im Jahr betend gepilgert wurde. Ein solches Kreuz, genannt das Wetterkreuz, stand am Moltererberg. Dieser Berg, fast tausend Meter hoch, stoppte nämlich häufig die Gewitter, wenn sie vom Westen heranzogen, und warf sie wieder zurück. Das hatte zur Folge, dass manche dieser Gewitter stundenlang über unserer Gegend stehen blieben und sich austobten. Ein anderer Bittgang führte uns Dauerbacher immer zum Glashütterkreuz, das an der Straße von Greinerschlag nach Hinterreith, versteckt unter Bäumen, steht.

Eine besonders anstrengende Gebetswanderung führte einmal im Jahr auch zum Eisernen Bild, einer kleinen Kapelle, die an der Straße nach Arbesbach liegt. Einmal durfte ich dabei mitgehen. Ein paar Stunden gehen und beten tauschte ich gern gegen das Hüten der Kühe.

Eine Besonderheit, die es in dieser Form heute auch nicht mehr gibt, waren die Nachtwachen in den Häusern, wenn ein Angehöriger verstorben war. Während heute die Totenwache meist in der Kirche stattfindet und sich in meiner jetzigen Pfarre auf ein einziges Mal beschränkt, versammelten sich die Leute in meiner Kindheit mehrere Tage hintereinander im Haus des Toten zum Gebet. Es gab bei den Friedhöfen noch keine Aufbahrungshallen, und so wurden die Toten daheim aufgebahrt. Beim Waschen und Anziehen der Leiche halfen die Nachbarn. Die Totenwache dauerte bedeutend länger als heute. Ich erinnere mich an zwei bis drei vollständige Rosenkränze, mindestens eine lange Litanei und viele, viele „Vater unser". Gebetet wurde in der Stube, in der auch der Verstorbene aufgebahrt war. Man stellte Ziegel oder Holzstöcke auf und legte Bretter drüber als Sitzgelegenheit für die Beter. Nach dem Beten gab es trockenes Bauernbrot und Most. War es Sommer und fiel das traurige Ereignis in die Zeit einer Hitzeperiode, dann verbreitete sich im Raum beim Nachtwachen schon ein sonderbarer Geruch, der von der Leiche ausging. Ein anderes Problem konnte auftreten, wenn jemanden der Tod mitten im strengen Winter ereilte. Das war bei unserer Nachbarin, der Seppn-Moahm, der Fall. Der Kleinmitteregger hieß auch Mitteregger Sepp, oder Seppn-Toni. Als dessen Mutter starb, lag der Schnee so hoch, dass es unmöglich war, mit dem Pferdeschlitten bis zum Haus zu kommen. Auf den Höhen hatte es eine Menge Neuschnee gegeben, während im Tal der Schnee bereits in Regen übergegangen war. Wir mussten die „Wawi-Moahm", wie sie auch genannt wurde, weil sie Barbara hieß, auf eine andere Weise ins Tal bis zur Straße bringen. Wir nahmen den „Ziagschlittn", den wir auch zum Ausbringen des Schweinemists verwendeten, und banden den Sarg darauf fest. Als wir mit diesem Gefährt die steile Stelle unterhalb des Untermitteregger-Hofes zur Straße mehr schlitterten als fuhren, rutschte uns der Sarg vom Schlitten und machte sich eine Zeitlang selbstständig. Wir wurden seiner aber wieder habhaft und brachten die Verstorbene (beinahe wollte ich schreiben „wohlbehalten", aber das passt doch schlecht) zur Straße. Ich muss gestehen, sehr pietätvoll kam mir die Sache nicht vor.

Die Sonntage waren in meiner Kindheit nicht sehr erholsam. Wir Kinder mussten immer beide Gottesdienste in Unterweißenbach besuchen. Damit wir die Sieben-Uhr-Messe rechtzeitig erreichten, hieß es um sechs Uhr von zu Hause weggehen. Wenn die Kirchenglocken in der Obermühle Viertel läuteten, dann kamen wir gerade rechtzeitig in die Kirche. Die Erwachsenen mussten vor dem Kirchgang natürlich das Vieh füttern und die Kühe melken. Wir Kinder brauchten bloß aufstehen, uns anziehen und aufbrechen. Mit dem Frühstück mussten wir keine Zeit vertun, weil wir sowieso nüchtern zu sein hatten, wollten wir zur Kommunion gehen. Das Aufbrechen um sechs Uhr war besonders im Winter eine harte Sache. Es gab noch keine Straße, die ein Schneepflug geräumt hätte. Es gab nur den Kirchensteig, vorbei am Untermitteregger und steil hinab in die Schlamperlmühle. Mit einer Laterne versuchte der erste in der Reihe den Steig zu finden, die anderen stolperten hinterdrein. Wenn man einen Tritt neben den Steig machte, sank man tief im Schnee ein. Erst auf der Straße unten wurde die Laterne ausgelöscht, wenn sie nicht schon vorher vom scharfen Nordwind ausgeblasen worden war. In klaren Winternächten war es in der Niederung entlang der Kleinen Naarn oft bitter kalt, viel kälter als bei uns am Berg. Auch wenn wir beim Kirchgang am Morgen zügig ausschritten, kroch die Kälte durch die Kleider und griff an die Ohren.

Die Kirche war damals nicht geheizt. Es war bitter kalt im Gotteshaus. Gut, dass die Leute so dicht an dicht saßen. Das milderte die Kälte ein wenig. Zwischen der ersten Messe um sieben und der zweiten Messe um neun Uhr durften uns wir Kinder beim Oberreiter Bäcker eine große Semmel kaufen. In der Verkaufsstube war es schön warm. Rundum auf der Sitzbank saßen Kinder und kauten an den köstlichen Semmeln. Dann hieß es wieder in die zweite Messe gehen. Wehe, die Mutter hätte uns ertappt, wenn wir eine der beiden Messen geschwänzt hätten. Nach der zweiten Messe traten wir den Heimweg an. Von Unterweißenbach bis zum Obermitteregger sind es zirka sechs Kilometer, die Höhendifferenz beträgt 300 Meter. Das ergab für Kinderbeine einen Fußmarsch von eineinhalb Stunden.

Empore der Pfarrkirche Unterweißenbach

Von den Frauen wurde der Kirchgang immer auch zum Transport von Waren genutzt. Auch unsere Mutter trug jeden Sonntag einige Striezel Butter in den Markt. Wir hatten treue Butterkundschaften, weil es bekannt war, dass es daheim sauber zuging. Andere Bäuerinnen trugen ihre Butter auch mit und boten sie beim Daniel (einem Kaufhaus) zum Verkauf an. Am Heimweg trug meine Mutter dann Waren, die sie um das Buttergeld eingekauft hatte: Zucker, Grieß, Weizenmehl. Das Tragen der schweren Taschen war allein den Frauen vorbehalten. Es wäre geradezu unvorstellbar gewesen, wenn Männer die Waren geschleppt hätten.

Die Männer gingen nach der ersten Messe ins Gasthaus, tranken ihr Bier und aßen einen Sterz. Das war eine sehr fette, minderwertige Fleischspeise. Dass sich eine Frau ins Wirtshaus verirrte, war eine Seltenheit. Wenn wir, die Frauen und die Kinder, gegen Mittag von der Kirche nach Hause kamen, hatten wir wegen des Nüchternheitsgebots beim Kommunionempfang meist nichts im Magen als eine Semmel. Auch mein Vater ging meist ins Wirtshaus und ging dann selten in die zweite Messe. Das war der Mutter immer ein Dorn im Auge, aber sie schaffte es trotz Sticheleien und Hinweisen auf seine Vorbildfunktion, die er uns Kindern gegenüber hätte, nicht, ihn zum regelmäßigen Besuch der zweiten Messe zu bekehren.

Der Kirchgang war eine günstige Gelegenheit für die Menschen, Neuigkeiten auszutauschen. Die Leute gingen in Grüppchen und Gruppen. Die Straße gehörte den Fußgängern. Einem Auto auszuweichen, war kaum notwendig. So nach und nach kamen bei den Burschen die Motorräder auf: die Puch 125, die Puch 175, die Puch 250, die SGS 250, die SG 250 und als besonders schnelles Exemplar die NSU. Dann wurde es auf den Straßen unruhiger.

In meiner frühen Kindheit gingen alle Leute zu Fuß. Bei uns war es kaum üblich, dass jemand mit dem Pferd zur Kirche gefahren wäre. Besonders gut erinnere ich mich an die Märsche zur Christmette. Von allen Seiten kamen die Lichter der Laternen herunter ins Tal und formierten sich schließlich zu einer richtigen Lichterprozession in Richtung Markt.

Die Männer trugen beim Kirchgang wie auch bei der Arbeit Hüte. Die Hüte behielten sie auch auf dem Kopf, wenn sie im Wirtshaus saßen. Die Frauen trugen Kopftücher. Es war eine Seltenheit, wenn eine Frau bloßköpfig in der Kirche saß. Irgendwie schaute das anstößig aus. Das fällt mir immer dann ein, wenn heute die Debatte um die Kopftuchverbote bei den Mohammedanerinnen in Europa so hitzig geführt wird.

Eine zentrale Rolle in der religiösen Praxis damals spielte das Sakrament der Buße. Die wirklich braven Christen gingen einmal im Monat zur Beichte. Die Lauen fanden sich nur einige Male im Jahr vor dem Beichtstuhl ein: vor Weihnachten, vor Ostern, zu Allerheiligen, am Portiuncula-Sonntag (Anfang August), bei Wallfahrten. Die ganz verstockten Mannsbilder gingen nur zu Ostern beichten oder auch gar nicht. Jedenfalls wurden die Leute, die zur Osterbeichte gingen, in der Pfarre irgendwie registriert. Man bekam ein Beichtbildchen. Für die Erwachsenen gab es, getrennt nach Männern und Frauen und nach Burschen und Mädchen so genannte „Standeslehren". Das waren Vorträge bzw. Predigten, bei denen ein eigens dafür geschulter Ordenspriester dem Sündenbewusstsein etwas nachhalf und die Leute auf eine gute Beichte vorbereitete. Anschließend war Beichtgelegenheit, gleichzeitig in mehreren Beichtstühlen. Der Osterkommuniontag war ebenfalls nach Ständen gesplittet und ein besonderes Fest. Wir Kinder hatten an unserem Kommuniontag schulfrei, die Knechte und Mägde brauchten an ihrem Kommuniontag ebenfalls nicht arbeiten. Sehr wohl aber mussten sie die Stallarbeiten verrichten. Nach der Messe gab es beim Bäcker das so genannte „Beichtkipferl".

Von Zeit zu Zeit gab es in den Pfarren die Volksmission. Noch heute sieht man an der Außenseite unserer Pfarrkirchen die Missionskreuze, an denen die Jahre der Volksmission angeführt sind. Wenn Volksmission war, kamen gleich mehrere Ordensgeistliche, hielten Standeslehren und Predigten. Es handelte sich dabei um besonders wortgewaltige Prediger. Sie redeten ins Gewissen, rissen das Unkraut aus, ackerten tief und legten eine Neusaat an. An eine Sonntagspredigt am Ende einer solchen Mission erinnere ich mich lebhaft. Auf der Kanzel stand ein Franziskaner und wetterte auf die Leute herunter. Sein Generalthema war: „Gott lässt seiner nicht spotten". Er brachte eine Reihe von Beispielen aus dem Leben von ungläubigen Frevlern, die sich gegen Gott versündigt hatten und schilderte in den kräftigsten Farben, wie sie die Strafe Gottes ereilt hätte. Ich war damals etwa 14 Jahre alt. Was der Pater da so vom Stapel ließ, erschien mir übertrieben, und weil er sich gar so heiß redete und geradezu schäumte, musste ich lachen. Er erblickte mich, zeigte von der Kanzel herab mit dem Finger auf mich und las mir die Leviten. Ich kann mich noch erinnern, dass ich mich duckte und versuchte, in der Kirchenbank auf den Fußschemel hinunter zu rutschen. Die Leute drehten sich nach mir um. Ich war bis über beide Ohren rot geworden.

Ich will mich über die Ohrenbeichte nicht lustig machen. In meinen Kinder- und Jugendjahren ging ich jeden Monat zur Beichte. Besonders in der Zeit der Pubertät und der Jugendzeit hat mir diese Praxis sehr geholfen, mich im Leben zu orientieren. Ich erinnere mich besonders an den Kampf, den ich im Beichtstuhl gegen mich führte, weil ich mich meinem Vater gegenüber oft so rotzfrech und unmöglich benahm. Man hatte mich nicht gelehrt, den Vater zu achten und zu ehren und man lebte es mir von keiner Seite vor. Als ich heranwuchs, glaubte ich alles besser zu wissen und zu können. Ich hielt seine Arbeitsmethoden für ineffizient, kam mit ihm ständig in Konflikt und ließ mir von ihm nichts sagen. Andererseits hielt mir der Beichtspiegel in regelmäßigen Abständen das vierte Gebot vor Augen: „Du sollst Vater und Mutter ehren". Ich bereute mein Verhalten und schaffte es zwei Wochen lang tatsächlich, mein vorlautes Mundwerk im Zaum zu halten. Wenn ich heute zurückdenke, war es für meine charakterliche Entwicklung wichtig, dass ich im Alter von 16 1/2 Jahren von daheim weg und zu einem Bauern kam, der mir den Herrn zeigte. Da war es dann vorbei mit den Frechheiten und mit meiner Besserwisserei.

Die Sünde war in meiner Kindheit ein zentrales Thema des Glaubens. Man wurde ständig schuldig und war von Verdammnis bedroht. Besonders ertragreich für den Sündenfall war das sechste Gebot. Gott war eine Gestalt, vor der man sich vor allem zu fürchten hatte. Der strafende Gott stand im Vordergrund. Man unterschied die schwere Sünde und die lässliche Sünde. Dazu kamen noch die Sündenstrafen, die vor allem im Fegefeuer abzubüßen waren. Dagegen konnte man sich durch Ablassgebete schützen. Den Missbrauch des Ablasshandels, der am Beginn der Neuzeit zur Glaubensspaltung geführt hatte, gab es aber nicht mehr.

Es gab jedoch noch immer die Ablässe, die man an bestimmten Zeiten in jeder Kirche gewinnen konnte. Bestimmte Gnadenorte hatten zusätzliche Ablassprivilegien. Einen Ablass konnte nur gewinnen, wer im Stand der Gnade war, das heißt, er durfte nicht in schwerer Sünde leben. Daher war die Beichte fast immer eine Voraussetzung für die Ablassgewinnung. Ein Ablass wurde gewährt, wenn man auf die Meinung des Heiligen Vaters gewisse Gebete verrichtete. In einem Gebetbuch jener Zeit fand ich ein Gebet zum Hl. Schutzengel. Wenn man die Bedingungen, die ein Ablass erforderte, erfüllte und dieses Gebet verrichtete, wurden einem 300 Tage Ablass zugesprochen.

Die Religion hat mir als Kind auch Freude bereitet. Ich liebte die liturgischen Feiern und fand den Beruf eines Priesters durchaus erstrebenswert. Sie hat mir aber oft auch Angst gemacht. Das Evangelium vom 33. Sonntag im Jahreskreis, wo es bei Markus im 13. Kapitel, Vers 24 heißt: „In jenen Tagen, nach der Drangsal, wird sich die Sonne verfinstern und der Mond nicht mehr scheinen, die Sterne werden vom Himmel fallen und die Mächte des Himmels erschüttert werden", jagte mir solche Angst ein, dass ich am Abend vor dem Bettgehen oft beim Fenster stand und zum Firmament schaute. Ich war in Sorge, dass die Sterne heute schon größer sein könnten, als sie gestern waren, was ja bedeutet hätte, dass sie sich anschickten, näher zu kommen.

Ich war fünf Jahre lang Ministrant in Hackstock. Damals wurden wir auch schon im Alter von 9 Jahren gefirmt. Nach der Firmung durfte ich ministrieren. Voraussetzung war, dass wir die Messgebete auf Lateinisch sagen konnten. Mir hat das Erlernen der Texte Spaß gemacht, und ich kann sie heute, nach fast 50 Jahren, noch alle auswendig. Wir mussten beim Ministrieren fast die ganze Zeit knien. Besonders wichtig kamen wir uns vor, wenn wir das große Messbuch von der linken auf die rechte Altarseite – und umgekehrt – trugen. Das kam bei einer Messe zweimal vor, wenn ich mich recht erinnere. Auf dem Weg von der einen zur anderen Seite mussten wir mit dem großen Buch auch eine Kniebeuge machen und sollten dabei nicht das Gleichgewicht verlieren. Das war für so einen kleinen Knirps gar nicht so einfach.

Kapelle in Hackstock um 1950

Die Kirche in Hackstock war nur eine kleine Kapelle, keine richtige Pfarrkirche. Die jetzige Kirche wurde erst Anfang der Sechzigerjahre unter Kaplan Hinterleitner, der später lange Zeit Pfarrer in St. Thomas am Blasenstein war, errichtet. Gottesdienste gab es nur einen pro Woche, nämlich jeden Dienstag in der Früh um sieben Uhr. Diese Messe war immer auch die Schülermesse. Wir waren in Hackstock nur zwei Ministranten, daher kamen wir jede Woche dran.

Es war mein besonderer Ehrgeiz, ja keine Messe zu versäumen. So kalt und so miserabel konnte das Wetter gar nicht sein, dass ich daheim geblieben wäre.

In allerbester Erinnerung habe ich noch die Versehgänge. Als Ministrant musste ich den Kaplan zu den kranken Menschen begleiten, wenn er ihnen die Krankensalbung spendete und ihnen die Kommunion brachte. Vor Ostern waren der Kaplan und ich fast einen ganzen Tag unterwegs, weil wir einer Reihe von bettlägerigen Menschen die Osterkommunion bringen durften. Das passte mir sehr, denn ich konnte mit dem Kaplan durch die Gegend ziehen, während die anderen Klassenkameraden Unterricht hatten.

Der Kaplan (es war Ferdinand Fürthauer, der spätere Pfarrer von Klam, der vor wenigen Jahren verstorben ist) verließ sich ganz auf meine Ortskenntnisse, weil er neu in die Pfarre gekommen war und sich noch nicht so gut in der Gegend auskannte. Da hatte er mich aber sehr überschätzt. Ich verirrte mich in den großen Wäldern zwischen Hackstock und dem Tanner Moor und wusste zuletzt nicht mehr, wo wir eigentlich waren. Mindestens zwei Stunden waren wir im großen Wald unterwegs gewesen, bis wir wie durch ein Wunder beim Rauch in Dauerbach (das Haus steht heute nicht mehr) heraus kamen, wo es einen kranken Menschen zu besuchen galt.

Bei einem Versehgang war der Priester mit einem weißen Rochett bekleidet und trug auch eine Stola. In der Hand trug er vor sich das Allerheiligste. Wenn wir so durch einen Ort gingen, musste ich in kurzen Zeitabständen mit der Glocke bimmeln, auch wenn wir unterwegs jemanden antrafen. Die Menschen knieten sich nieder, der Priester segnete sie mit dem Allerheiligsten, und sie machten ein Kreuzzeichen.

Wenn wir in das Haus eines Kranken kamen, waren dort schon die Nachbarn versammelt. Sie standen im Vorhaus und beteten laut. Der Priester ging zu dem Kranken hinein und nahm ihm die Beichte ab. Das laute Beten im Vorhaus sollte zweierlei: Es sollte einerseits verhindern, dass man hörte, was der Kranke beichtete und war andererseits ein Bittgebet, Gott möge dem Kranken die Gnade der Reue und ein gutes Gedächtnis schenken, sodass ihm die Sünden auch einfielen. Besonders gut erinnere ich mich aus der Zeit meines Ministrantentums an eine schmerzvolle Begebenheit.

Hackstock Kapelle innen (vor dem Neubau)

Josef Pilz, der Onkel Pepi, der damals Dechant in Schärding war, war zu Besuch in Hackstock und feierte dort mit den Menschen seiner Heimat die Messe. Ich musste, wie immer, ministrieren und freute mich schon darauf. Daheim auf dem Bauernhof meiner Eltern stand aber ein großes Ereignis bevor, das ich ebenfalls nicht versäumen wollte. Die Rinder wurden zum ersten Mal nach dem langen Winter auf die Weide getrieben. Ich wollte unbedingt dabei sein. Das dauerte länger als geplant, weil ein paar Jungrinder so störrisch waren und nicht aus dem Stall wollten. Für sie war die Sache ja ganz neu. So wurde die Zeit für mich sehr knapp. Ich fuhr mit dem Rad nach Hackstock und hatte es natürlich sehr eilig. In einer Kurve nach einem steilen Straßenstück, beim Moser Franzl, rutschte ich mit dem Rad auf dem Schotter aus und kam zu Sturz. Meine beiden Knie bluteten, und in den Wunden klebte der Sand. Ich schnappte mein Rad und fuhr weiter. In Hackstock wurden meine wunden Knie von einer Tante verbunden, und auf ging's in die Kapelle. Ich kniete beim Ministrieren trotz der verletzten Knie. Diesmal war ich froh, als die heilige Messe endlich vorbei war.

Aus meiner Ministrantenzeit ist mir noch eine andere Besonderheit der religiösen Praxis in Erinnerung: Das so genannte „Virbetn“ (betend nach vorne gehen) oder „Virsegna“ (nach vorne holen und segnen). Frauen, die ein Kind geboren hatten und zum ersten Mal wieder in die Kirche kamen, wurden vom Priester an der Kirchentür abgeholt und nach vorn geleitet. Dort wurden Segensgebete über sie gesprochen. Diese Frau saß dann während der Messe in der ersten Bankreihe und hatte ein Wachsstöckl, eine Kerze, angezündet. Ich kann mich an den Wortlaut der Gebete nicht mehr so recht erinnern, aber mir ist, es ging dabei um Reinigung von irgendeiner unbestimmten Schuld. Wenn ich mich nicht irre, wurde uns auf Nachfragen zu Hause die Sache so erklärt: Die Frau hatte ein Kind zur Welt gebracht, das mit der Erbsünde belastet war. Von dieser unbestimmten Schuld musste die Mutter gereinigt werden, bevor sie wieder den Zutritt zu den Sakramenten hatte.

Der große religiöse Umbruch kam zu Beginn meiner Jugendzeit. Mit Freude denke ich zurück an die Zeit Papst Johannes XXIII, des großen Reformers der Kirche. Er wurde in dem Jahr zum Papst gewählt, als ich meine Pflichtschule abschloss. Er berief das Konzil ein, das eine grundlegende Erneuerung der Kirche und vor allem der Liturgie zur Folge hatte. Die Muttersprache zog in die Liturgie ein, die Priester wandten sich von nun an beim Gottesdienst dem Volk zu, die Laien wurden in der Kirche stärker zur Mitarbeit herangezogen.

Hermann Kronsteiner, ein Musikprofessor am Petrinum, komponierte viele einfache Gesänge für die erneuerte Liturgie, die wir als Mitglieder der Katholischen Jugend begeistert sangen. „Wie der Hirsch nach Wasserquellen lechzt, so sehnt sich meine Seele, Gott, nach dir“ ließen wir es in der Osternacht erklingen. Wir hatten Kapläne, die sich unser annahmen und die uns zu einer Gruppe formten, die sich in der Kirche engagierte.

In meiner Zeit in Lasberg führte ich in der knappen Freizeit, die ich als Landarbeiter hatte, eine Jungschargruppe. In der Katholischen Jugend bekämpften wir die Tanzveranstaltungen an Samstagen, weil diese ja zur Folge haben mussten, dass die Ballbesucher am nächsten Tag zur Zeit der Messe nicht ausgeschlafen waren oder den Sonntagsgottesdienst überhaupt schwänzten.

Wir trugen weiße Hemden und nähten uns darauf das Abzeichen der KJ. Beim Landesjugendtag in Linz im Jahre 1963 füllten wir mit 25.000 Teilnehmern das Linzer Stadion und marschierten anschließend mit Fahnen und Gesängen auf den Hauptplatz. 1964/65 war ich eine Zeit lang als Diözesansekretär der Katholischen Landjugend tätig, leitete Jugendwochen und hielt Tagungen für Jugendführer im ganzen Bundesland ab. 1965 nahm ich während meiner Bundesheerzeit am Europafestival der Katholischen Jugend in Stuttgart teil und war begeistert vom Schwung und von der großen Bewegung, die in den jungen Menschen zu spüren waren.

KLJ-Burschengruppe in Lasberg 1963

Wohnen

Meine Frau und ich haben in der Gemeinde Luftenberg gemeinsam ein Haus gebaut. Ein großes Haus. Ein viel zu großes, wie sich jetzt heraus stellt. Es hat die Ausmaße 15 mal 17 Meter, wenn man das bisschen Garage, die viel zu klein ist und an der Nordostseite direkt an das Haus angebaut ist, dazu zählt. Unser Haus steht auf einem leicht nach Südosten geneigten Hang. Von der Zufahrtsstraße kann man bequem, weil eben, in das Wohngeschoss gelangen. Besonders vorteilhaft ist, dass unser Haus in der Bahnhofsiedlung steht. Unsere Kinder mussten nur fünf Minuten zur Haltestelle laufen, als sie in Linz die höheren Schulen besuchten. Auch meine Frau war über die Bahnhofsnähe sehr froh. Wir leisteten uns während der 13 Jahre, in denen ich meinen Arbeitsplatz in Perg hatte und täglich mit dem Auto unterwegs war, keinen Zweitwagen, was zur Folge hatte, dass Hilde eine treue Kundschaft der ÖBB wurde.

Haus im Rohbau 1978

Wegen der Wohnbauförderung, auf die wir angewiesen waren, um das Vorhaben auch finanzieren zu können, haben wir die Wohnräume im Erdgeschoss auf 129 Quadratmeter hingeplant, denn 130 waren damals die Obergrenze, die gerade noch gefördert wurde.

Das Stiegenhaus ist stattlich, weil wir ja einen Dachbodenausbau nicht ausschließen und auf jeden Fall auch das Kellergeschoss für Wohnzwecke nutzen wollten. Vom Stiegenhaus gelangt man in mein zirka 14 Quadratmeter großes Arbeitszimmer, das als Büro bezeichnet und mir als Lehrer außerhalb der Förderrichtlinien zugestanden wurde. Vom Wohnzimmer aus betritt man einen Balkon, der vom Frühjahr bis zum Herbst in einer Länge von 12 und einer Breite von 1,30 Metern eine schöne zusätzliche Wohnfläche darstellt. Ein Windfang ermöglicht es, entweder die Südostseite oder die Südwestseite des Balkons zu nutzen, je nach aktueller Windrichtung. Wir halten uns dort in der warmen Jahreszeit oft auf. Der eigentliche Wohnbereich umfasst ein Wohnzimmer und eine Wohnküche mit je 25, ein Schlafzimmer mit 14, ein Kinderzimmer mit 17 und ein Gästezimmer mit 8, ein Bad mit 9 und eine große Diele mit zirka 22 Quadratmetern. Dazu gibt es in diesem Geschoss noch eine Speis gegenüber der Küche und zwei Klosette.

Als überbesorgte Eltern waren wir der Meinung, unsere drei Kinder würden das große Haus zu schätzen und zu nützen wissen, und so legten wir in der Kellerwohnung, die ohne die große Diele 82 Quadratmeter Wohnfläche aufweist und von deren Wohnzimmer man auf eine zirka 20 Quadratmeter große Terrasse kommt, eine Fußbodenheizung und ließen die Böden mit Terrakotta verfliesen. Jahrelang wurde die untere Wohnung von unseren großen Kindern als Basislager für alles Mögliche angesehen. Besonders eignen sich solche Räume als Zwischenlager für Möbel, Bücher, Sportgeräte, Winterreifen, Winter- oder Sommerbekleidung, denn die modernen Stadtwohnungen können das alles nicht aufnehmen.

Natürlich besuchen uns die Kinder mit den Enkeln manchmal und füllen das Haus. Da kann es dann schon vorkommen, dass bei gewissen Festanlässen wieder zwölf bis vierzehn Personen im Haus schlafen. Aber sonst, all die Tage dazwischen, da dehnen wir uns, meine Frau und ich, im ganzen Haus aus. Sie bügelt im Keller oder auf der Terrasse, ich sitze im ehemaligen Kinderzimmer, das jetzt zu einer Bibliothek umgewandelt wurde, in der mein Computer steht. Oder meine Frau kocht in der Kellerküche auf dem Holzofen Marmelade ein, damit sie Strom spart, während ich mich in der Werkstatt beschäftige. Wenn wir uns aus dem Weg gehen wollten, könnten wir es in unserem Haus erfolgreich tun. Weil wir uns aber vertragen und noch immer mögen, gehe ich nach einer gewissen Zeit auf Suche, wo denn meine Frau gerade werkt. Sie werkt fast immer. Wenn ich sie darauf anspreche, dann klagt sie gelegentlich über das große Haus mit seinen 18 Fenstern und den 3 Balkontüren. 230 Quadratmeter Wohnfläche ist etwas zu viel für zwei Menschen, wenn man bedenkt, dass auch leer stehende Räume verstauben und von fleißigen Spinnen vernetzt werden.

Als wir in unser Haus einzogen, war vieles noch nicht so wie heute. Im Keller gab es noch keine Fußböden, sondern nur den rohen Betonboden, auf den wir alte Teppichböden legten. Es fehlten dort auch die Türen. Alles war im Rohzustand, aber die Wände waren bereits verputzt. Auf der Terrasse waren noch keine Platten verlegt und es fehlten die äußeren Stiegenaufgänge. Die Balkone waren nicht verfliest und hatten keine Geländer, was ziemlich gefährlich war. Im Wohnzimmer hatten wir das alte Wandregal und die Sitzgarnitur aufgestellt, die uns die Schwiegereltern überlassen hatten. In der Küche stand die alte kleine Eckbank mit den Holzsesseln und an den Wänden einige alte Kastln, die wir von irgendwoher zusammen gesammelt hatten. Die Diele war notdürftig eingerichtet. Das alte Klavier stand da und die Sitzmöbel, die wir einer Freundin des Hauses günstig abgelöst hatten. Der Deckenträger aus Beton lag noch blank und wartete auf eine Verbauung.

So nach und nach richteten wir das Haus ein. Nach 10 Jahren konnten wir sagen, wir hätten das Ärgste hinter uns. Vor wenigen Jahren, kurz vor der Jahrhundertwende, waren wir in der Lage, die noch ausstehenden Kredite in einem zurückzuzahlen. Meine Frau und ich setzten uns zum großen Tisch in der Wohnküche, der für zwei Personen eigentlich viel zu groß dimensioniert ist, und öffneten eine Flasche Sekt: Wir waren schuldenfrei! Manchmal fragen wir uns, wie wir das überhaupt schaffen konnten.

Bis zum Jahre 1990 waren wir in unserem Haus eine komplette Familie. Wir bewohnten zu fünft das große Haus und genossen die Vorzüge der Weitläufigkeit. Der große Tisch in der Wohnküche mit 1.20 x 1.20 Meter war unser kommunikativer Platz. Zu dieser Zeit hatte er Sinn und erfüllte seinen Zweck. Wenn wir Weihnachten feierten, wenn wir am Gründonnerstag Abend oder in der Osternacht die Feier in der Kirche daheim ausklingen ließen oder wenn wir einen der Geburtstage begingen, dann war das ein Fest an unserem großen gemeinsamen Tisch. Auch die Zeugnisfrühstücke waren legendär. Da ließ meine Frau alles aufmarschieren, was das Herz begehrte.

Familie bei Tisch

Bevor wir in unser großes Haus einziehen konnten, wohnten wir zu fünft acht Jahre im Lehrerwohnhaus in Statzing, gleich neben der Schule, in der ich unterrichtete. Die Wohnung war 75 Quadratmeter groß. Mein Schreibtisch stand im Wohnzimmer. Die drei Kinder hatten wir dank eines Stockbettes, das auch danach immer wieder in Gebrauch war und schon so manche Veränderung hinnehmen musste, im kleinen Kinderzimmer unterbringen können. Die ohnehin kleine Küche wurde noch verzwickter, als wir in eine Ecke eine Gefriertruhe stellten. Der Vorraum war winzig. Die Waschmaschine stand im kleinen Bad. Es war sehr dicht in unserer Statzinger Wohnung.

Ich erinnere mich gern an diese Zeit. Im Haus wohnten noch elf andere Familien, die meisten in unserem Alter. Fast alle hatten Kinder. So kam es, dass unsere Kleinen inmitten einer großen Schar von Spielkameraden aufwuchsen. Zwölf Kinder lebten im Haus. Am Sandhaufen gab es gelegentlich großes Gedränge, sicher auch Streit. Aber die Kinder wurden nicht müde, miteinander zu spielen und dachten sich so manches Abenteuer aus.

Unsere ersten drei Ehejahre wohnten wir in der Retzhangsiedlung in der Gemeinde St. Georgen im Haus der Familie Wizany. Dipl. Ing. Walter Wizany war in der Landwirtschaftsschule Katsdorf einer meiner Lehrer gewesen. Die eigentliche Wohnung im Obergeschoss stand noch im Rohbau, nur die Kellerwohnung, deren ebenerdige Fenster Richtung Osten und zum Garten hin gelegen waren, war bezugsfertig. Sie war klein, aber wir waren selig, als wir dort als Jungvermählte einziehen durften. Unser erstes Kind Brigitte ist hier zur Welt gekommen und hat vor den Fenstern dieses Hauses ihre ersten Schritte gemacht.

Gittis erste Schritte

Eine lange Vorgeschichte ist das geworden. Dieses weite Ausholen war aber notwendig, um darzustellen, welche Welten zwischen dem liegen, was wir jetzt unser Heim nennen, und dem Ort, wo ich als kleiner Bub aufgewachsen bin.

Mein Elternhaus war bis zum Jahre 1954 ein niedriges, mit Stroh gedecktes Bauernhaus, wie es viele in der Gegend des Unteren Mühlviertels gegeben hat. Ein Bauernhaus war damals nicht zum Wohnen da, sondern zum Arbeiten. Weil aber die Menschen nicht Tag und Nacht arbeiten konnten, brauchten sie wenigstens eine Schlafstätte. Im Mühlviertel waren in meiner frühen Kindheit die Bereiche eines Bauernhofes geographisch so angeordnet, dass man daraus schon eine gewisse Wertigkeit erkennen konnte. So lagen die Wohngebäude der Bauern meist im Norden, während die Ställe eher auf der Südseite zu finden waren. Das Vieh war wichtiger als der Mensch. Bei uns daheim war beides auf der Nordseite situiert.

Mutter mit Mitzi, Gerti und Toni vor dem alten Haus um 1940

Die Wohnsituation in meinem Elternhaus war vor dem Umbau so beengend, dass sie selbst mich, der ich sie erlebt habe, fast unglaublich anmutet. Jüngere Leser werden das, was ich nun schildere, kaum fassen können. Beim Nachdenken darüber befiel mich Unsicherheit, ob ich denn auch alles richtig in Erinnerung hätte. Meine beiden älteren Schwestern haben meine Erinnerungen bestätigt.

Meine Mutter erzählte uns einmal, als wir schon erwachsen waren, dass sie und unser Vater ihre Hochzeitsnacht im gleichen Raum mit den Zieheltern meiner Mutter verbringen mussten. Wie lange die beiden Ehepaare, die Alten und die Jungen, den gleichen Raum als Schlafgemach teilten, entzieht sich meiner Kenntnis. Ich will aber rekonstruieren, wo wir alle Anfang der Fünfzigerjahre in dem Haus geschlafen haben.

Es gab nur die Stube und ein Stübl. In diesen zwei Räumen muss sich unser Nachtleben abgespielt haben. Nur die Magd, die Tini, hatte eine Schlafstelle im Rübenkeller, gleich neben der Stalltür. Es war ein finsterer, feuchter Raum. Es roch dort nach Rüben, Erdäpfeln und Stall. Wenn es finster war, huschten die Mäuse über die Bretterwände, die die Rüben von der Schlafstatt trennten. Im Stübl schliefen in einem Bett Großvater und Großmutter, in einem anderen die Schwester des Großvaters (die wir später Godn nannten), und eine meiner Schwestern. Nach dem Tod des Großvaters im September 1951 waren in diesem Stübl neben den zwei alten Frauen meine Schwestern Mitzi und Gerti untergebracht. Das Stübl war ungefähr dort, wo sich jetzt das Bad befindet. Eines Nachts kamen zwei Burschen aus Hackstock zu meinen Schwestern ans Fenster. Es hatte kein Fensterkreuz und war ebenerdig gelegen. Die beiden Draufgänger, der Justl Ludwig und der Franzl vom Oberwirt, wollten eben ins Innere der Mädchenkammer vordringen, da gewahrte Ludwig die Großmutter und stieß einen Warnschrei aus: „Jo, do is ja d' Muada a do.!"

Das Bett unserer Eltern stand in der Stube rechts neben der Tür. Es handelte sich um ein so genanntes „zwiespaniges Bett", das heißt, es war um eine Spur breiter als heute ein Einzelbett ist. Für zwei Personen aber war es sehr eng. Man musste sich aneinander schmiegen, ob man wollte oder nicht. Meine Eltern werden es schon manchmal gewollt haben, sonst wären der Ehe nicht acht Kinder entsprossen. Ein neuntes Kind war auch noch unterwegs gewesen, es starb aber schon vor der Geburt im Mutterleib.

Wo schliefen aber die anderen Kinder, wenn sie schliefen? Ich erinnere mich an ein Gitterbett, das größer war als die heutigen. Dieser „Käfig" war eine gewisse Zeit jedenfalls meine Schlafstatt, die ich mit zwei meiner Geschwister teilen musste. Zu dritt lagen wir in diesem „Kobel". Ich weiß noch genau, dass wir uns am Abend ausmachen mussten, in welche Richtung wir uns drehten, damit wir es einigermaßen bequem hatten. Der Hintern musste jedenfalls bei jedem der Kinder in die gleiche Richtung zeigen, Seitenlage war angesagt. Meine Bettgenossen waren jedenfalls mein jüngerer Bruder Otto und wahrscheinlich meine um drei Jahre ältere Schwester Thekla. Lois war 1950 geboren und schlief zunächst in der Wiege, dem „Heinl", wie wir es nannten. Später wird auch er wahrscheinlich mit mir im Gitterbett gelegen sein. Dann aber musste man die Thekla ausquartiert haben, wohin, das weiß ich nicht mehr. Thekla hatte es als viertes von acht Kindern besonders schwer. Die größeren Schwestern waren schon für die richtige Arbeit zu gebrauchen, auf die kleineren Kinder hieß es Rücksicht nehmen. Sie als Zwischenglied musste oft das Gefühl haben, ich bin eigentlich weder das eine noch das andere. Als sie schon in die Oberstufe der Volksschule ging, gab man sie zu fremden Leuten als „kleine Dirn" oder als „Kindermensch". Zuerst war sie längere Zeit in Schönau, später dann in Landshut beim Obertoni. Natürlich musste sie sich dort die Kost verdienen, auch wenn sie noch ein Schulkind war.

Mein älterer Bruder Toni kam 1950 zum Studium ins Petrinum nach Linz und war somit aus dem Haus. Wenn die auswärtigen zwei Geschwister zu Weihnachten zu Hause waren, dann muss das in den Betten ein schlimmes Gedränge gewesen sein.

An das oben beschriebene Gitterbett habe ich noch eine sehr konkrete Erinnerung: Wir behausten es nachts, wie gesagt, zu dritt. Ich war der Größere, also mussten um diese Zeit Otto und Lois bei mir geschlafen haben. Ich war schon so groß, dass ich mich nicht mehr im Bett ausstrecken konnte, sondern mich abknicken musste, damit ich halbwegs Platz hatte. Das störte meine Brüder in ihrer Position, und so kam es öfters zu Streit darüber, wie wir uns denn schlichten sollten. Irgendwann wurde es mir zu bunt, und ich trat gleich drei Sprossen des Gitterbettes durch. Natürlich gab es dafür eine gehörige Strafe, aber ich konnte mich fortan ausstrecken, wie ich wollte. Ich hatte mir Platz gemacht.

Als im Jahre 1954 der Blitz in unser Haus einschlug und alle Kühe tötete, kam eines Tages die Hedwig-Tante, sie war Pfarrerköchin bei ihrem Bruder in Laakirchen, und nahm Otto mit sich. Er war damals Schüler der zweiten Klasse Volksschule und eben bei der Erstkommunion gewesen. Zunächst war nicht an eine ständige Übersiedlung gedacht, aus dem Aufenthalt in Laakirchen wurde aber was Dauerhaftes. Als Otto die Volksschule in Laakirchen abgeschlossen hatte, kam er ins Petrinum nach Linz. Zu uns kam er nur noch auf Besuch. Er wurde ein Laakirchner, er war bei den Leuten dort der „Pfarrerbua". Später fand er dort auch seine Frau Margret und bewohnt mit ihr und seinen fünf Kindern ein schönes Einfamilienhaus. Auch sein Weggang machte Platz im Haus. Das hört sich schrecklich an, aber es war so.

Unsere Stube war also Schlafstätte für die Eltern und eine ganze Reihe von Kindern. Ein paar Mal übernachtete sogar der Rauchfangkehrer in unserer Stube. Es war Winter, und er war zu Fuß unterwegs. Er fragte an, ob er da über Nacht bleiben könne. Er durfte. Es wurde langes Stroh (ein so genannter „Schwaben") in die Stube gebracht und zu einer dürftigen Bettstatt auf dem Bretterfußboden ausgebreitet. Darauf schlief der Schwarze Mann in seiner verrußten Montur. Er bekam auch warme Milch vor dem Schlafengehen, wie wir alle, und musste mit uns den Rosenkranz beten. Das tat er nur widerstrebend, aber unsere Mutter kannte da keinen Pardon: Erst beten, dann schlafen.

Zu den Mahlzeiten und zu den Gebetszeiten versammelten wir uns um den großen Tisch. In der Winterzeit stand ein eiserner Ofen in der Mitte des Raumes, der die Stube heizte, und die Stube diente in der kalten Jahreszeit auch als Arbeits- und Werkstätte für so vieles: Der Vater saß am unteren Ende und schnitt das Besenreisig aus. Die Birkenbesen wurden in der Stube auch gebunden. Am Restbaum war an einem Strick der Besenreif angebracht, den der Vater brauchte, um die Besen an einigen Stellen abzuschnüren und sie mit einer „Widn" (Weidenrute) zu binden. Auch das „Bindwera" fand mangels einer Werkstatt in der Stube statt. Darunter verstand man die Ausübung des Binder-Handwerks. Vater stellte die Holzbutten und die Holzeimer (beides waren Gefäße, die zum Wassertragen von der Küche in den Stall dienten) und auch verschieden große Schaffeln (Zuber) selber her. Dazu benötigte er ganz bestimmtes Werkzeug: das „Roafmesser", die „Bindersag" zum Ausfräsen einer Nut, in welche der Boden eingesetzt wurde, verschiedene Rundmesser zum Ausschneiden der „Daufeln" (Dauben), den „Roafhammer", den „Abrichthobel", Lochbohrer und Raspeln. Ich liebte diese Arbeit, ich sah sehr gerne dabei zu und sog den Duft des frischen Holzes genüsslich ein. Einmal im Jahr kam der Holzschuhmacher ins Haus. Als ich noch klein war, war das der Toni-Vetter aus Schönau, ein Bruder der Großmutter. Auch er benutzte die Stube als warmen Ort zum Arbeiten. Daneben surrten die Spinnräder, auf denen Wolle und Garn gesponnen wurden.

Jeden Samstag vor dem Rosenkranzbeten kam die Godn mit dem Wäscheschaff in die Stube und seifte die sehr stark verschmutzte und zuvor eingeweichte Wäsche mit Seife ein. Diese Seife war ein Eigenprodukt und wurde zu meiner Zeit nur mehr für diesen Zweck verwendet. Ich weiß aber noch genau, wie sie gerochen hat.

Eine Winterarbeit in der Stube war auch das Flicken der vielen Säcke, vor allem der Kartoffelsäcke. Das Ausbessern von Wäsche, Strümpfen und

Socken war aber das ganze Jahr eine nicht zu unterschätzende „Weiberarbeit“. Dazu war aber nicht während der Woche Zeit. Diese Flick- und Stopfarbeit wurde immer an Sonntag-Nachmittagen erledigt. Wenn ich als Kind meine Mutter einmal beim Faulenzen und Nichtstun ertappt hätte, wäre das für mich so etwas wie eine Sensation gewesen.

So haben wir gewohnt damals. So haben wir gelebt. Eng ist es gewesen. Nicht immer friedlich. Ich habe die großen Leute heftig streitend erlebt. Wir Kinder haben gewiss auch viel gestritten und gerauft. Wenn wir es zu arg trieben, ist die Mutter mit der Rute dreingefahren. „Wer seine Kinder liebt, der züchtigt sie“, war eine Devise, die sich seit Jahrhunderten bewährt hatte. Erziehungsseminare waren noch nicht in Mode gekommen, Bücher dieses Fachs kannte man in meinem Elternhaus nicht. Kinder hart zu strafen war nichts Verwerfliches, sondern etwas Notwendiges.

So nach und nach verließen die vielen Menschen, die um 1950 am Obermittereggerhof gewohnt hatten, das Haus. Ab 1954 war nicht mehr Platzmangel der Grund für ihr Weggehen. Zunächst hatten wir durch Willi, unseren jüngsten Bruder, 1955 noch einmal Zuwachs bekommen. 1957 heiratete Gerti, noch nicht zwanzigjährig. Daraufhin kam Thekla heim und war bis zu ihrer Hochzeit 1964 die Chefin im Kuhstall. 1959 ging Mitzi nach Weitersfelden und erlernte dort das Schneiderhandwerk. Toni war 1955 aus dem Petrinum geflohen und verbrachte die folgenden Jahre als Landarbeiter, zuerst bei unserem Nachbarn, dann in Linz und später in Laakirchen. Als ich 1961 nach Lasberg zu einem Bauern kam, übersiedelte er nach Hause. Er übernahm später den Hof und übergab ihn weiter an Willi, als er 1976 eine Bäuerin in Ried in der Riedmark heiratete. 1961 kam Lois als Elfjähriger ins Missionshaus St. Rupert, wo er das dortige Gymnasium absolvierte. Großmutter starb Mitte der 60er-Jahre, Godn Anfang der 70er-Jahre. Seither waren nur mehr drei Leute im Haus: Vater, Mutter und Toni, ab 1976 statt Toni der jüngere Willi.

Es war still geworden im Haus, kein Kinderstreit, aber auch kein Kinderlachen war zu hören. Meine alten Eltern freuten sich jedes Mal sehr, wenn wir zu Besuch kamen. 1991 verließen auch meine Eltern das Haus und kamen zu Toni nach Ried, nachdem Willi alles Vieh hergegeben und eine unselbstständige Arbeit angenommen hatte. Das waren sicher schlimme Stunden für sie gewesen, als die Kühe aus dem Stall getrieben wurden. Mein Vater starb einige Monate später in Ried.

Da die Schwiegereltern meiner ältesten Schwester Mitzi ebenfalls inzwischen verstorben waren, zog unsere Mutter zu ihr nach Unterweißenbach, wo sie im Jänner 1994 verstarb.

Altes Haus um 1960: die linke Hälfte noch niedrig und mit Stroh gedeckt

Das einmal so belebte Elternhaus in Dauerbach würde leer stehen, wenn nicht eine Lehrerin mit ihren Kindern es bewohnen würde. Wenn meine Frau und ich gelegentlich in die Gegend kommen, vor allem, wenn die Heidelbeeren reif sind, dann freuen wir uns, dass vor den Fenstern Blumen blühen und ein Hund das Haus bewacht. Wir naschen an den Ribiseln im Vorgarten und denken zurück an jene arbeitsreiche Zeit, als der Bauernhof noch in Betrieb war.

Die Stätte meiner Kindheit hat sich in baulicher Hinsicht stark verändert. Das Haus ist mit einer asphaltierten Straße gut erschlossen, es ist mit einem Ziegeldach eingedeckt. Die Miststätte ist leer, so wie der Stall auch. Die Landschaft aber ist gleich geblieben, wenn man davon absieht, dass auf vielen ehemaligen Feldern und Wiesen Waldbäume wachsen.

Ich habe die Stube schon viele Jahre nicht mehr betreten. Fremde Leute haben sie gemietet, haben dort ein Wohnrecht und wollen ungestört sein. Aber ich war dort viele Jahre daheim gewesen.

Allerlei auf dem Weg vom Vorgestern ins Heute

Unter Strom gesetzt

Petroleumlampe

Das revolutionärste Ereignis meiner Kindheit war der Anschluss meiner Heimat an das elektrische Stromnetz. In Unterweißenbach gab es natürlich schon seit langem elektrisches Licht. Wir in Dauerbach, Hackstock, Grafenschlag und Windhing lagen dagegen in den langen Winternächten fast völlig im Dunkeln. Man muss sich das einmal vorstellen: Um die Weihnachtszeit beginnt der Abend so um halb fünf Uhr.

Und es gibt keine elektrische Glühlampe im ganzen Haus und keine Steckdose, aus der man Strom beziehen kann. Wir hatten in der Stube eine Petroleumlampe mit einem Glasschirm über dem Tisch hängen, der verhinderte, dass das Licht ständig flackerte und dass es ausging, wenn jemand die Tür einmal heftig zuschlug. In der Küche stand auch eine ähnliche Lampe. Aber das war's schon. Sonst war es im ganzen Haus dunkel. Musste jemand aufs Klo gehen, das sich im Hof befand, so konnte er entweder dorthin im Dunkeln tappen, oder er nahm sich eine Laterne mit. Im Kuhstall hingen bei der Arbeit zwei Stall-Laternen, die aber auch nur einen sehr schwachen Lichtschein von sich gaben. Musste man in die Scheune, um Heu oder Stroh zu holen, so war der Tastsinn gefragt. Den Brennstoff für die Lampen, das Petroleum, trugen wir in Flaschen heim, so wenig brauchten wir. Ein Kanister hätte sich nicht ausgezahlt. Für den Motor zum Futterschneiden holten wir das Petroleum wohl im Kanister, aber das musste eine etwas andere Qualität gehabt haben, weil wir dieses Öl nicht für die Lampen verwendeten. Die Flamme in der Lampe konnte man heller stellen, indem man den Docht mittels einer Schraubvorrichtung etwas weiter herausdrehte. Allerdings verrußte der Lampenschirm schneller, wenn man mit hoher Flamme leuchtete. Es wundert einen nicht, dass ältere Menschen, deren Blase nicht die ganze Nacht dem Andrang standhielt, einen Nachttopf, einen

„Scherm“, unter dem Bett stehen hatten und diesen auch benutzten. Das ließ sich zur Not auch im Finstern bewerkstelligen. Wenn eine Lampe in der großen Stube brannte, war an ein Lesen nicht zu denken, so wenig war die Stube erleuchtet. Für uns Schulkinder, die doch gelegentlich eine Hausübung schreiben sollten, war die Lichtquelle recht dürftig. Wir mussten eine Kerze aufstellen oder die aufgehängte Lampe herunternehmen und vor uns auf den Tisch stellen, um einigermaßen die Zeilen zu sehen, auf denen wir uns entlang hantieren sollten.

Unter diesen Umständen ist es wohl nachvollziehbar, dass sich Menschen auf den Frühling freuen. Wenn die Winter-Sonnenwende endlich erreicht ist und man weiß, dass die Tageslänge wieder zunimmt, dann kommt eine Hoffnung und eine Freude auf, die sich Menschen, die mit dem elektrischen Strom groß geworden sind, kaum vorstellen können.

Was da alles ohne die Hilfe dieser komfortablen Energiequelle geschehen musste! Für das Bügeleisen musste das Innenleben in die Ofenglut gelegt werden, bis es glühte. Regeln konnte man die Wärme im Bügeleisen nicht. Der Kaffee musste mit der Handmühle gerieben werden. Wollte die Mutter einen Kuchen backen, so hatte sie keinen Mixer zur Verfügung, mit dem sie den Teig hätte rühren können. Es gab keinen Kühlschrank und keine Gefriertruhe. Wollte man Lebensmittel einige Tage frisch halten, mussten wir sie in die „Grube“ tragen. Das war ein Erdkeller unter der Scheune. Um dorthin zu gelangen, musste man über den Hof gehen. Frischfleisch gab es nur kurze Zeit nach einer Schlachtung.

Altes Bügeleisen

In Erinnerung ist mir das „Spanleuchtn" beim Rüben hacken geblieben. Vor dem Stallgehen war es die Aufgabe einer meiner großen Schwestern, die Krautrüben für die Kühe zu hacken. Sie legte dabei ein Brett über eine Holzbutte und speigelte mit einem Staudnhackn oder einer Reisighacke die Scheiben von der Rübe.

Kienspan

Weil es im Rübenkeller finster war, musste ich mit einem brennenden Kienspan mitgehen und der Schwester bei der Arbeit leuchten.

Man weiß, wie heute die Werkstätte eines Bauern aussieht: Schweißgerät, Bohrmaschine, Bandsäge, Hobelmaschine, Kreissäge, Flex. Das alles gab es damals nicht. Wenn gebohrt werden musste, geschah das mit Handbohrern, gehobelt wurde ebenfalls alles mit der Hand. Ich erinnere mich noch gut daran, wie uns der Ferdl-Toni-Tischler ein neues Stadltor zimmerte und wie da die Bretter händisch gehobelt wurden. Die Balken, die er dazu benötigte, wurden zurechtgehackt.

Im Stall gab es keine Melkmaschine und keine Entmistungsanlage. In der Stube spielte kein Radio, und es flimmerte kein Fernsehgerät. Auch einen Plattenspieler konnte man nicht in Betrieb nehmen.

Die Aufregung war groß, als es hieß: „Wir kriegen das Licht", was so viel bedeutete, wie: Unser Gebiet wird an das elektrische Stromnetz angeschlossen. Da gab es Versammlungen der Interessenten, und es war gar nicht so leicht, alle von den Vorteilen dieser großartigen Neuerung zu überzeugen. Die Trassen für die Leitungen wurden festgelegt, die „Lichtmasten" mussten beigestellt werden und wurden auf den Feldern und Wiesen in den entsprechenden Abständen aufgelegt. Die Leute konnten die Kosten für den Anschluss senken, wenn sie mithalfen, die Erdlöcher für die Masten zu graben und bei der Aufstellung zu helfen. Auch beim Bau des Transformatorgebäudes in Hackstock mussten sie die Robot leisten. Die Organisation der Robotleistungen lag in den Händen des Schulmeisters.

Im Haus wurde sparsam installiert: Es wurde nur eine einzige Kraftsteckdose im Vorhaus vorgesehen. In der Stube gab es nur eine Steckdose. Die reichte aus, dass wir das Radio anstecken konnten. Es hieß, jede weitere Steckdose erhöhe die Grundgebühr, und solche Zusatzkosten mussten unter allen Umständen vermieden werden. Die ganze Sache kostete ohnehin schon genug. Der Schulleiter hat in seiner Chronik vermerkt, was so ein Anschluss kostete: 2000 Schilling für Lichtstrom (220 Volt), 3000 Schilling für Licht- und Kraftstrom (380 Volt). Grundbesitzer mussten darüber hinaus pro Hektar 300 Schilling zahlen. Die Landwirtschaftskammer unterstützte das Projekt mit einer Subvention. Am 30. Juni 1955 brannte in Hackstock zum ersten Mal das elektrische Licht.

Ich erinnere mich an ein großes Fest am 25. Oktober 1955 in Hackstock. Die russische Besatzung hatte nach Abschluss des Staatsvertrages unser Land verlassen. Daher wurde dieser Tag als „Tag der Fahne“ gefeiert. Erst einen Tag später wurde durch Beschluss des Nationalrates der 26. Oktober als Nationalfeiertag festgelegt. Wir feierten in Hackstock zweierlei: Österreich war wieder frei von Soldaten der Besatzungsmächte, und Hackstock und Umgebung hatten das elektrische Licht bekommen. Uns war sozusagen ein Licht aufgegangen. In der Dorfkapelle fand ein Dankgottesdienst statt. Als besondere Ehrengäste waren Landeshauptmann Dr. Gleißner und der Staatsbeauftragte für das Mühlviertel, Johann Blöchl, der auch Präsident der Landwirtschaftskammer war, gekommen und hielten Festansprachen. Neben der Dorfkirche war eine Festtribüne errichtet worden. Auch ich kam bei dem Fest zum Einsatz. Ich durfte zusammen mit einer Mitschülerin (es war die Poidl Mirzl aus Grafenschlag, die später ins Kloster ging und früh verstorben ist) ein Lied zum Vortrag bringen. Der Text des Liedes stammt vom Mundartdichter Norbert Hanrieder und lautet:

„Ös Leitln vom Inn,
von der Enns, von der Traun,
kemmt's zuwa, mir lassn
enk's Hoamatl schaun!
Ja mei, wird's aft hoaßn,
d'Roas hat uns net kränkt,
enk hat ja da Himmö
was B'sunders da g'schenkt.
Vo heint an wird besser
vom Mühlviertl denkt.
D'Augn macht's auf,
kemmt's bald drauf:
's Michllandl is' scho wert,
dass ma's nennt,
wann ma's kennt
und mit Mund und Herzen ehrt."

Mein Vater, der schon zur Zeit der Petroleumlampe immer auf Sparsamkeit bedacht gewesen war, ließ auch jetzt nicht locker. Es musste schon ziemlich finster sein in der Stube, wenn wir das Licht aufdrehen durften. Wenn wir unsere Augen schonen wollten und er anderer Meinung war als wir, dann griff er durch und drehte hinter uns wieder ab. Heute verstehe ich seine Haltung. Seine finanzielle Situation war immer angespannt. Wir hatten ein Jahr zuvor das Wohnhaus neu gebaut, ein Blitz hatte alle Kühe erschlagen. Die Stromrechnung war ein neuer Posten in seinen Ausgaben, und er war daher sehr drauf aus, dass sie sich in Grenzen hielt.

Ein Jahr, nachdem wir „das Elektrische" bekommen hatten, kam auch ein Radio ins Haus. Wenn ich mich recht erinnere, hat die Godn einen Beitrag dazu geleistet. Anfangs war ich der Einzige, der damit umgehen konnte. Die anderen warteten schon immer darauf, dass ich von der Schule heimkam und das Radio aufdrehte. Bald aber hatte ich diese Vorrangstellung eingebüßt. Der Vater war gar nicht recht dafür gewesen, dass ein Radio ins Haus kam. Nun, da wir das Kastl hatten, wusste er bald zwei Sachen zu schätzen: Er liebte die Volksmusik. Das Radioprogramm sparte nicht mit solcher, und so kam er auf seine Rechnung. Besonders wichtig waren ihm aber die Wetternachrichten. Bisher hatte immer er das Wetter vorausgesagt. Oft hatte er sich dabei vertan. Er hatte die Tendenz zu guten

Radio um 1960

Wetteraussichten, weil das die Arbeitswilligkeit der Leute hob. Auch wenn es in Strömen regnete, erblickte er doch irgendwo ein blaues Fleckerl und wurde nicht müde zu sagen: „Es reißt scho auf." Lustig war für uns, dass der Vater meinte, der Radiosprecher passe die Wetteraussichten ein wenig den Bedürfnissen seiner jeweiligen Zuhörer an, denn ich hörte ihn einmal zur Nachbarin sagen: „Insa Radio hat g'sagt, morgn wird's schena. Was hat denn da eichare g'sagt?"

Die Steinklopfer

Im letzten Jahr meiner Schulzeit wurde ein anderes Großprojekt in Angriff genommen: der Bau des Güterweges von der Weidenaumühle über Grafenschlag nach Hackstock. Es waren wohl schon Maschinen im Einsatz. Weil ich als einer, der schon fast groß war, beim Bau dieser Straße mithelfen durfte, weiß ich um die viele Handarbeit und Plagerei, die dort von der Bevölkerung geleistet wurde. Auf den Feldern rundum gab es genug Steine, die als Baumaterial in Frage kamen. Sie wurden gesprengt und mit Pferde- und Ochsengespannen herbeigekarrt. Die größeren Steine wurden als Unterbau verwendet. Sie wurden in das ausgehobene Straßenbett eingelegt und dann mit großen und zuletzt mit kleinen Schlägeln geklopft und zurecht gehauen. Ein Teil der Steine wurde mit Schubkarren auf einen

Steinbrecher gebracht und zu Bruchschotter zerkleinert. Ich kann mich ganz lebhaft an dieses Steine klopfen erinnern.

Als wir während meiner Mittelschulzeit in Literaturgeschichte die Novelle „Die Steinklopfer" von Ferdinand von Saar lesen mussten, war ich wohl der einzige Schüler, der sich die Mühsal der Arbeiter beim Bau der Semmeringbahn lebhaft vorzustellen vermochte. Auch weiß ich noch genau, wie schwierig es war, mit den Holzscheibtruhen, die noch nicht mit Pneureifen, sondern mit eisenbeschlagenen Holzspeichenrädern ausgestattet waren, vom Fleck zu kommen, wenn sie mit Erde oder Schotter befüllt waren. Leute aus der ganzen Gegend waren bei diesem Straßenbau beschäftigt. Es bestand die Möglichkeit, durch Robotleistungen die Grundsteuerschuld an die Gemeinde abzutragen. Ende der 50er-Jahre war die Straße fertig, es war aber noch immer eine Sand- und keine Asphaltstraße. Dieser Komfort zog erst später ins Land.

Maschindreschen

Dreschmaschine

Ein Höhepunkt im Leben eines Bauernbuben der Nachkriegszeit war das Maschindreschen. Da gab es viel zu sehen. So viele Leute waren im Haus, arbeiteten, scherzten und lachten. Die Dreschmaschine stellte damals einen Mechanisierungsgrad auf hohem Niveau dar. Man brauchte oben nur das volle Getreidestroh in die Maschine schieben. Die Körner wurden aus den Ähren und Spelzen gerieben, aus dem Stroh herausgeschüttelt und sogar einigermaßen sauber geputzt. An einem Ende der Maschine kam das leere Stroh heraus, am anderen waren die Kornsäcke angehängt und füllten sich wie von selber. Man brauchte sie nur abklemmen und auf den Troadboden tragen. Bevor diese Wunderdinger Einzug gehalten hatten, musste das Getreide mit Drischeln (Dreschflegeln) von Hand aus gedroschen und das Korn anschließend mit der Putzmühle gereinigt werden.

Unsere Dreschmaschine gehörte uns nicht allein, sondern war im Besitz einer Druschgenossenschaft. Mehrere Bauern hatten zusammengezahlt und waren auch für Reparaturen und Instandhaltung verantwortlich. Die Dreschmaschine, bei uns „Drischkastn" genannt, wanderte im späten Herbst von Haus zu Haus. Und auch die Helfer, die dabei notwendig waren, machten die Runde mit. Für das Funktionieren der Maschine war der Maschinist verantwortlich. In unserem Fall war das der Helmansschläger (Puchner). Er überprüfte, ob die Maschine richtig aufgestellt war, schmierte alle Lager vorschriftsmäßig mit Staufferfett und nahm auch die Feineinstellung im Bereich der Kornputzerei vor. Auch der große Motor, der mit der Maschine die Runde machte und zum Equipment gehörte, wurde von ihm gewartet. Beim Druschvorgang selbst stand er an der Trommel und fütterte das Getreide in die Maschine. „Einlassen" wurde der Vorgang auch bezeichnet. Zwei fleißige Helferinnen, meist junge, kräftige Mädchen, standen ihm zur Seite und mussten das Getreide „zuwispinna", das heißt, trachten, dass keine allzu großen Binkeln auf ihn zukamen, sondern dass ihm das ungedroschene Stroh in einem für die Maschine verkraftbaren Strom zugereicht wurde. Kam zu viel auf einmal daher oder war das Stroh nicht trocken genug, dann fing die Trommel zu würgen an und die Drehzahl der Maschine verringerte sich. Manchmal kam sie ganz zum Stillstand. Dabei wurde meist der Treibriemen abgeworfen. Die Abdeckung über der Trommel musste geöffnet und das verwutzelte und verwickelte Stroh musste mit den Händen aus der Verengung zwischen Trommel und Korb gezogen werden. Nach 1955, als wir die Dreschmaschine bereits mit einem Elektromotor betrieben, begannen die Glühbirnen jedes Mal zu zucken und merklich an Leuchtkraft zu verlieren, wenn beim Dreschen zu viel Stroh auf einmal in die Maschine geriet und die Trommel zu würgen anfing. Auch brannten oft die Sicherungen, die sich im Zählerkasten befanden, durch und mussten ausgewechselt werden. Weil solche Sicherungen Geld kosteten, wurden sie geflickt, das heißt, anstatt des geschmolzenen Drahtes im Inneren der Sicherung wurde an deren Außenseite ein Draht mit einem viel größeren Querschnitt eingebaut, der so dick war, dass er unmöglich durchbrennen konnte. Dass wir dabei einen Brand riskierten, war uns, glaube ich, nicht bewusst.

Im Halbam (Speicherbox für das Getreide) standen zwei besonders kräftige Burschen, die den Nachschub auf die Druschbühne lieferten. Zwischen diesen Kraftprotzen und den Zuwispinnerinnen knisterte es manchmal ein wenig. Waren die Burschen gar zu übermütig und luden die Bühne ganz voll, dann konnten sich die Mädchen kaum mehr umdrehen und hatten es sehr schwer bei ihrer Arbeit. In der Art, wie Mädchen und Burschen bei der Arbeit miteinander umgingen, konnte man auf ihr Verhältnis zueinander schließen. Mitunter kam es trotz schwerer Arbeit zu Anbandelungsversuchen, wobei die Burschen in der Wahl der Mittel oft ziemlich dreist waren und herzhaft zugriffen.

Die einzelnen Arbeiten bei der Dreschmaschine hatten eine gewisse Rangordnung. Der Boss war der Maschinist und Einlasser. Gleich nach ihm kam der Troad-Abtrager. Er hatte mit dem minderwertigen Stroh gar nichts zu tun, sondern brauchte sich nur mit dem wertvollen Korn beschäftigen. Er sah auch am schnellsten, ob die Fechsung (die Ernte) gut ausgefallen war und ob das Troad gut „gereist“ hatte.

Am unteren Ende der Skala war die Gratn- oder Fleigntragerin. Sie musste den Abfall wegtragen, den man nicht einmal als Streu verwenden konnte. Im Rang dazwischen standen die übrigen: die Bühnenmenscher, die Halbam-Buam, die Schwabenbinder. Eine Bubenarbeit war das „Schwaben zahrn“ (wegziehen). Je nach Kraft fassten wir einen oder zwei solcher Strohbinkeln bei den Ähren, zogen sie hinaus beim hinteren Stadltor, über den Anger und beim Hüttentor wieder herein. Weil wir uns auf diese Weise sehr nützlich machten, durften wir auch zu Mittag und am Abend bei Tisch mit dabei sein. Beim Maschindreschen wurde nämlich groß aufgekocht. Auf jeden Fall gab es Bauernkrapfen. Zuvor musste natürlich kräftige Nahrung auf den Tisch. Ein Bratl kann es nicht gewesen sein, weil das Maschindreschen zeitlich meist nicht mit dem Saustechen zusammenfiel. An eine deftige Köstlichkeit aber kann ich mich besonders gut erinnern. Die Mutter machte so eine Art gebackene Mäuse aus Krapfenteig. Diese wälzte sie in einem Gemisch aus Mohn, Butter und Zucker. Sie sahen fast unappetitlich aus, schmeckten aber vorzüglich, wenn man das Fette gern mochte. Der Schlamperlwagner, der beim Dreschen immer half, schnalzte vergnügt mit der Zunge, wenn die Mutter die „Krapfennudeln" auftrug. Wenn er mit dem Essen fertig war, sah man in seinen Mundwinkeln die fettigen Mohnspuren, die sich oft bis weit zum Kinn hinunter zogen.

Bevor wir dreschen konnten, mussten wir die Dreschmaschine erst einmal zu unserem Hof transportieren. An so ein Ereignis erinnere ich mich besonders lebhaft, weil es dabei fast zu einem Malheur kam.

Der Drischkastn stand beim Helmansschläger und war von uns dort abzuholen. Auf dem Weg von diesem Gehöft zum Obermitteregger ist eine beachtliche Steigung zu überwinden. Es gab da einige besonders steile Stellen, wo ein Paar Ochsen außer Stande war, die Maschine zu ziehen. Ich musste deshalb den Vater mit unserem zweiten Ochsenpaar begleiten und ihm damit an den steilen Wegstrecken „vürspannen". Die Dreschmaschine war nicht gummibereift, sondern hatte Räder aus Eisen. Auf den schmalen und steinigen Wegen, die wir zurückzulegen hatten, machten die Räder einen ziemlichen Lärm, sodass man uns von weitem kommen hörte. Weil der Mühlweg ganz besonders steil war und noch dazu viele Wasserläufe aufwies, welche die Maschine sehr ins Schwanken gebracht hätten, entschied sich der Vater für den längeren Weg über das Moser Franzl und über das Reichart (Haslinger). Den schönen Güterweg gab es dort noch nicht. Als wir die höchste Stelle beim Reichart überschritten hatten, durfte ich meine Jungochsen abspannen. Bergab wollte der Vater die Maschine mit den großen Ochsen allein ziehen. Der Vater konnte aber nicht gleichzeitig die Ochsen führen und die Schleife (die Bremse) betätigen. Die Maschine wurde zwischen Reichart und Hausl immer schneller und schepperte entsetzlich hinter den Ochsen her, sodass diese Angst bekamen und mit dem Vater durchgingen. Er konnte schließlich nur mehr zur Seite springen, um wenigstens sich selbst aus der Gefahrenzone zu bringen. Wir sahen das Gefährt bedrohlich schnell unterwegs sein. Die Maschine schaukelte so sehr, dass wir fürchteten, sie müsse jeden Augenblick umstürzen. Da kam die Rettung: Auch die Ochsen wollten der Maschine ausweichen und bogen in die sumpfige Wiese ab. Das rumpelnde Ungetüm war ihnen dicht auf den Fersen und sank im weichen Wiesenboden bald bis zur Achse ein. So kam die wilde Jagd zum Stehen. Ich trottete mit meinen Jungochsen nach. Wir spannten alle vier Ochsen am hinteren Ende der Dreschmaschine an und zogen sie mit vereinten Kräften aus dem Morast. Wir waren glimpflich davon gekommen. Es hätte schlimm ausgehen können.

Männerspiele

Ein ganz besonderes Highlight in meinen Bubenjahren war der Neujahrstag. Damals gab es in der Gegend meiner Heimat den Brauch des Neujahrschießens. Bei uns im westlichen Teil von Dauerbach war dieser Brauch sehr ausgeprägt und hatte seine Rituale. Es war für mich damals undenkbar gewesen, dass sich dieser – in meinen Augen wichtige – Brauch überleben könnte. Heute redet kein Mensch mehr darüber. Unsere Neujahrschießergesellschaft erstreckte sich vom Haus Reichart (Haslinger) bis zum Untermitteregger und umfasste alle männlichen Wesen vom Schulbuben- bis zum Greisenalter. Das war eine ziemlich große Schar, die da miteinander unterwegs war und fröhlich von Haus zu Haus zog. Die Tour startete am frühen Nachmittag beim Untermitteregger. Unser Haus war immer als zweites an der Reihe. Das hatte den großen Vorteil, dass die wackeren Neujahrschützen noch nicht betrunken, sondern noch bei klarem Verstand waren und wussten, was sie sagten und taten. Dass sich da keiner im Ton vergriff und in der Wortwahl daneben benahm, darüber wachte meine Mutter mit Strenge. Sobald einer der Männer sich unterstand, einen Witz aus der unteren Lade zu ziehen und zum Besten zu geben, verwies sie ihm das Wort, indem sie sagte: „Schindl san am Dach!“ Was so viel bedeutete wie: „ In Gegenwart unmündiger Kinder führt man solche Reden nicht.“

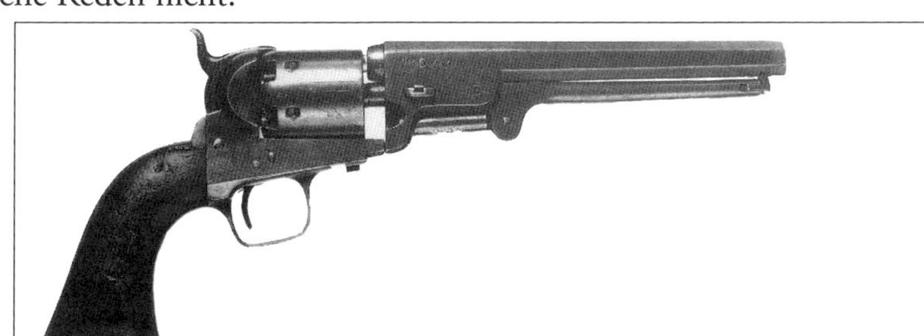

Terzerol: So nannten die Männer ihre Vorderlader

Wir Mannsleute waren an diesem Tage alle „bewaffnet“. Als der Großvater noch lebte, benutzte er zum Neujahrschießen sein Jagdgewehr. Die erwachsenen Männer verfügten in der Mehrzahl über Terzerole. Das waren Vorderladerpistolen, die mit Schwarzpulver gefüttert werden mussten. Der Eingang des Laufs wurde mit Papier zugestopft. Der Hahn wurde aufgezogen, eine Zündkapsel auf das Zündschloss aufgesetzt und abgedrückt. Die Dinger machten einen Höllenlärm beim Schießen. Der Pulverdampf zog davon und Papierfetzen flogen durch die Luft.

Wir Schulbuben hatten Stoppel-Revolver. Die Munition bestand aus einem stöpselförmigen Schüsselchen, in welchem sich eine kleine Zündladung befand. Das Material der Stöpsel bestand aus gepressten Sägespänen, die durch ein Bindemittel zusammengehalten wurden. Man steckte den „Stoppel", der eine konische Verjüngung aufwies, in den Lauf und drückte ihn durch mehrmaliges Stoßen fest. Wenn man dabei zu heftig vorging, konnte es geschehen, dass die Ladung bereits bei diesem Vorgang explodierte. Wenn man den Hahn abzog, schnellte eine Art Nagel vor und zündete die Ladung. Es geschah aber nicht selten, dass man den Versuch mehrmals wiederholen musste, ehe es krachte. Man konnte die Stoppeln auch auf den Boden legen und sie mit einem harten Gegenstand aufschlagen. Sogar das Treten mit harten Schuhen brachte die Ladung zur Explosion. Mit Gummisohlen klappte es aber nicht.

Kam man zu einem Haus, so wurde zunächst Krawall gemacht, das heißt auf Teufel komm raus geschossen. Mit den Terzerolen konnten die Männer immer nur einen Schuss abgeben. Das Nachladen für den nächsten „Angriff" geschah in aller Ruhe in der warmen Stube. Wir Buben mit den Stoppelrevolvern aber konnten drauflos ballern, soweit wir genug Munition hatten. Eigentlich hätten wir Kinder eine solche gar nicht haben dürfen. Es gab Verbote. Die Geschäftsleute durften an Kinder solches Zeug nicht verkaufen. Wir schickten die Godn vor. Sie versorgte uns ausreichend.

Der Erste, der die Stube betrat, musste einen Neujahrsspruch aufsagen. Das machte bei uns immer der blinde Raffetseder. Er konnte einen besonders langen Spruch auswendig, und ich hörte ihn immer wieder gern. Es ärgert mich, dass ich ihn nicht aus dem Gedächtnis niederschreiben kann. Nur der Schluss ist mir deutlich in Erinnerung geblieben:

„So fanga ma hoit aun
in Gott's Nam 's neiche Jahr,
wann ma brav san und guat,
wird mei Wunsch sicher wahr."

Alle Eintretenden begrüßten die Hausleute und wünschten Glück fürs neue Jahr. Gab es unverheiratete Frauen im Haus, so bekamen die Neujahrschießer von diesen selbst gefertigte Papiernelken, die sich die Männer an den Hut steckten. Auch unsere Godn, die schon weit über dem heiratsfähigen Alter gelegen war, machte den Männern und Burschen Geschenke. Damals war es üblich, dass auch Rauchwaren (Zigaretten und Zigarren) geschenkt wurden. Ein paar Männer setzten sich zum großen Tisch und spielten ein paar Runden Tarock, während die anderen kiebitzten oder sich mit den Hausleuten unterhielten. Es gab auch zu essen und zu trinken. Waren in unserem Haus die Männer noch gesittet und nüchtern, so änderte sich dieses Bild mit zunehmender Dauer des Nachmittags und Abends. Zuletzt gab es oft schreckliche Räusche, wie erzählt wurde, aber um diese Zeit durften wir Buben ohnehin nicht mehr dabei sein. Weil wir aber den ganzen Rayon bestreiten wollten, um möglichst viele Nelken auf unserem Hut zu haben, machten uns wir Buben aus der Oberstufe der Volksschule als Gruppe selbstständig und eilten den Männern als Vorläufer voraus. Auch das ging nicht immer ganz ohne Alkohol ab, weil nicht alle Gastgeber die Vernunft walten ließen, aber es gab keine Schnapsleichen. Weil wir den anderen voraus waren, brauchten wir auch einen Neujahrsspruch, den jedes Mal ich aufsagen durfte. Er lautete:

„I wünsch enk a glückseligs,
freudenreichs neichs Jahr:
Gsundheit, langs Leben und das ewi(ge) Himmelreich danebn.
Ich wünsche euch ins Herz hinein
das neugeborne Jesulein
und in der Stunde Sterbenszeit
die ewige Glückseligkeit.
's Christkindl im krausn Haar,
dös wünsch i enk zum neichn Jahr.
I wünsch enk nu an goldan Wagn,
dass kinnt's damit in Himmel fahrn,
aber um oans bitt i enk nu recht schen:
Lassts mi hintenach a weng auffistehgn."

Eierratschen

Ich konnte es kaum erwarten, bis ich groß genug war, dass ich mitgehen durfte, wenn die Buben mit ihren Ratschen von Haus zu Haus zogen. In manchen Gegenden unseres Landes durften das nur die Ministranten tun. Bei uns war es üblich, dass am Gründonnerstag in der Karwoche sich auch andere Buben auf den Weg machten. Normalerweise werden die Osterratschen dazu verwendet, die Glocken zu ersetzen, die vom Gloria beim Gründonnerstags-Gottesdienst bis zum Gloria in der Osternacht schweigen. Im Volksmund heißt es, die Glocken fliegen nach Rom. Die Ministranten ziehen zur Zeit des Zusammenläutens rund um die Kirche und machen mit ihren Ratschen und Klappen Lärm, damit die noch vor der Kirche Stehenden wissen: Es ist Zeit, ins Gotteshaus zu kommen. Auch bei der Karwochenliturgie werden die Klappen an jenen Stellen eingesetzt, wo sonst die Glocken bimmeln.

Da in der Karwoche die Schule geschlossen hatte, gab es in Hackstock auch keinen Gottesdienst. Wir hätten für die Liturgie die Geräuschwerkzeuge gar nicht gebraucht. Da wir sie aber besaßen, setzten wir sie auch ein. Wir zogen am Gründonnerstag in kleinen Gruppen von Haus zu Haus, machten durch Ratschen auf uns aufmerksam und hofften auf kleine Geschenke. Ursprünglich waren es gefärbte Eier, die an die Buben verschenkt wurden. Nach und nach wurde es aber üblich, dass die Leute auch rohe Eier schenkten, was uns sogar lieber war, weil wir diese verkaufen und zu Geld machen konnten. Es gab auch Leute, die Eier in ausreichendem Maße nicht verfügbar hatten oder sie selber für die Osterfeiertage brauchten. So bekamen wir auch gelegentlich kleine Geldgeschenke.

Wenn die Ratscherbuben bei einem Haus auftauchten, dann kannte man die Kinder, weil sie aus der unmittelbaren Nachbarschaft stammten. Auch ich blieb in meinen frühen Bubenjahren im engeren Bekanntenkreis. Als ich aber älter wurde, dehnte ich mein Ratschergebiet beträchtlich aus und nutzte die Tatsache, dass mich alle Leute kannten, die in Hackstock zur Kirche gingen, weil ich ja dort ministrierte. Auch von Versehgängen kannten mich manche Leute. Die Buben aus meiner unmittelbaren Nachbarschaft, die in meinem Alter waren, gesellten sich gern zu mir und nutzten meinen Bekanntheitsgrad. So kamen wir drei, der Schmalz Fredl, der Hausl Erwin und ich weit in der Gegend herum und brachten am Abend eine reiche Ernte nach Hause. In besonders fetten Jahren kam es vor, dass ich mehr Eier in meinem Rucksack hatte als die Mutter in ihrem Eierkasten. Weil sie aber zu Ostern viele Eier brauchte, so machte ich mit ihr das Geschäft. Sie kaufte mir kurzerhand die Eier ab, und ich hatte wieder ein wenig Taschengeld.

Sternsingen

Mit meinen beiden Kumpanen, die mich beim Eierratschen begleiteten, war ich in den letzten Jahren meiner Schulzeit auch als Sternsinger unterwegs. Wir waren zwar keine Jungscharbuben, aber wir hatten gehört, dass in vielen Teilen des Landes dieser neue Brauch aufgekommen war. Sternsinger gingen von Haus zu Haus, sangen Lieder von der Weihnacht und sammelten Geld für Missionsprojekte. Für solche Ideen war meine Mutter immer zu haben. Die beiden Nachbarsbuben waren davon auch schnell begeistert, und so suchten wir uns Klamotten, die uns in etwa den Anschein von drei heiligen Königen gaben. So schöne Gewänder, wie sie heute von den Sternsingern getragen werden, hatten wir freilich nicht zur Verfügung. An unserer Montur leuchteten kein Gold und kein Purpurrot. Es waren irgendwelche mantelähnliche Umhänge, die uns nicht sonderlich prächtig aussehen ließen. Das einzige, was uns als Edelleute auswies, waren die selbst gebastelten Kronen. Singen konnten wir alle drei recht gut. So stellten wir ein ordentliches Programm aus passenden Liedern zusammen und brachten diese auf unserer Sternsingerrunde mehrstimmig zu Gehör. Da wir die Gegend schon vom Eierratschen her kannten, kamen wir auch beim Sternsingen weit herum. Von der Sengmühle über ganz Grafenschlag, Hackstock und Windhing verschlug es uns bis in Gegenden, die schon zur Pfarre Liebenau gehören.

Sternsinger

Was das Sammelergebnis betrifft, waren wir recht erfolgreich und konnten zum Gesamtergebnis der Pfarre einen ansehnlichen Beitrag leisten, was uns natürlich großes Lob einbrachte. Der Eifer, möglichst viel Geld einzusingen, verleitete aber den Schmalz Fredl zu einer Tat, die uns im Nachhinein Zorres einbrachte. Bei einem der Häuser in Grafenschlag war die Spende deutlich unter unseren Erwartungen geblieben. Fredl, der unser Kassier war und als solcher auch die Kreide mit sich trug, mit der er den Leuten das Zeichen der Heiligen drei Könige auf die Tür schrieb, war über die Knauserigkeit des Kleinbauern so erbost, dass er auf das Hoftor schrieb: „Da Neid frisst Viah und Leit".

Zunächst waren wir alle drei stolz auf seine Schneid, die er da gezeigt hatte. Bald aber drückte uns das schlechte Gewissen und wir machten uns Sorgen, ob wir da nicht doch zu weit gegangen waren. Wie nicht anders zu erwarten war, kam die Sache dem Oberlehrer zu Ohren. Am ersten Tag nach den Weihnachtsferien nahm er uns nach Unterrichtsschluss ins Gebet und las uns gehörig die Leviten.

Meine Eltern

Vater und Mutter in ihren alten Tagen

Solang man jung ist, macht man sich wenig Gedanken über die eigenen Eltern. Oft ist man unzufrieden mit ihnen, weil sie so viele Verbote aufstellen und man nicht das tun darf, wozu man eigentlich Lust hätte. Immer haben sie das letzte Wort, man ist ja abhängig von ihnen. Bei der Berufswahl reden sie einem drein, die ersten Liebschaften sind selten recht. Man braucht zu viel Geld und sieht die Arbeit, die zu tun wäre, nicht von selber. Es ist oft recht zum Ärgern mit den Alten. Vielleicht haben es andere besser. Aber bei mir war es so.

Mein Vater
hat es in seinem Leben nicht leicht gehabt. Er hatte auf den Hof zugeheiratet und wollte vieles anders machen, als es beim Obermitteregger üblich gewesen war. Das war in den Augen des Großvaters, der der Ziehvater meiner Mutter war, ein großer Fehler. Da kommt einer und will alles ändern. Es kam zwischen den beiden zu schweren Konflikten. Der Vater war 31 Jahre alt, als er auf unseren Hof kam, der Großvater war noch sehr jung und rüstig, nur 18 Jahre älter als er.

Mein Vater

Mein Vater baute eine Wagenhütte und begann, die feuchten Wiesen zu entwässern. Für die Schweine baute er einen eigenen Stall. Lauter fortschrittliche Maßnahmen. Aber was immer er anpackte: Der Großvater war dagegen. Großvater war ein großer stattlicher Mann, er war Jäger und ein Bauer nach dem alten Schlag. In der Nachbarschaft genoss er Ansehen, auch wenn man ihn den „loigerten Mitteregger" nannte, weil er das Jägerlatein meisterlich beherrschte. Größere Veränderungen am Haus und an der Wirtschaft hatte er nicht vorgenommen, und nun empfand er die Maßnahmen des Jungen als unausgesprochene Kritik an seiner bisherigen Wirtschaftsführung. Die Großmutter war wirtschaftlich überaus tüchtig. Als ich noch klein war, herrschte sie in der Küche unumschränkt. Auch der Schweinestall gehörte zu ihrem Einflussbereich. Die Mutter war im Stall und auf den Feldern zu Hause. Die tüchtige Großmutter stand ganz auf der Seite des Großvaters, wenn es um die Kritik am Schwiegersohn ging. Sie war sehr auf Reinlichkeit bedacht, was man von unserem Vater nicht behaupten konnte. Schon aus diesem Grund war er ein rotes Tuch für sie, besonders, wenn er sich in der Küche blicken ließ. Da konnte die Großmutter so fuchsteufelswild werden, dass der Vater jedes Mal zurück wich, wenn sie zum Angriff überging.

Mein Vater war ein fleißiger Mensch, der von früh bis spät arbeitete. Meist kam er erst ins Haus, wenn es draußen schon ganz finster war und er absolut nichts mehr sehen konnte, was ihn zwang, die Arbeit einzustellen. Und er hatte einen gesegneten Appetit. Das war schon wieder ein Kriegsgrund zwischen ihm und der Großmutter. Was auf den Tisch kam, das bestimmte sie. Niemandem von uns wäre eingefallen, sich eine Kleinigkeit aus der Speis zu holen, wenn uns danach gelüstete. Der Vater versuchte es dennoch manchmal, es gelang ihm aber selten, ohne dabei erwischt zu werden. Da setzte es dann ein Donnerwetter, dass man sich als Kind zu fürchten anfing.

Die Mutter hatte in dieser Hinsicht nichts zu plaudern. Sie war „nur die Ziehtochter" und von klein auf gewohnt, gegen die Zieheltern gehorsam und ehrerbietig zu sein. Sie hat den Vater sicher gern gehabt. Vielleicht nicht immer. Sie hat sich bestimmt sehr oft auch über ihn geärgert. Aber in der Tiefe ihres Herzens wird sie ihn gemocht haben. Er ist sieben Jahre lang vor der Hochzeit zu ihr gegangen, fensterln, wie man das nannte. Mit Holzschuhen soll er angeblich unterwegs gewesen sein. Von seinem Elternhaus zum Haus meiner Mutter war immerhin ein Fußmarsch von etwa acht Kilometern zurückzulegen.

Uns Kindern haben es unsere Eltern nie gezeigt oder spüren lassen, dass sie sich liebten. Möglicherweise war der Großvater auch eifersüchtig auf den Schwiegersohn. Die Mutter war ja nicht seine leibliche Tochter, die Großmutter war kinderlos geblieben und der Großvater selber noch in den besten Jahren. Im Kapitel „Wohnen" habe ich davon berichtet, dass meine Eltern die Hochzeitsnacht im gleichen Raum mit den Großeltern zugebracht haben. Die Situation ist für unsereins heute überhaupt nicht nachzuvollziehen. Später, als wir schon längst erwachsen und die Großeltern bereits gestorben waren, sagte uns die Mutter einmal, sie hätte in ihren jungen Ehejahren nie zeigen dürfen, dass sie den Vater gern gehabt hat. Da wär' es bei ihren Zieheltern „hellaus" gewesen.

Erst als unsere Eltern alt waren, da sahen wir sie auch liebevoll miteinander umgehen. Die Mutter stellte dem Vater manchmal extra was Gutes hin. Cremige Mehlspeisen liebte er über alles. Sie hatten in ihrer Kammer zwei Betten stehen, aber der Vater schloff immer wieder ins Bett der Mutter. Obwohl das aus Platzgründen sehr ungemütlich sein musste, schwärmte er geradezu davon, wie wohlig warm es unter ihrer Tuchent war.

Unser Vater ging bei der Arbeit nicht sehr praktisch zu Werke. Er war handwerklich nicht sonderlich geschickt. Wenn er etwas reparierte, dann sah es danach aus. Was er neu machte, das fiel alles recht plump und wenig kunstfertig aus. Eine Grundhaltung von ihm war ein gewisser Geiz. Das letzte Hälmchen musste er aufklauben und heim tragen. Wenn er von der Wiese den Heuweg zum Haus hinauf schritt, musste er sich ununterbrochen um das wenige Heu bücken, das von den Wagen gefallen war. Jedes Mal kam er schwer bepackt daheim an. Wenn er beim Mähen bei einem

Ein Bild sagt mehr als viele Worte

Stein angelangt war, legte er die Sense weg, kniete sich nieder und riss mit den bloßen Händen das Gras rund um den Stein aus, damit ja kein Hälmchen verloren wäre. Es störte ihn wenig, dass dabei die Hose nass und schmutzig wurde. Bis ins hohe Alter klaubte er jeden Ast auf, den er am Wege fand und trug ihn heim. Wenn er Äpfel aß, so suchte er sich zuerst die angefaulten aus und drückte mit dem Daumen das Gefaulte heraus, bevor er sie verspeiste. Er wähnte sich sparsam, wir anderen aber sahen seine Handlungen etwas differenzierter. Wir belächelten seine Raffgier und ärgerten uns darüber, wenn er durch solche Sammelaktionen wertvolle Zeit vertrödelte, die man für nutzbringende Arbeiten hätte verwenden können. Ich erinnere mich an eine solche Sparsamkeitsaktion, die ich zusammen mit ihm durchzuführen hatte. Der große Kirschbaum gleich oberhalb des Hauses auf dem Weg zum Bühel („Bichl") war in einem strengen Winter dem Frost zum Opfer gefallen und musste weg. Vater und ich rückten mit der großen Zugsäge aus. Wir knieten uns neben den Baum und begannen, diesen von der unteren Seite her umzusägen. Der Baum stand aber in einer so genannten Gstetten, das heißt, an einer sehr abschüssigen Stelle. Der Vater setzte die Säge so tief an, dass wir schon sehr bald mit ihr an das Erdreich der steil ansteigenden Wiese stießen. Wir

Vaters Familie (rechts Bruder Hans, in der Mitte Schwester Meni)

mussten die Erde oberhalb des Baumes abgraben. Trotzdem blieben Reste von Erde und Sand am Stamm kleben und ruinierten, als wir weiter sägten, die Schneid der Säge. Endlos lang werkten wir an dem Baum. Ich war schon fuchsteufelswild und ziemlich erschöpft, als der Baum endlich fiel. Wir hatten viel Zeit vertan wegen ein paar Holzscheitern, die wir dadurch gewonnen hatten.

Dazu kam, dass der Vater sehr viel redete, oft ohne etwas zu sagen. Er wurde deshalb von den Leuten der Umgebung der „redad Mitteregger" bezeichnet, was seinem Ruf nicht gerade förderlich war.

Wir Kinder spürten, dass ihn die Leute nicht ernst nahmen. Das alles zusammen machte es uns schwer, unseren Vater zu achten. Ich für meinen Teil ärgerte mich mit zunehmendem Alter über seine ineffiziente Arbeitsweise, und ich schämte mich oft seiner, wenn ich die Leute über ihn reden hörte. Ich begehrte gegen ihn auf und kam immer öfter mit ihm in Streit. Für mich war es daher ganz wichtig, dass ich im Alter von 16 1/2 Jahren von daheim weg und zu einem Bauern kam, wo ich einerseits ökonomische Arbeitsweisen kennen lernte und mir andererseits die aufbrausende Art nicht leisten konnte. Ich schwor mir in jungen Jahren jedenfalls hoch und heilig: So wie mein Vater möchte ich niemals werden.

Der Vater in seiner Jugend (1. Reihe: Dritter von rechts)

Mein Vater ist am 20. März 1904 in Unterweißenbach geboren. Er hatte zwei Geschwister: den älteren Hans, der den elterlichen Hof erbte, und die jüngere Schwester Meni, die später zum Langthaler (Karlinger) in Hinterberg, Unterweißenbach, heiratete.

Der Schattauerhof ist ein großes Anwesen mit einem Grundbesitz, der doppelt so groß ist wie der Mittereggerhof. Vater besuchte die Volksschule in Unterweißenbach und war dort ein Vorzugsschüler. Am Hof wurde seine Arbeitskraft gebraucht, und so arbeitete er am elterlichen Hof bis zu seinem 31. Lebensjahr.

Der Schattauer Lois war als ein lebenslustiger Bursch bekannt. Er tanzte um sein Leben gern, hatte eine schöne Singstimme und spielte auf der Ziehharmonika und auf der Mundharmonika. Bevor er um meine Mutter warb, war er mit anderen Burschen nächtens oft unterwegs. Das Fensterln war damals, so erzählte er uns später, nicht in erster Linie mit dem Anklopfen und Einsteigen ins Mädchenzimmer abgetan, sondern war ein gesellschaftliches Ereignis, eine lustige Unterhaltung. In Gruppen waren die Burschen unterwegs mit der Ziehharmonika und zogen von Fenster zu Fenster. Dabei wurde musiziert und gesungen. Gelegentlich wird schon einer zurückgeblieben sein, wenn er bei einer Schönen Gehör fand. Das

Reservoir an Gstanzln, das mein Vater kannte, war schier unerschöpflich. Bis in seine alten Tage gab es immer wieder Gelegenheiten, bei denen er sie zu Gehör brachte. Den Ursprung hatten diese Scherzlieder aber alle in der Zeit seiner Burschenschaft, als er mit seinen Freunden unterwegs war und die Mädchen seiner Umgebung mit solchen Gsangln zu bezirzen versuchte. Ein paar sehr originelle und etwas deftige Strophen habe ich mir gemerkt:

Mei Dirndl, dös hoaßt Annamirl,
hat a Göscherl wia a Ofatürl
und a G'sicht, kugelrund,
und dabei pumperlg'sund.

Dirndl, du hätt'st mi gern,
du brochane Stall-Latern,
du rinnaugert's Wagnschmierfass
dir scheiß i was.

Drent und herentan Bach
passn s'ma für,
i woaß net, wia's kimmt,
sie dawischn mi nia.

Drenta da Enns
is a heahng'scheckert's Mensch
und a hahngraber Bua
der geht allweil dazua.

's Lieserl hat g'fischt ban Bach,
hat nix dawischt ban Bach,
hat a schlecht's Köder draun,
beißt koana aun.

's Lieserl hat's Wieserl g'maht,
's Kitterl hat's auffi draht,
's Heu dös hat's einibracht
schen bei da Nacht.

I, da Lipp, haha, i, da Lenz, haha,
mir ham miteinanda a Mensch,
mir wechsln jede Wochn a,
aber Neid is koaner da.

Einige besonders deftige Strophen muss ich aus Gründen des Anstands hier weglassen. Meine Brüder und ich haben in späteren Jahren, als wir schon erwachsen waren, sehr zum Missfallen der Mutter den Vater bei so manchen Gelegenheiten dazu gebracht, eben diese Gstanzln zu singen.

Vater und Mutter um 1943

Meine Mutter war noch sehr jung, als der Vater ihr sein besonderes Interesse bekundete. 17 war sie erst. Für den Vater hieß es warten und Geduld haben. Sieben volle Jahre ist er ihr nach- und zugegangen, bis die Zeit endlich reif wurde für die Hochzeit. Er als weichender Erbe war natürlich sehr froh, auf einem Bauernhof zuheiraten zu können. Das Obermitteregger war zwar als eine „Schinderlugga“ (das heißt ein Hof, der wegen seiner

Hanglagen und den vielen Feldsteinen sehr mühsam zu bearbeiten war) bekannt, aber immerhin. Die Hoferbin war begehrenswert und hatte keine erbenden Geschwister, die den Besitzstand geschmälert hätten. Die Felder waren schwierig zu bearbeiten, das Gelände war abschüssig und noch dazu mit vielen Steinen durchsetzt. Der Waldbesitz war an Größe mit dem vom Schattauer nicht zu vergleichen. Aber der Großvater hatte nichts gebaut und hatte daher keinen Baum angerührt, außer für Brennholz. Der Vater musste sich an die steinigen Felder erst gewöhnen. Man hat noch nach Jahren erzählt, dass er beim Mistführen einmal so zwischen die Feldsteine geraten war, dass er nicht mehr herausfand und den ganzen Mist zwischen den Steinkobeln abladen musste. Den Schimpf und den Spott des alten Mittereggers kann man sich lebhaft vorstellen.

Am 10. Juni 1935 fand die Hochzeit statt. Es war eine Doppelhochzeit. Auch Hans, der Bruder des Vaters, durfte seine Braut heimführen. Meine Mutter war eine geborene Langthaler und war von den kinderlosen Mittereggerleuten adoptiert worden. Mit ihrem Mädchennamen hieß sie nun Buchberger. Meine Mutter hatte zwei Brüder, die Priester waren. Einer der beiden übernahm die kirchliche Trauung. Dabei passierte ihm, dass er, als er die Mutter um ihr Jawort fragte, sie mit Langthaler ansprach. Mehr hatte der Ziehvater nicht gebraucht. Seine Stimmung während der ganzen Hochzeit war auf dem Nullpunkt.

Meine vier älteren Geschwister, bevor ich dazu stieß

Obwohl schon vier kleine Kinder da waren, musste mein Vater 1942 als Soldat im Zweiten Weltkrieg einrücken. Er war zunächst in Frankreich und später in Russland im Einsatz. Während eines Fronturlaubes Ende 1943 fiel für mich der Startschuss. Ich kam im darauf folgenden August als fünftes Kind zur Welt. Mein Vater war zu dieser Zeit längst wieder an der Front. Auf meiner Geburtsurkunde scheint mein Vater als Obergefreiter der deutschen Wehrmacht auf.

In den letzten Kriegstagen gelang seinem Bataillon, das von den Russen auf Helgoland an der Ostsee eingeschlossen war, auf einem Frachter der Ausbruch. Vater erzählte, dass das Schiff total überfüllt war und Gefahr lief, in einem fürchterlichen Sturm unterzugehen. Gefahr drohte ihnen von allen Seiten: die russischen Unterseeboote lauerten ihnen auf, die Ostsee war zum Teil vermint und der Sturm warf das Schiff mit seiner traurigen Fracht hin und her. Sie kamen fast wie durch ein Wunder wohlbehalten in Kiel an und gerieten dort in englische Gefangenschaft. Zunächst waren sie heilfroh, den Russen entkommen zu sein. Bald mussten sie aber feststellen, dass die Engländer sie ebenfalls sehr schlecht behandelten. Viele seiner Kameraden starben in jenen Tagen an Unterernährung. Vater gelang es, dass er einen Job in der Küche des Gefangenenlagers bekam. Das rettete ihm wahrscheinlich das Leben. Ende 1945 kam er aus der Gefangenschaft heim. Man erzählt, ich hätte Angst vor dem fremden Mann gehabt und sei vor ihm davon gelaufen. Die Wiedersehensfreude meiner Eltern muss groß gewesen sein, denn mein Bruder Otto erblickte im Oktober darauf als sechstes Kind das Licht der Welt.

Der Konflikt zwischen Großvater und dem heimgekehrten Vater brach bald wieder auf. Ich war Gott sei Dank zunächst noch zu klein, um das alles mit-

Der alte Mitteregger (Anton Buchberger)

zubekommen. Zwischen meinem fünften und siebten Lebensjahr aber wurde auch ich Zeuge der Rivalitäten und Meinungsverschiedenheiten, die uns Kindern oft Angst einjagten, weil sie so dramatische Ausmaße annahmen.

Am 23. März 1950 machte der Storch seinen nächsten Besuch bei uns: Lois gesellte sich als siebtes Kind zu uns.

Am 14. September 1951 starb der Großvater 65-jährig an Krebs.

Die Wohnungssituation um diese Zeit war für die große Familie schier unerträglich geworden. Es musste etwas geschehen. Die Eltern überlegten schon längere Zeit einen Ausbau, da kam am 18. Juli 1953 das schreckliche Unwetter, riss im Bühel einen Großteil der Bäume um und gab den Startschuss für den Hausbau. Wir hatten keine Zufahrtsstraße. Alle Baumaterialien mussten wir mit Ochsenfuhrwerken vom Haslinger heimbringen. Bis dorthin konnte der Lastwagen fahren. Zum Glück gefror der Boden im Herbst dieses Jahres bald und der Schnee blieb Gott sei Dank aus. Nun konnte der Lastwagen über die gefrorenen Wiesen und Felder bis zu unserem Haus fahren. Schotter ließen meine Eltern gar nicht bringen. Wir holten aus den Bächen den Sand und verwendeten diesen zum Betonieren. Mitten in der Bauzeit passierte das Unglück mit den Kühen: Ein Blitz hatte unser Haus getroffen und alle Kühe getötet. Ein Jahr nach dem Hausbau kam Willi, das achte Kind meiner Eltern, zur Welt.

1960 nahmen meine Eltern auch den Stallbau in Angriff. Ich arbeitete als 16-jähriger dabei mit. Als Baumaterial dienten Granitsteine, die wir aus den Feldern holten. Auch eine Jauchegrube für den Rinderstall, die wir bisher nicht gehabt hatten, wurde betoniert. Die Gülle, ein billiger Dünger für das Grasland, war bisher einfach nördlich des Hauses im Boden versickert. Anfang der 60er-Jahre begann die Landwirtschaftskammer die Bauern über den Handelsdüngereinsatz zu beraten. Mein Vater war begeistert davon. Plötzlich hatten wir genug Futter für das Vieh und konnten den Bestand sogar aufstocken. Nun brauchte das Stroh nicht mehr verfüttert werden. Wir konnten auf die Waldstreu verzichten.

Ich verließ 1961 mein Elternhaus und verlor den Vater für einige Zeit aus den Augen. 1964 war ich noch einmal ein halbes Jahr daheim. Mein Vater war schon 60 Jahre alt. Wirtschaftlich hatte mein Bruder Toni die Führung übernommen. Ab dieser Zeit erlebte ich den Vater vor allem als besuchender Sohn. Mein Vater war stolz, dass ich mich noch zu einer schulischen

Vater um 1985

Weiterbildung aufgeschwungen hatte und verfolgte mit Genugtuung meinen beruflichen Werdegang.
Je älter er wurde, desto liebenswürdiger wurde er für mich, aber auch für meine Geschwister. Meine drei Kinder erlebten ihren Großvater als einen schrulligen alten Kauz, der tagaus, tagein seiner Arbeit nachging. Sie spürten, wie sehr er sich jedes Mal auf unseren Besuch freute, denn er konnte diese Freude wirklich zeigen.
Meist kündigten wir unseren Besuch an, weil wir ihn die Vorfreude darauf auskosten lassen wollten. Einmal aber kamen wir kurz vor Weihnachten überraschend.
Es war schon Abend. Die Haustür war, wie fast immer, offen. Wir schlichen in die dunkle Stube und warteten, bis jemand kommen würde.
Mein Vater war bei den Schweinen. Wir hörten das an dem Lärm, den sie machten. Das Füttern der Schweine war zuletzt seine besondere Aufgabe. Als er mit den leeren Futterkübeln ins Vorhaus hereinkam, begannen wir fünf zu singen: „Gott grüaß enk Leutln allesamt, mögn sein, so vü enk wölln". Er erschrak zunächst, verständlicherweise, dann aber stand er da vor uns, mit Dreck und Speck an Händen und Kleidung, und freute sich wie ein kleines Kind.

In seinen alten Tagen hat er mich einmal sehr überrascht. In der Stube wurde es schon dunkel. Wir zwei waren allein: der 85-jährige Vater und sein 45-jähriger Sohn. Auf einmal sagte er zu mir: „Erwin, was glaubst du: Gibt's nach dem Tod noch was?" Ich war mehr als überrascht. Er, der tiefreligiöse Eltern gehabt und der auch Zeit seines Lebens nie einen Glaubenszweifel gezeigt hatte, fragte mich so etwas. Es war eines der wenigen Gespräche, das zwischen uns beiden tiefer ging. Normalerweise konnte man mit ihm nur über wirtschaftliche Belange reden. Wir saßen eine Weile beisammen, und ich glaube, es ist mir ein wenig gelungen, seine aufkommenden Zweifel zu zerstreuen und ihm die Angst vor seiner Zukunft zu nehmen.

Zu Beginn 1991 gingen meine Eltern von zu Hause weg und zogen zu meinem Bruder Toni auf dessen Hof in Ried in der Riedmark. Daheim gab es kein Vieh mehr. Mein Bruder Willi, dem nun der Hof gehörte, hatte eine unselbstständige Arbeit angenommen, und die alten Eltern konnten nicht allein im Haus bleiben. Ob sich mein Vater dort angewöhnen hätte können, wissen wir nicht. Im Volksmund heißt es: „Einen alten Baum setzt man nicht um." Anfangs machte er sich noch auf dem Hof zu schaffen. Bald aber begann er zu kränkeln, ohne wirklich krank zu sein und hörte auf zu essen, was er sein Lebtag so gern getan hatte. Die letzten Tage vor seinem Tod war er nur mehr zeitweise bei Bewusstsein. In der Nacht, bevor er starb, so berichtet Toni, hat er sich betend an die Gottesmutter gewandt. In den Armen seines ältesten Sohnes starb er am 30. Mai 1991 im Alter von 86 Jahren.

Auf Wunsch der Mutter trugen wir Söhne ihn auf seinem letzten Weg in den Friedhof: die älteren vier trugen den Sarg, Willi, der jüngste, trug das Kreuz.

Anlässlich seines 80. Geburtstages schrieb ich über den Lebensweg meines Vaters ein langes Gedicht im Stile von Eugen Roths „Ein Mensch". Die letzten paar Verse möchte ich an den Schluss meiner Erinnerungen an meinen Vater stellen:

Der Mensch ist, wenn auch nun schon alt, doch unersetzlich draußt im Wald:
Er schneidet Äste und entrindet die Schleifholzprügel, und er findet
ein jedes Stäbchen, das noch brennbar, auch wenn es kaum als Holz erkennbar.
Die Kreissäge hört er gern singen und kann es übers Herz nicht bringen,
dass er sie abstellt, wenn es dunkelt, sodass die Nachbarschaft schon munkelt:
Der Mitteregger lebt gefährlich! Es ist nicht Spott, man meint es ehrlich.
Er fasst es auf als seine Pflicht und ist noch immer drauf erpicht,
dass er für Kühe und für Schweine das „Brechert" macht, er ganz alleine.
Allwöchentlich, man muss es loben, geht er zum Troadkasten nach oben
und mahlt den Hafer und das Korn, als wär' zum Müller er geborn.
Weit weniger macht es ihm Spaß, dass er den Schweinen soll zum Fraß
den Dämpfer mit Kartoffeln füllen; das tut er täglich wider Willen.
Auch bringt er ungern Streu den Schweinen. Da muss das Weib schon manchmal greinen.
Desgleichen schafft das Holzeintragen ihm immer öfter Unbehagen.

*Er überwindet sich und tut es, und tut damit auch wirklich Gutes,
weil es am Hof an Kräften fehlt und deshalb jeder Handgriff zählt.
Seit Jahren ist's ihm ein Verdruss, dass er beim Gehen hinken muss.
Das macht die Arbeit recht beschwerlich. Aus diesem Grund ist's auch erklärlich, dass er das Tanzen heute meidet, weil dieser Fuß es ihm verleidet.
Es geht halt nicht mehr mit dem Tanzln, doch wenn er manchmal singt die Gstanzln, so wie er's in der Jugend sang, da wird der Abend oftmals lang.
Ein Glaserl Wein, das macht ihn witzig, da singt er Sachen, frech und spritzig, so alte Gsangln, an die hundert, und oft hat man es schon bewundert, was alles er auf Lager hat. Es ist erstaunlich in der Tat.
Der Mensch war Frohsinn stets gewogen und nun spannt sich sein Lebensbogen vom Jugendglück bis hin zum Greise. Ich nenne unsern Menschen weise, weil er die harten, schweren Tage des Lebens, all die Last und Plage
heut nicht mehr zählt. Sie sind vergessen. Die Jahre, die ihm noch bemessen
schätzt er, als wären sie geschenkt, und es ist rührend, wie er hängt
an seinem Weib, die mit ihm Leben in Freud und Leid geteilt, ergeben.*

*Der Mensch, dem heute gilt die Feier, er war es und er ist uns teuer.
Er hat uns vieles mitgegeben und ihm verdanken wir das Leben.
Er hat uns gern, jawohl, das hat er: Er ist ja unser guter Vater.*

Vater mit Enkel Bernhard 1976

Meine Mutter

war eine bemerkenswerte Frau. Sie war in jungen Jahren eine fesche Person, sie war intelligent und wortgewandt und bis in ihr hohes Alter von 83 Jahren bei klarem Verstand.
Sie legte großen Wert auf Sauberkeit, sowohl bei ihrer Kleidung als auch bei der Körperpflege. Obwohl wir in der Zeit meiner Kindheit kein Bad, ja nicht einmal eine Badewanne besaßen, wusch sich meine Mutter regelmäßig am ganzen Körper. Ihr dunkles, langes Haar hatte sie immer streng zu einem Knoten gebunden.

Mutter 1984

Sie war in der Nachbarschaft, aber auch in der ganzen Pfarre, hoch angesehen und wurde ernst genommen. Was sie sagte und tat, hatte immer Hand und Fuß. Sie war an allem interessiert, liebte die Musik, vor allem den Gesang ihrer Kinder, hörte regelmäßig interessante Radiosendungen und las gern, vor allem in ihren alten Tagen. Als sie bettlägerig geworden war, lagen neben ihrem Bett immer einige Bücher griffbereit. Sie nahm Anteil am Ergehen anderer Menschen, interessierte sich für Politik und Wirtschaft, konnte mitreden und hielt in Gesprächen und Diskussionen mit ihrer Meinung nicht zurück. Menschen, die sie bisher nicht gekannt hatten, empfanden sie sehr bald als geistreiche Gesprächspartnerin, die auch zu scherzen verstand. Die Schulmeisterleute von Hackstock, Sylvia und Josef Kramer, waren in den 80er-Jahren oft zu Gast beim Obermitteregger. Sie fanden, das Leben meiner Mutter sei wert, aufgezeichnet zu werden. In vielen Stunden nahmen sie ihre Lebensgeschichte auf Tonband auf und gaben die Erzählungen meiner Mutter in einem Buch wieder, das den Titel „UMI & UMA“ trägt und das 1993 im Verlag „Bibliothek der Provinz“ erschienen ist.

Mutters Familie um 1915
(Mutter vorne Mitte: Der Knick im alten Foto mag ein Hinweis darauf sein, wie es ihr erging, als sie von ihrer Geschwisterschar weg musste und als Einzelkind zu ihren Zieheltern zog)

Im wirtschaftlichen Bereich war meine Mutter allen Neuerungen aufgeschlossen. Sie unterstützte in den ersten Jahren ihrer Ehe den Vater bei seinen ambitionierten Veränderungen am Hof. Während der Abwesenheit des Vaters im Zweiten Weltkrieg hatte sie die Hauptverantwortung für die wirtschaftlichen Belange und behielt sie nach seiner Heimkehr weiterhin. Seit ich mich erinnern kann, hatte bei uns daheim die Mutter das Heft in der Hand. Alle wichtigen Entscheidungen traf sie, und gegen ihren Widerstand ging gar nichts. Der Vater erkannte wahrscheinlich, dass er eine sehr tüchtige Frau geheiratet hatte, und zog sich mehr und mehr vom Kommandostand zurück.

Meine Mutter war eine streng gläubige und tief religiöse Frau. Sie betete oft allein und legte auch in der Familie großen Wert auf das Gebet. Sie ging regelmäßig zur Beichte und Sonntag für Sonntag in die Kirche und besuchte jeweils beide Gottesdienste. Sie achtete sehr auf die religiöse Praxis ihrer Kinder. Es gab keinen Tag ohne Morgen- und Abendgebet. Wenn wir aus dem Haus gingen, mussten wir Weihwasser nehmen und uns damit bekreuzigen. Kam sie auf ihren Wegen an einem Bildstock vorbei, so machte sie ein Kreuzzeichen oder verrichtete eine kurze Gebetsandacht. Am Abend, bevor sie zu Bett ging, sprach sie ein Segensgebet über ihre in der Ferne weilenden Kinder und sprengte Weihwasser in die jeweilige Richtung. Wenn sie aus weiter Ferne zu Mittag die Glocken läuten hörte, unterbrach sie die Feldarbeit und betete den „Engel des Herrn". Wurde in der Nachbarschaft jemand mit den Sterbesakramenten versehen, holte man meine Mutter, weil sie am besten wusste, was zu tun war und welche Gebete angebracht waren.

Mutters Geschwister (vorne sitzend v. links: Thekla, Mutter, Hans, Pepi, Loisi; hinten stehend v. links: Otto, Hedwig, Franz, Maria)

Zwei Brüder unserer Mutter waren Priester geworden: Josef Pilz, ein Halbbruder, zuletzt Dechant in Schärding, und Johann Langthaler, Pfarrer in Laakirchen. Es wäre ihr sehnlichster Wunsch gewesen, dass wenigstens einer ihrer fünf Söhne auch Priester geworden wäre. An Versuchen hat es nicht gefehlt. Toni war fünf Jahre am Petrinum, bevor er das Handtuch warf und zu Fuß von Linz nach Unterweißenbach marschierte. Er wusste, wie wichtig es der Mutter gewesen wäre, wenn er durchgehalten hätte. Er entschied sich auf spektakuläre Weise gegen diesen Wunsch und traf sie damit sicher schwer. Otto maturierte im Petrinum und begann das Theologiestudium am Priesterseminar in Linz. Er zog den Talar wieder aus und ging nach Innsbruck, um dort das Lehramt für Physik und Mathematik zu machen. Schließlich kam auch Lois ins Gymnasium am Missionshaus St. Rupert bei Bischofshofen, maturierte dort und absolvierte noch ein Jahr Noviziat. Dann wechselte auch er an die Hochschule und studierte Mathematik. Ihr Wunsch war dreimal nicht in Erfüllung gegangen. Von Mal zu Mal wuchs ihre Toleranz gegenüber den Entscheidungen ihrer Söhne.

Mutter als Einzelkind in derZiehfamilie
(links von ihr die Zieh-Großmutter, rechts von ihr die Ziehmutter, dahinter drei Schwestern des Ziehvaters, in der Mitte die oft erwähnte spätere Godn)

Wenn es schon keinen Priester und keine Klosterschwester unter ihren acht Kindern gab, so war ihr wichtig, dass sie eine gute Partnerwahl trafen und rein in die Ehe gingen. Ein schlampiges Verhältnis hätte sie nicht geduldet. Die ältesten Geschwister handelten noch ganz in ihrem Sinne, zuletzt aber schlug auch hier der Zeitgeist zu, und sie tolerierte es. Sie erlebte uneheliche Enkelkinder und Urenkel und hatte sie ebenso lieb wie die aus geordneten Verhältnissen.

Meine Mutter wurde am 17. Juni 1911 als siebtes von acht Kindern in Hackstock geboren. Ihre Eltern führten das Gasthaus des Dorfes, zu dem auch ein kleiner Krämerladen gehörte. Zwei ihrer Geschwister hatten einen anderen Vater gehabt: Josef und Thekla. Sie hießen deshalb auch Pilz. Vater Pilz ist an der galoppierenden Lungensucht (so der Eintrag im Totenbuch der Pfarre) gestorben. Mutter erzählte immer, er habe auf dem Heimweg von Unterweißenbach erhitzt aus einem kalten Brunnen getrunken und habe davon Lungenentzündung bekommen, an der er starb. Dann heiratete die Hackstocker Großmutter ein zweites Mal: den Johann Langthaler vom Moltererhaus in Dauerbach. Dieser zweiten Ehe entsprossen noch sechs Kinder: Franz, Hans, Maria, Hedwig, Aloisia und Otto.

Mutters leiblicher Vater war ein Cousin des Obermitteregger, dessen Ehe kinderlos geblieben war. Unsere Mutter kam als vierjähriges Kind zu ihren Zieheltern, zunächst auf Probe. Am Mittereggerhaus waren neben den neuen Zieheltern noch drei Schwestern des Ziehvaters und dessen Mutter. Man hat der kleinen Loisi sehr schön getan. Man konnte ihr vieles bieten, das sie daheim nicht gehabt hatte. Zehn Puppen hat sie gehabt, erzählt sie in dem oben erwähnten Buch. Sie ist am Mittereggerhaus geblieben und wurde adoptiert. Nun hieß sie nicht mehr Langthaler, sondern Buchberger.

Als Mutter 14 Jahre alt war, starb ihr Vater, der Wirt in Hackstock, bei einem Unfall. Er hatte sich zum Schlafen auf den Heuboden gelegt und muss so unglücklich abgestürzt sein, dass er an einem Schädelbasisbruch starb.

Hackstocker Großvater (Johann Langthaler)

Hackstocker Großmutter

Das war im Jahr 1925. Die Hackstocker Großmutter stammte vom Ober-Prentner in Hörzenschlag in der Gemeinde Königswiesen. An sie kann ich mich noch ein bisschen erinnern. Sie starb 1948, da war ich vier Jahre alt.

Meine Mutter war sicher viel umworben. Sie war fesch und stand in Aussicht, einen Bauernhof zu erben, wenn auch keinen großen. Meine Mutter hat erzählt, sie und Vater haben sich bei einem „Rockatanz" kennen gelernt. Früher, als noch wesentlich mehr Flachs angebaut wurde und in jedem Bauernhaus einige Töchter oder Mägde während der Wintertage am Spinnrocken saßen, entwickelte sich ein Brauch, der zu einer sehr beliebten Unterhaltung wurde. Die Frauen nahmen ihren Rocken und gingen zu Nachbarn und Bekannten. Dort wurde untertags miteinander gesponnen und geplaudert. Am Abend gesellten sich die Burschen und Männer dazu. Einer spielte die Ziehharmonika. Da gab es Tanz und Gaudi. An so einen Rockatanz beim Langthaler in Hinterberg kann ich mich noch erinnern. Ich war damals 16 Jahre alt. Man nannte die Veranstaltung noch so, aber niemand nahm mehr einen Spinnrocken mit. Bei dieser Gelegenheit lernte ich ein Tanzspiel kennen, das typisch für die Rockatänze war: den Polsterltanz. Man saß im Kreis, ein Bursch war mit dem Polster unterwegs und suchte sich, während die Musik einen Marsch spielte, ein hübsches Mädchen aus. Vor dieses kniete er sich auf den Polster, das Mädchen musste sich zu ihm knien, und sie durften sich küssen. Da gab es natürlich viele Sticheleien und ermunternde Zurufe, wenn sich ein Mädchen ein wenig zierte. Dann tanzte die ganze Gesellschaft einen Walzer. Sobald der Takt zum Marsch wechselte, setzten sich alle, und nun ging das Mädchen von vorhin mit dem Polster auf Partnersuche.

Bei so einer Gelegenheit lernten sich also meine Eltern kennen. Meine Mutter war erst 17 Jahre alt und natürlich noch viel zu jung zum Heiraten. An eine Hofübergabe war überhaupt nicht zu denken, weil die Zieheltern noch so jung waren. Der Vater brauchte daher viel Geduld, bis endlich die Hochzeit vereinbart wurde. Der Vater kam, so erzählte die Mutter später, mit Holzschuhen zu ihr fensterln. Die einfache Wegstrecke, die er zurücklegen musste, betrug etwa 8 Kilometer. Die Burschen in Dauerbach und Umgebung sahen es nicht gern, wenn einer von weither kam und ein fesches Mädchen wegschnappte. Sie lauerten ihm daher manchmal auf und versteckten ihm die Holzschuhe, sodass er den Heimweg barfuß antreten musste. Der Vater war keine schlechte Partie. Er stammte aus einem großen Bauernhof aus Schattau und bekam einiges an Mitgift mit.

Als die Mutter 24 Jahre alt war, fand die Hochzeit statt. Mit der Hochzeit wurde auch der Hof übergeben. Zu diesem Zeitpunkt war der Großvater noch keine 50 Jahre alt. Plötzlich war er im Ausgedinge und hätte eigentlich nichts mehr mitzureden gehabt in wirtschaftlichen Belangen. Das konnte nicht gut gehen. Und es ging auch nicht gut.

Für die Mutter brach eine sehr schwere Zeit an. Innerhalb von sechs Jahren brachte sie vier Kinder zur Welt. Dann musste der Vater als Soldat in den Krieg und blieb mehr als drei Jahre weg. Der Großvater war nun wieder wichtig und stand der Mutter zur Seite. Während eines Fronturlaubes wurde ich gezeugt. In Abwesenheit des Vaters kam ich zur Welt. Zu meiner Entbindung kam meine Mutter ins Krankenhaus Freistadt. Dort herrschten 1944 schreckliche Zustände. Die Großmutter brachte ihr Nahrhaftes ins Krankenhaus, damit sie zu Milch kam.

Nach dem Krieg fehlte es an allen Ecken und Enden. Das Mühlviertel war von den Russen besetzt. Es mangelte an allem. 1946 kam unser sechstes Geschwister, Bruder Otto, zur Welt.

Nun war unser Haus schon ziemlich überbelegt. Der Großvater lag mit dem Vater dauernd im Clinch. Die Mutter stand zwischen den beiden und hatte ein „Schüberl“ Kinder zu versorgen und sich um die Erziehung zu kümmern. Dabei wurde sie von der Großmutter tatkräftig unterstützt. Ich erinnere mich lebhaft an den Vorgang des Badens an einem Samstag. Wir hatten eine 70-Liter-Blechwanne. Die wurde in die Stube gestellt und mit warmem Wasser aus dem Kessel gefüllt. Darin wurden wir von der Großmutter geschrubbt, eins nach dem andern. Sie hatte sehr grobe Hände. Ich weiß noch sehr genau, wie sich das anfühlte. Das ging ruckzuck. Dann standen wir da wie die Orgelpfeifen und wurden abgetrocknet. Reine Fließbandarbeit war das. Aber wir waren wieder sauber, und das war das Wichtigste. 1950 wurde Lois geboren. Ein Jahr später verlor die Mutter ein Kind bei einem Abortus. 1955 kam mit Willi noch ein Nachzügler. Da war Mutter schon 44, der Vater 51 Jahre alt.

In der Schule hatte die Mutter keine Sorgen mit uns. Keines der acht Kinder tat sich schwer beim Lernen. Aber es gab bei einigen Kindern dramatische Ereignisse: Krankheiten und Unglücksfälle. Jedes dieser Ereignisse muss für die Mutter eine schreckliche Sache gewesen sein.

Mitzi bekam 1939 im Alter von drei Jahren eine Gehirnhautentzündung, die vom Arzt nicht als solche erkannt wurde. Sie verlor dabei das Gehör vollständig und hörte auf zu reden, obwohl sie schon alles geplappert hatte.

Toni spielte als Fünfjähriger in der Scheune, während die anderen Futter schnitten. Er kletterte auf einen Querbalken des Scheunentores und steckte den Kopf beim Guckloch hinaus, das breiter als hoch war. Dabei rutschte er mit den Beinen weg und hätte sich beinahe erhängt. Er war schon ganz blau und leblos, als man ihn entdeckte.

Otto kam beim Haferheuen als Dreijähriger unter das eisenbeschlagene Rad des Wagens. Das Rad mit dem fast voll beladenen Wagen rollte knapp unterhalb des Nabels über seinen Bauch. Er war zunächst bewusstlos und wurde ins Spital eingeliefert. Wie durch ein Wunder hatte er keine inneren Verletzungen davongetragen. Er hatte das Mittagessen nicht gemocht und hatte das Essen verweigert. Sein Bauch war leer. Dem schrieb man den glücklichen Ausgang zu.

Lois ging noch nicht zur Schule, als er sich mit einem Stock an einen Bienenstock heranmachte und darin ein wenig herumstocherte. Die Bienen verstanden keinen Spaß und fielen über ihn her. Dreißig Bienenstacheln, so erzählte die Mutter, hat sie aus seinem Kopfhaar gekämmt. Er bekam ein Gegengift gespritzt und überlebte das schaurige Kindheitserlebnis.

Gleich dreimal ist Willi verunglückt, und jedes Mal hätte es ihn das Leben kosten können. Einmal schlug ihn das Pferd und zertrümmerte ihm die Milz. Ein anderes Mal stürzte er mit einem Traktor vom Fahrsilo rückwärts auf die Tenne und wurde von diesem unter sich begraben. Ein Wirbelbruch war die Folge. Hätte der Traktor nicht Rohrstummeln für ein Führerhausdach gehabt, wäre Willi erdrückt worden. Jahre später verunglückte Willi mit einem Traktor im Wald. Er war allein bei der Arbeit und wurde erst am nächsten Tag, unter dem Traktor liegend, entdeckt. Elf Stunden hatte er dort zugebracht und kam wie durch ein Wunder mit dem Leben davon.

Familie Hölzl 1964 bei Theklas Hochzeit

Mutter hatte es gern, wenn alle Kinder auf einmal zu Besuch kamen. Wir fanden zwar, dass sie am allerwenigsten was davon hatte, wenn wir alle auf einmal aufkreuzten, weil solche Besuchstage für sie jede Menge Arbeit und Stress bedeuteten. Das machte ihr aber nichts aus. Sie wollte uns um den großen Tisch sitzen sehen und war glücklich, wenn wir ein paar Lieder anstimmten.

Unsere Mutter hat uns streng erzogen. Dabei hat sie mitunter auch harte Mittel angewendet und die Rute nicht gespart. Sie hat uns vorgelebt, dass die Arbeit keine Last, sondern eine Freude ist. Sie war in den Ansprüchen bescheiden, hat aber nie geknausert, sondern für andere immer etwas übrig gehabt. Ob der Briefträger oder der Rauchfangkehrer kam – jedes Mal hieß es: „Sitz zuwa, iss mit!" So viel uneigennützige Gastfreundschaft habe ich in meiner neuen Heimat, dem reichen Machlandviertel, nicht erlebt. Sie war beim Spenden großzügig und hat auch den Armen etwas von dem Wenigen abgetreten, das sie hatte. Als wir schon erwachsen waren und nur mehr als Gäste nach Hause kamen, hat sie uns jedes Mal beim Weggehen etwas mitgegeben: Eier, Speck, Butter. Was sie eben gerade hatte. Sie war überglücklich, wenn sie uns Kindern in ihren alten Tagen zu besonderen Anlässen von ihrer kleinen Rente etwas Geld zuwenden konnte. Von der Mutter habe ich die Aufrichtigkeit und die Geradlinigkeit gelernt. Sie war mir auch ein Vorbild, wenn es um selbstbewusstes Auftreten ging. Von ihrem Ansehen habe ich als Kind, aber auch als junger Mensch gezehrt und es war mir zeitlebens wichtig, meinen Mann zu stellen und sie nicht zu enttäuschen, weil ich spürte: Sie hält was auf mich.

Ich war zu meiner Mutter nie zärtlich. Sie hat uns das als Kinder nicht gelehrt und nicht vorgezeigt, und ich habe sie auch als erwachsener Mann nicht auf die Wange geküsst, wenn ich sie besuchte. Das haben meine Frau und meine Kinder für mich getan.

Nachdem Ende der 80er-Jahre Willi eine unselbstständige Arbeit angenommen hatte, musste er das Vieh weggeben. Das war für Mutter ein schwerer Tag. Ich bin mir sicher, dass sie bitter geweint hat, denn sie war eine Bäuerin gewesen mit Leib und Seele. Einige Zeit hat sie auf dem Hof von Toni in Ried gelebt, bevor unsere älteste Schwester sie zu sich nach Unterweißenbach nahm.

Als die Mutter 1994 starb, trauerten 8 Kinder und 26 Enkelkinder um sie. Weitere Enkelkinder wurden erst nach ihrem Tod geboren. Wieder trugen wir fünf Brüder unsere Mutter zu Grabe. Sie war eine bemerkenswerte Frau gewesen. Vor ihrem Tode hatte sie angeordnet, dass es bei ihrem Begräbnis was Ordentliches zu essen geben soll. Obwohl es in meiner Heimat durchwegs Sitte ist, beim Begräbnismahl, der so genannten Zehrung, Rindfleisch mit Semmelkren aufzutischen, wurden uns Schnitzel serviert.

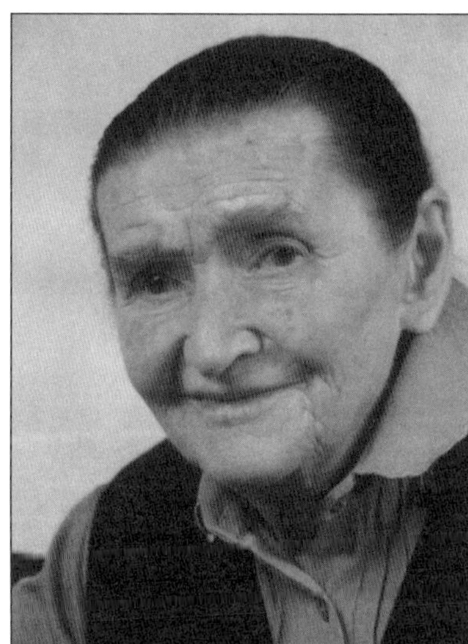

Dieses Bild hat Mutter selbst für ihr Totenbild ausgesucht. Trotz ihrer 83 Jahre hatte sie kein graues Haar.

Mein buntes Leben

Als Deutschlehrer an der Hauptschule und im Polytechnischen Lehrgang habe ich mit meinen Schülern immer wieder zu üben gehabt, wie man für ein Bewerbungsschreiben einen eigenen Lebenslauf abfasst. Sie haben zum einen damit gekämpft, die formalen Kriterien zu erfüllen, zum anderen war das, was sie als 14-jährige auf die Waagschale legen konnten, so wenig, dass sich kaum eine Seite ordentlich füllen ließ.

Im Jahr 1990 bewarb ich mich für das Amt eines Schulinspektors und musste zu diesem Zweck auch meinen Lebenslauf zu Papier bringen. Obwohl ich mich bemühte, knapp und sachlich zu bleiben, füllte ich handschriftlich drei Seiten mit Leichtigkeit.

Über dem Lesebuch meiner Pflichtschulzeit steht „Buntes Leben". Damals ahnte ich noch nicht, wie bunt das Leben wirklich sein kann, wie vielfältig und vielseitig die Herausforderungen sein würden, die mich erwarteten.

Ich will nun aufs Neue meinen Lebenslauf schreiben und brauche dabei nicht mehr auf die formalen Kriterien des Faches Schriftverkehr zu achten. Ich will mir erlauben, die 60 Jahre meines Lebens an mir vorüberziehen zu lassen, dort und da ein wenig zu verweilen und abzuschweifen. Ich brauche mich nicht, wie das sonst bei Lebensläufen üblich ist, krampfhaft bemühen, meine Leistungen in den Vordergrund zu rücken und meine Schwächen und mein Versagen zu verheimlichen.

Der Tag meiner Geburt, der 5. August 1944, fiel auf einen Samstag. Als Zeitpunkt meiner Geburt gibt der Taufschein 14.30 Uhr an. Meine vier älteren Geschwister waren daheim zur Welt gekommen. Mein Geburtsort ist Freistadt, weil meine Mutter auf Grund einer Schwangerschaftskomplikation zur Geburt in das Krankenhaus Freistadt eingeliefert worden war. Sie litt an einer Venenschwäche. Als sie mit mir schwanger ging, entzündeten sich die Venen derart, dass der Gemeindearzt riet, ins Spital zu gehen. Das machte die Sache kompliziert. Mitten im Hochsommer musste sie ins Spital, die Verkehrsverbindungen waren denkbar schlecht. Daheim wäre viel zu tun gewesen, der Kornschnitt stand vor der Tür.

Im Krankenhaus herrschten, der Kriegslage entsprechend, Zustände, die uns heute unvorstellbar erscheinen. Das Gebäude war überfüllt, auf allen Gängen standen Betten. Meine Mutter erzählte, es sei unerträglich heiß gewesen in jenen Tagen. Viele ausländische Frauen, die zum Arbeitsdienst im Deutschen Reich gezwungen worden waren, bevölkerten das Spital. Die Verpflegungssituation war mies, was die Großmutter veranlasste, mit Milch und Rahm und anderen Lebensmitteln nach Freistadt zu fahren, damit meine Mutter wenigstens was Ordentliches zu essen bekam. Der eigentliche Nutznießer war ich.

Als die Mutter mit mir im Arm vom Spital entlassen wurde, trat sie die Heimfahrt mit dem Postauto an. Dieses fuhr aber nur bis Weitersfelden. Dort wurden wir auf ein Pferdefuhrwerk umgeladen, das uns die letzten 15 Kilometer bis nach Hause brachte. Ich hätte, so berichtet man, als Neugeborener einen schwarzen Haarschopf gehabt. Der Großvater, selbst rötlichblond, sekkierte die Mutter mit der Bemerkung: „I moan, den haum's da umtauscht, der schaut ja aus wia a Russ."

Das Sakrament der Taufe empfing ich am 13. August 1944 in der Pfarrkirche Unterweißenbach. Weder Vater noch Mutter waren bei meiner Taufe anwesend. Als Taufpate stand mir der Ziehvater meiner Mutter, Anton Buchberger, zur Verfügung. Auch die Großmutter war bei meiner Tauffeier dabei.

Zu meinem 50. Geburtstag haben mir Freunde eine Ausgabe der „Oberdonau-Zeitung" vom 5. August 1944 geschenkt. So konnte ich einige interessante Meldungen und Details über die Lage damals erfahren.

Obwohl zu diesem Zeitpunkt der Krieg schon so gut wie verloren war, brachten die staatlich gelenkten Printmedien noch immer Erfolgsberichte. „Invasionsflotte schwer getroffen" steht in großen Lettern auf der Titelseite. Oder „Wuchtige Gegenstöße im Osten". Zu lesen ist dort auch von den „Verbrechern", die am Attentat gegen Hitler, das gut zwei Wochen vor meiner Geburt stattgefunden hatte, beteiligt waren. Sie werden namentlich genannt und es wird berichtet, dass sie dem Volksgerichtshof übergeben würden. Auch von einer Tagung der Gau- und Reichsleiter berichtet das Blatt unter der Schlagzeile: „Der Krieg muss seine entscheidende Wende erhalten!" Himmler hatte bei dieser Tagung eine sehr eindrucksvolle mehrstündige Rede gehalten, in der er unter anderem sagte, der gegenwärtige Kampf um das Schicksal unseres Reiches müsse ein heiliger Volkskrieg sein und als solcher geführt werden. Die Grundsätze der nationalsozialistischen Volksarmee seien Treue, Gehorsam, Tapferkeit und Standhaftigkeit und ihre Aufgabe sei es, den Krieg zu gewinnen. Enger geschlossen als jemals zuvor werde sich das deutsche Volk des Führers und seines Beispiels würdig zeigen, die große Prüfung bestehen und die Entscheidung des Krieges für sich erzwingen.

Der Autor 1949 (neben der Mitteregger Großmutter)

Man findet aber auch einen fünfzeiligen Hinweis auf die Vorschrift der Verdunkelung von 21.30 bis 5.00 Uhr. Bei Fliegeralarm sei auch außerhalb dieser Zeiten die Beleuchtung sofort auszuschalten.

Die Lage war dramatisch in jenen Tagen. Anfang Juni des Jahres war den Briten und Amerikanern an der Atlantikküste die Landung gelungen, und nun verstärkten sie die Luftangriffe auf die großen deutschen Städte und Industriebetriebe. Die Alliierten standen auch schon in Mittelitalien und hatten Rom besetzt. Die Falle schnappte zu, und dennoch mussten bis zum bitteren Ende noch zahllose Menschen ihr Leben lassen.

Mein Vater war als Obergefreiter an der Ostfront und daher nicht anwesend, als die Mutter mit mir heimkam. Wann er von meiner Ankunft erfahren hat, weiß ich nicht. Auch in dieser schrecklichen Zeit brachten Mütter Kinder zur Welt und sagten Ja zum Leben. Die sinkende Geburtenrate heute wird manchmal zu erklären versucht mit dem Hinweis, junge Menschen sähen die Entwicklung für die Zukunft negativ und trauten sich nicht zu verantworten, Kinder in die Welt zu setzen. Welche Gedanken werden den Müttern Ende 1944 durch den Kopf gegangen sein, wenn sie ein Neugeborenes in Händen hielten?

Vom Ende des furchtbaren Krieges und der darauf folgenden Zeit der Not bekam ich Gott sei Dank nichts mit. Ich war damit beschäftigt zu wachsen und zu gedeihen, und das gelang mir ganz gut, wie das erste Foto, das von mir existiert, beweist. Ich war damals fünf Jahre alt.

Meine Schwester Mitzi erzählt, ich hätte mit den russischen Besatzungssoldaten geschäkert, wenn sie ins Haus kamen, um Nahrungsmittel für sich zu organisieren und nach Waffen zu suchen. Bewusst habe ich die russischen Besatzer erst erlebt, als sie die Gegend kartographisch vermaßen, bevor sie 1955 abzogen. Auf dem großen Steinblock am Wege zum Untermitteregger hatten sie ein Vermessungsgerät aufgestellt und kamen einmal zu meinen Eltern um eine Auskunft.

Am 11. September 1950 betrat ich in Hackstock zum ersten Mal ein Schulhaus: ängstlich, schüchtern und vermutlich auch ein wenig neugierig darauf, was mich denn da erwarten würde. Mein Lehrer in der ersten Klasse war der Leiter der Schule. Max Zehethofer, später Volksschuldirektor in Pierbach, führte mich in die geheimnisvolle Welt der Buchstaben und Zahlen ein. Er war, so zeigt es das erste Zeugnis, das ich bekam, im Allgemeinen mit meinen Leistungen zufrieden, nur im Fach „Zeichnen" zeigte sich schon damals meine große Schwäche, die ich bis heute nicht beheben konnte. Obwohl ich ein sehr junger Schüler war, habe ich die Belastungen der Schule gut verkraftet. Keine einzige Fehlstunde ist im Zeugnis der ersten Klasse verzeichnet. Erstaunlich ist, dass ich schon im ersten Schuljahr zur ersten heiligen Kommunion gehen durfte. Mein Erstkommuniontag war der Weiße Sonntag, der 29. April 1951.

Im folgenden Jahr begann meine anfänglich saubere Schrift zu verfallen und schlampig zu werden. Das Schreiben musste mit Gut bewertet werden. Im dritten Jahr griff meine Mutter ein. Sie ließ mich in den Weihnachtsferien ein ganzes Heft, das gar nicht nach ihren Vorstellungen aussah, neu schreiben. Ich habe lautstark und mit Weinen protestiert, aber es half nichts. Was sie einmal entschieden hatte, das blieb entschieden, so sehr man auch trotzte und den Tränen freien Lauf ließ. Die Maßnahme hat aber die Wirkung nicht verfehlt. Fortan wurden meine Schriftzüge gelobt und entsprechend benotet.

Firmung 1953

Am 14. Juni 1953 wurde ich in Kefermarkt gefirmt. Mein Firmgöd war mein späterer Schwager Karl, der heutige Altbauer vom Stadledergut in Mötlasberg, der 11 Jahre später meine Schwester Thekla heiratete. Als er mich firmen ließ, war er erst 17 Jahre alt. Ich kann mich entfernt daran erinnern, dass die Kirche einen sehr schönen Altar hatte. Besonders blieb mir aber von meiner Firmung die Torte in Erinnerung, die ich nach der Firmung mit auf den Weg bekam. Ich trug sie den weiten Weg von Mötlasberg bis nach Dauerbach (etwa zwei Stunden Fußmarsch) in großer Erwartung einer besonderen Köstlichkeit. Sie war in einer Schachtel verpackt und diese gut mit Schnüren zugebunden. Kurz vor meinem Heimkommen hatte ich ein Malheur. Der Hund des Nachbarn hatte mir vor dem Fenster aufgelauert und sprang, als ich das Hauseck passierte, plötzlich hervor. Er biss in die Tortenschachtel und wollte nicht loslassen, bis ich ihm einen Fußtritt versetzte. Ich befürchtete das Schlimmste für meine Prachttorte und begann zu weinen. Zu Hause stellte sich heraus, dass der dumme und dreiste Hund mit seinen Zähnen bloß die Glasur erreicht hatte. Die Torte wurde von der Biss-Stelle gesäubert und schmeckte trotz Blessur köstlich.

Klassenfoto Jg. 1944 und 1945

Die kleine Volksschule in Hackstock hatte während meiner gesamten Schulzeit, ein Jahr ausgenommen, nur zwei Klassen. Im fünften Schuljahr ist in meinen Zeugnissen eine dritte Klasse ausgewiesen. Im Zeugnis der vierten Schulstufe wurde mir die Reife für die Hauptschule bestätigt. Ich ging aber nicht hin und verzichtete freiwillig auf eine höhere Bildung. Die Gründe dafür habe ich im Kapitel „Schule" genauer dargelegt.

Im Entlassungszeugnis der Volksschule findet sich der Vermerk: „Der Schüler war laut Erlass des Bezirksschulrates Freistadt in der Zeit vom 9. September bis 31. Oktober 1957 und vom 15. April bis 5. Juli 1958 widerruflich beurlaubt."

Mein achtes Schuljahr verbrachte ich also zur Hälfte nicht in der Schule, sondern auf dem elterlichen Bauernhof und auch anderswo bei der Arbeit. Die Schienen für meinen Lebensweg waren gelegt: Ich sollte und ich wollte Bauer werden und einmal daheim den Hof übernehmen. Die Zeugnisse aus allen Schulstufen der Volksschule habe ich dennoch sorgfältig aufbewahrt. In meiner Dokumentenmappe findet sich auch ein Zeugnis von einem vierwöchigen Melkerkurs, den ich im Februar 1960 an der Landesackerbau- und Obstbauschule Ritzlhof absolviert habe. Was ich dort lernte, hielt ich in hohem Maße brauchbar fürs Leben. Auf dem Lehrplan standen Gegenstände wie Rechnen und Deutsch, aber auch sehr viele Fächer, die mit der Milchviehhaltung zu tun hatten, zum Beispiel Fütterungslehre und Düngerwirtschaft. Natürlich gab es auch praktischen Unterricht im Handmelken und in der Bedienung und Pflege der Melkmaschine. Ich war schwer beeindruckt von der Milchleistung der Kühe im Stall dieser Schule. Unsere Kühe daheim brachten es vielleicht, wenn es hoch kam, auf 3.500 Kilogramm Milch pro Jahr. Dort gab es eine Kuh, die doppelt so viel zu geben bereit war. Natürlich wurde ihr entsprechendes Leistungsfutter verabreicht. Eine Erinnerung kommt auf, wenn ich an diese Kuh denke: Sie war sehr musikalisch. Besonders die Walzermusik liebte sie. Wenn im Stall aus den Lautsprechern Musik im Dreivierteltakt zu hören war, begann sie förmlich zu schunkeln. Wenn wir im Stall anrückten und sie die Melkeimer scheppern hörte, setzte die Milchproduktion so schlagartig ein, dass die Milch von den Zitzen tröpfelte. Von diesem Kurs kam ich mit vielen wertvollen Anregungen heim und versuchte sie auf dem elterlichen Hof auch umzusetzen. Immerhin nahmen meine Eltern im Sommer darauf den Neubau des Stalles in Angriff. Das feuchte, finstere Loch gehörte der Vergangenheit an. Der neue Stall war weiß getüncht und hatte große Fenster. Das Vieh bekam Selbsttränker, und wir brauchten uns nicht mehr zwischen den Tieren hindurch zu zwängen, wenn wir ihnen Futter brachten, weil sie über einen erhöhten Futtertisch von vorne versorgt werden konnten.

Meine Eltern waren der Meinung, dass ich noch vieles lernen könnte, was ich später als Bauer brauchte, wenn ich eine Zeit lang als Landarbeiter auf einen fortschrittlich geführten Hof käme. Der Hochlehner (Hackl) in Kaltenberg hatte gute Erfahrungen mit dem Hartmayrhof in Lasberg gemacht, der dem Sohn des großen Mühlviertler Bauernpolitikers Johann Blöchl gehörte. Dieser suchte zu Lichtmess 1961 gerade wieder zwei Burschen, und so übersiedelte ich Anfang Februar dieses Jahres, zusammen mit Hans Kern aus Unterweißenbach nach Lasberg. Fast drei Jahre war ich dort als Landarbeiter beschäftigt. Ich bekam einen Lehrvertrag als Landwirtschaftslehrling und musste auch Kurse besuchen.

Ferguson Baujahr 1960

Ich hatte noch keinen Traktorführerschein. Mit meinen 16 1/2 Jahren durfte ich diesen schon machen, deshalb meldete ich mich schnellstens in einer Fahrschule in Freistadt an. Nun war ich Traktorführer, ein wichtiger Karriereschritt. Ich weiß noch genau, mit welch stolzem Gefühl ich mich auf den Ferguson 35 x schwang. Am elterlichen Hof arbeiteten während dieser Zeit meine Schwester Thekla und mein Bruder Toni mit.

Der Hartmayrhof war (und ist) ein großes landwirtschaftliches Anwesen. Mehr als 70 Stück Vieh standen damals im Stall und wurden von zwei Mägden betreut. Eine dritte Magd betreute den Schweinestall und arbeitete auf den Feldern mit. Bei den Mägden gab es während meiner Lasberger Zeit einen Wechsel:

Christl und die große Anni verließen den Hof, an ihrer Stelle kamen die kleine Anni und die Burgi zu uns. Die Hackl Resi war die ganze Zeit meine fleißige Begleiterin. Früher hatten zwölf Dienstboten am Hof gearbeitet, jetzt waren wir nur mehr zu fünft. Wir waren eine fröhliche Gruppe, die gut miteinander auskam. Die Bauersleute sahen es gern, wenn

Fünf Dienstboten 1962

wir fleißig arbeiteten, sie freuten sich aber auch, wenn wir in der Freizeit miteinander sangen. Für mich war die meiste Arbeit neu zu lernen. Auf diesem Hof wurde fast alles anders gemacht als daheim. Sogar beim Ausschneiden des Besenreisigs war der Bauer mit meiner Arbeitstechnik unzufrieden. Ich musste umlernen und war damit erfolgreich. In einem der beiden Winter produzierte ich an die hundert Besen aus Birkenreisig.

Wir hatten am Hof zwei Ferguson Traktoren. Einer war mit einem Frontlader ausgerüstet, der andere mit einem Mähwerk. Der Ladewagen war noch nicht erfunden. Wir mussten daher noch alles Futter, das grüne wie das trockene, mit der Gabel händisch aufladen. Auch Miststreuer war noch keiner auf dem Hof. Der viele Mist aus dem großen Stall wurde zwar mit dem Frontlader aufgeladen, musste aber mit dem Mistkrall vom Wagen gekratzt und mit der Gabel zerstreut (gebreitet) werden.

Der Hartmayrhof war ein anerkannter Saatbaubetrieb. Auf einer Fläche von acht Joch wurden Kartoffeln und auf einer ebenso großen Fläche Roggen als Saatgut vermehrt. Die Kartoffeln mussten mit Schädlingsbekämp-

Der Dornachhof (Hartmayr) in Lasberg

fungsmitteln gespritzt werden. Dies geschah mittels einer Rückenspritze. Auch einen Großteil des Handelsdüngers brachten wir mit der Hand aus. Lediglich Kalk-, Kali- und Phosphatdünger wurden mit einem Düngerstreuer ausgebracht. Sämtliche Stickstoffdüngergaben streuten wir mit der Hand auf die Felder. Dazu hängte man sich eine Plastikwanne vor den Bauch, sodass beide Hände frei waren für die Streuarbeit. Weil die Felder so lang waren, musste man die Wanne sehr voll nehmen, was eine ziemliche Schlepperei bedeutete. Der Salpeter hatte eine gekörnte Form und staubte wenigstens nicht. Der Kalkstickstoff hingegen, den wir auf die Kartoffeln streuten, staubte sehr, hatte einen unangenehmen Geruch und legte sich an den Nasenschleimhäuten fest. Bei dieser Arbeit musste ich aus gesundheitlichen Gründen sehr viel Milch trinken.

Ein solcher Schädlingsbekämpfungs-Großkampftag auf den Kartoffelfeldern ist mir in besonders deutlicher Erinnerung geblieben. Ich hatte mit der Rückenspritze den ganzen Tag lang Metasystox gespritzt. Dieses Insektizid hatte einen besonders unangenehmen Geruch. Auf meinem Rücken qualmte der Motor der Spritze, der mit Benzingemisch betrieben wurde, vor meiner Nase hatte ich die Giftstäube aus der Düse. Am Abend dieses

Tages durfte ich zum ersten Mal in meinem Leben in das Landestheater gehen. Die Operette „Land des Lächelns“ von Franz Lehar stand auf dem Spielplan. Der Seniorchef, Landeshauptmannstellvertreter Blöchl, hatte uns Karten beschafft. Ich freute mich riesig darauf. Als ich am Abend meine Arbeitskleidung auszog und mich in die Dusche begab, hoffte ich, den üblen Geruch des Metasystox-Giftes loszuwerden. Obwohl ich lange unter der Dusche gestanden hatte, roch ich das Zeug noch immer. Ich sagte das der Bäuerin. Sie holte ein Deo, mit dem ich mich einduftete. Ich selbst besaß solches nicht. Nun roch ich anders, und ich war mir sicher, niemand im Theater würde mich scheel ansehen. Wir saßen in einer Loge. Das beruhigte mich. Wenigstens waren wir unter uns. Nach kurzer Zeit nahm ich den unangenehmen Geruch schon wieder wahr und wurde unsicher. Ich hatte wahrscheinlich den Geruch in den Schleimhäuten der Nase und des Mundes. Da half kein Deo. Aber nun wusste ich, es war nur mein Problem. Ich belästigte niemanden. Die Operette gefiel mir sehr. Ich glaubte mich in eine ganz neue Welt versetzt. Ich merkte mir die Texte und Melodien der Arien und sang sie in den folgenden Tagen vor mich hin, wenn ich mit dem Traktor auf den Feldern arbeitete: „Dein ist mein ganzes Herz, wo du nicht bist, kann ich nicht sein …“ Oder „Wer hat die Liebe mir ins Herz gelegt …“. Ich habe inzwischen viele Operetten, Opern und Musicals gesehen und gehört. Kein einziges Werk habe ich so gut im Gedächtnis behalten wie „Das Land des Lächelns“. Es war meine erste Begegnung mit der Hochkultur, und ich habe die Musik aufgesogen wie ein trockener Schwamm.

Im Sommer war unsere erste Arbeit am Morgen das Einbringen des Grünfutters für das Vieh. Die Rinder bekamen vor allem Klee und Kleegras. Zwei Fuhren waren täglich notwendig, um die große Zahl der Rinder satt zu kriegen. Aufgeladen wurde mit der Gabel. Eine besondere Aktion war das Silieren des Klees. Diese eiweißreiche Pflanze eignet sich nicht besonders für Gärfutter. Man brauchte eine Zugabe aus Kohlehydrat, damit die Silage gelang. Auf dem Hartmayrhof mischten wir Melasse unter den Klee. Melasse ist ein Abfallprodukt aus der Zuckergewinnung, klebrig und zähflüssig wie Honig. Der Klee wurde gehäckselt und musste im Rundsilo festgetreten werden. Das Kleehäckselgut, vermischt mit dem Melassebrei, klebte an den Gummistiefeln fest, sodass diese in Kürze die Form von riesigen Flossen annahmen.

Die Heuernte bedeutete immer einen Großeinsatz. Große Flächen wurden mit dem Traktor gemäht. Für das Wenden und das Schwadenziehen hatten wir bereits Maschinen. Nur ein Ladewagen war noch nicht vorhanden. Beim Aufladen des Heus fuhr eines der Kinder des Bauern mit dem Traktor langsam voran, zwei Burschen, „Roacha" genannt, reichten das Heu mit den Gabeln auf den Wagen, während zwei Frauen, die „Fasterinnen", die Heubauschen auf dem Wagen so anordneten, dass eine schöne Fuhre entstand. Eine Person rechte das Restheu nach. In der Scheune wurde das Heu mittels Greifer oder Heugebläse abgeladen.

Beim Hartmayr lernte ich eine besonders qualitätsvolle, aber sehr arbeitsaufwändige Form der Heugewinnung kennen: die Schwedenreiter. Man schlug etwa 1,60 Meter lange Pflöcke im Abstand von drei Metern in einer langen Reihe in die Erde und spannte darauf fünf Drähte im vertikalen Abstand von etwa 25 Zentimetern. Auf diese Drähte wurde das Gras büschelweise im fast frischen Zustand aufgehängt.

Schwedenreiter

Das Heu blieb mindestens eine Woche hängen und wurde auf den Schwedenreitern vor allem luftgetrocknet. Die Qualität dieses Futters war einmalig. Heute wäre diese Arbeit wegen des Arbeitskräftemangels, aber auch aus Kostengründen nicht mehr vorstellbar. Ich führte die Schwedenreiter später auch auf meinem Elternhaus ein.

Bei der Getreideernte lernte ich ebenfalls eine fortschrittliche Form kennen. Hier wurden der Roggen, die Gerste und der Hafer nicht mehr mit der Sense gemäht, sondern mittels Bindemäher geschnitten. Der Bindemäher, von einem Traktor gezogen, spuckte die Garben in gebundener Form aus. Das Aufmandeln war trotzdem von Hand aus zu erledigen. Das war ein herrlicher Anblick: die langen Mandelreihen auf den großen Feldern! Das trockene Getreide wurde nicht, wie daheim, samt den Getreidekörnern in der Scheune gelagert. Im Hof stand die große Dreschmaschine. Die Garben kamen vom Wagen direkt auf die Maschine und wurden gedroschen. Das Stroh wurde von der Maschine weg geschnitten und mit einem Gebläse in die Scheune befördert. Der Roggen kam nicht in den Troadkasten, sondern wurde sofort nach Kefermarkt zur Saatgutanstalt geliefert.

Die Bodenbearbeitung mit Traktorpflügen brachte ein Problem, das ich von zu Hause nicht kannte. Ein Traktorpflug zieht tiefere Furchen als ein Pferdepflug. Weil aber Lasberg auch mitten im Mühlviertel liegt, der Boden sandig und der Unterboden steinig ist, riss der Pflug immer wieder große und kleinere Steine aus dem Boden, die dann vor der neuen Bestellung der Felder weggeräumt werden mussten. Mit Holzschleppen wurden die großen Steine aus den Feldern gebracht, die kleineren mit der Hand geklaubt, zu Haufen geschüttet, mit der Schottergabel auf den Anhänger geladen und weggefahren. Eine beschwerliche und jährlich wiederkehrende Arbeit!

Die beiden Winter 61/62 und 62/63 verbrachten wir großteils mit Waldarbeit. Im ersten waren wir mit Durchforstungsarbeiten in der Dornachleiten beschäftigt, im zweiten führten wir im Panholz Schlägerungsarbeiten in größerem Ausmaß durch. Nachdem ein Bauerngehöft oberhalb des Panholzes (das Hinterlehner) gekauft worden war, waren wir im Frühjahr wochenlang damit beschäftigt, die Felder aufzuforsten und die Grundstücke gegen Wildverbiss einzuzäunen. Von Lichtmess 1961 bis 31. Oktober 1963 war ich Landarbeiter. Ich war natürlich sozialversichert und bekam als Lohn im Monat zu Beginn 700, später 900 Schilling. Wir Dienstboten hatten am Hof reichliche Kost und Quartier und bekamen zu Weihnachten großzügige Geschenke. Ich kann mich noch an die beiden Weihnachtsgeschenke 1961 und 1962 erinnern. Einmal bekam ich einen schwarzen Gummimantel, den ich sehr gut zum Mopedfahren gebrauchen konnte, das andere Mal brachte mir das Christkind einen Philishave-Elektrorasierer, der mir bis ins hohe Mannesalter gute Dienste geleistet hat.

Theater in Lasberg 1962: „Der Judas unserer Zeit"

Wir Dienstboten wurden um fünf Uhr morgens geweckt, der Arbeitstag dauerte bis 19 Uhr. Im Winter mussten wir an den Samstagen nur bis Mittag arbeiten. Die beiden Stallmägde standen schon um vier Uhr auf und hatten natürlich auch an Sonntagen Dienst, sie hatten aber täglich am Nachmittag einige Stunden Freizeit.

Obwohl die Freizeit während meines Landarbeiterdaseins karg bemessen war, fand ich Zeit für Außerdienstliches. Ich sang im Kirchenchor Lasberg und spielte in einer Theatergruppe einige Rollen. Der Pfarrer übertrug mir eine Gruppe von 24 Jungscharbuben. Einer von ihnen, Hans Peter Zierl, ist derzeit Bezirkshauptmann von Freistadt, ein anderer, Hans Pascher, ist am Landesschulrat für die Zuteilung der Pflichtschullehrer zuständig. Besonders interessierte ich mich für die Katholische Jugend. Ich war Mitglied in einer Aktivistengruppe und beteiligte mich an allen wichtigen Aktionen. Wir veranstalteten Gottesdienste und Bälle, stellten Maibäume auf und bewachten diese. Einmal gelang es uns, den Maibaum in Neumarkt im Mühlkreis zu stehlen. Wir waren nur zu sechst und legten in einer waghalsigen Aktion, die nicht ganz ungefährlich war, in einer stürmischen, kalten Nacht mitten auf dem Marktplatz von Neumarkt den Maibaum um. Dann trugen wir ihn bis zum Kurvenwirt hinunter, während Sepp Winklehner, unser Jugendführer, heim nach Lasberg fuhr, um einen Traktor zu holen. Es wurde schon hell, als wir mit der Beute und mit Stolz geschwellter Brust in Lasberg einfuhren. Am Abend des 1. Mai stellten wir den Baum auf, und nun stand links und rechts vom Friedhofseingang je ein schöner, großer Maibaum.

Ehepaar Blöchl

Die Lasberger Jahre habe ich in guter Erinnerung. Mein landwirtschaftlicher Lehrmeister war mir ein Vorbild in Fleiß und Ausdauer, seine Arbeitsmethoden waren ökonomisch und rationell. Sobald er mich einzuschätzen wusste, übertrug er mir Verantwortung in Teilbereichen und war jemand, der einen ernst nahm und mit dem man auch tiefgründige Gespräche führen konnte. Die Bäuerin, eine unglaubliche „Arbeitswurzn", arbeitete, obwohl sie fünf kleine Kinder zu betreuen hatte, neben ihrer vielen Arbeit im Haushalt immer wieder auch auf den Feldern mit. Ihrem freundlichen Wesen und ihrer Art, mit uns umzugehen, verdankten wir Dienstboten das Gefühl des Familienanschlusses. Wir fühlten uns am Hof durch ihren Umgang mit uns irgendwie daheim. Die Freizeit verbrachte ich innerhalb der Katholischen Jugend in guter Gesellschaft, ich war verliebt, hatte bei den Mädchen jedoch keine Chancen. Ich war ja nur ein Bauernknecht.

Mit Ende Oktober 1963 beendete ich mein Landarbeiterdasein und wechselte für einen Winter lang in die Landwirtschaftliche Fachschule für Burschen in Katsdorf. Der Besuch dieser Schule war in mehrfacher Hinsicht ausschlaggebend für meinen weiteren Lebensweg. Zunächst wollte ich den Status eines landwirtschaftlichen Facharbeiters und späterhin eines Meisters erwerben. Dazu kam es aber nicht. Mein Deutschlehrer, Dr. Karl Pömer, der auch Präfekt im Internat war, imponierte mir sehr. Er war ein wortgewaltiger Redner und verstand es, uns für seine Ansichten zu erwärmen. Weil er es für wichtig hielt, dass auch Bauern ihre Argumente in gewählter Sprache und selbstbewusst vortragen können, veranstaltete er an der Schule einen Redewettbewerb, an dem auch ich teilnahm. Die besten Redner aus der Schule wurden zum Bezirkswettbewerb geschickt.

Ich qualifizierte mich in Perg für den Landesbewerb und wurde in Linz schließlich Landessieger. Als ich von diesem Wettbewerb an die Schule zurückkam, empfing mich die Blaskapelle der Schule mit großem Trara. Beim Bundesbewerb erreichte ich nur mehr den dritten Platz.

Dieser Erfolg hat damals meinem Selbstbewusstsein großen Auftrieb gegeben und war mitentscheidend dafür, dass ich mich im zweiten Bildungsweg noch einmal auf die Schulbank setzte.

Redewettbewerb 1964
(Landesrat Diwold überreicht die Siegerurkunde)

Dr. Pömer, der spätere Kulturreferent im Amt der oberösterreichischen Landesregierung, war auch in Katsdorf über viele Jahre höchst aktiv. So führte er unter anderem eine Laienspielgruppe. In jenem Winter 63/64 spielte man „Versiegelte Lippen", ein Volksstück, bei dem es um Mord und Beichtgeheimnis ging. Dr. Pömer suchte jemanden für die Rolle eines jungen Kaplans und kam auf mich. Da ich mich schon in Lasberg in dem Metier versucht hatte, sagte ich zu. Mir kam die Sache sehr gelegen. Das Internat der Landwirtschaftsschule war streng geführt. Jeden Abend war

Studium angesagt, Ausgang gab es kaum. Da mein Präfekt der Regisseur der Theatergruppe war, hatte ich, sooft geprobt wurde, Ausgang und wurde von meinen Mitschülern nicht wenig darum beneidet. Diese Theaterproben leiteten eine schicksalhafte Wendung im Leben zweier Menschen ein. Ich verliebte mich in eine Katsdorferin, die ebenfalls eine Rolle in dem Stück spielte. Ich durfte sie mit Erlaubnis meines Präfekten gelegentlich sogar nach Hause begleiten, was in den Augen meiner Mitschüler ein Privileg der besonderen Klasse war. Mein Verliebtsein fand bald eine adäquate Antwort, obwohl Hilde, meine jetzige Frau, schon fix vergeben war. Es waren Wochen der Seligkeit: Ich war 20 Jahre alt und hatte jemanden gefunden, der mir von Herzen zugetan war.

Meinen Führerschein für Motorrad, PKW und LKW erwarb ich in jenem Winter im Rahmen der Schule.

Das Schuljahr in Katsdorf endete am 25. März 1964. Da meine Schwester Thekla kurz vor der Hochzeit stand, wurde ich, so glaubte man damals, zu Hause gebraucht. Ich bezog nach drei Jahren Abwesenheit also wieder in Dauerbach Quartier und versuchte, meine Schwester am elterlichen Hof zu ersetzen.

Es war ein schönes halbes Jahr, das ich jetzt zu Hause verbrachte. Mein Bruder war mit mir in Katsdorf gewesen. Beide hatten wir viel Neues über Tierzucht und Pflanzenbau gehört und waren daher fachlich auf einer Linie. Zwei Burschen im besten Alter auf einem Bauernhof! Wir arbeiteten viel und schwer, aber es war ein Spaß. Wir molken gemeinsam die Kühe, wir mähten noch alles Futter mit der Sense, wir luden die Wagen so voll, dass unsere Eltern die Köpfe schüttelten. Gleich am ersten Tag, als wir aus Katsdorf heim kamen, ließen wir's rund gehen. Hinter dem Haus lag ein großer Haufen geschnittenes Holz und wartete darauf, dass es gespalten wurde. Toni und ich legten uns ins Zeug und kloben die Prügel um die Wette. Die Mutter konnte es am Abend kaum fassen, als sie sah, wie weit wir uns in den großen Haufen Holz schon hinein gearbeitet hatten. An den langen, lauen Sommerabenden gingen wir nach der Stallarbeit manchmal ein Stück spazieren und setzten uns an den Waldrand. Dort erlebten wir, wie später nie wieder, wie sehr wir auf gleicher Welle waren. Wir besprachen vieles, wir machten Pläne und waren glücklich. Oft sangen wir im Duett Volkslieder, die ins Gemüt gingen.

So schön die Zeit auch war, unter Zuhilfenahme des klaren Menschenverstandes kamen wir übereinstimmend zur Auffassung, dass ein Hof wie der unsere auf Dauer nicht zwei Jungbauern vertrug und auch nicht wirklich brauchte. Wer von uns beiden weichen sollte, war zunächst nicht ausgemacht. Da ich mich aber in ein Mädchen verliebt hatte, die keine Bäuerin war und auch keine werden wollte, musste wohl ich über Alternativen nachdenken. Da geschah mitten im Sommer eines Tages etwas Kurioses. Ich pflügte hinter dem Haus, am Beginn der Steinleitn, gerade ein Stoppelfeld, da fuhren zwei Männer mit einem Auto vor: Rudolf Panhofer, der Diözesanseelsorger der Katholischen Landjugend, und Dominik Grünbacher, der Diözesanführer. Sie redeten nicht lange um den Brei herum, sondern kamen gleich zur Sache. Grünbacher wollte seine Jugendführer-Tätigkeit beenden und suchte einen Nachfolger. Durch mein Auftreten beim Redewettbewerb der Landjugend war man auf mich aufmerksam geworden. Man fragte mich, ob ich mir so eine Tätigkeit vorstellen könne.

Zunächst war ich mehr als überrascht und fand Einwände, die meiner Meinung nach in meinen mangelnden Fähigkeiten begründet lagen. Die beiden ließen das nicht gelten und zerstreuten alle meine Bedenken. Ich spannte das Pferd vom Pflug und stellte es in den Stall. Bei einem längeren Gespräch in der Stube, bei dem auch mein Bruder und meine Eltern beigezogen waren, wurden wir uns schließlich einig. Ich war vom Pflug weg zu einer völlig anderen Tätigkeit engagiert worden.

Am 1. September 1964 trat ich meinen Dienst als Diözesansekretär der Katholischen Landjugend an. Mein Büro war im Caritas-Haus in der Seilerstätte 14, wo sich heute der Haupteingang des Krankenhauses der Barmherzigen Schwestern befindet. Mit mir gemeinsam begann Lois Sattleder seine Tätigkeit. Lois hielt wesentlich länger durch als ich. Er war später beruflich in einer Fensterfirma tätig, engagierte sich in der Sozialdemokratischen Partei und wirkte viele Jahre als Stadtrat in Vöcklabruck. Unser Diözesanseelsorger war Franz Loidold, der sich später laisieren ließ, heiratete und eine Bank in Salzburg leitete.

Im Büro nebenan saß Johannes Riedl, der spätere Präsident des Landesschulrates, als gesamtverantwortlicher Diözesanführer der Katholischen Jugend, die aus drei Gruppierungen bestand: aus der Landjugend, der Arbeiterjugend und der Studierenden Jugend. Alois Wagner, der spätere Erzbischof, der lange Zeit Jugendseelsorger gewesen war, borgte mir ein Auto, einen Puch 500. Ich hatte zwar einen Führerschein, war aber noch nie in der Stadt Auto gefahren. Sehr unsicher war ich daher in den ersten Tagen in Linz unterwegs.

Kath. Jugend Diözesanleitung 1965
(Zweiter von links: Lois Sattleder, rechts Franz Loidold)

Meine Aufgaben in der Diözesanstelle waren vielfältig: An vielen Sonntagen hielt ich, zusammen mit Zenzi Jetzinger, die später in der Religionslehrerausbildung tätig war, im ganzen Land Dekanatsschulungen für die Jugendführer und Aktivisten ab. Vier Wochen lang oblag mir die organisatorische Leitung eines Bildungskurses in Puchberg. Mehrmals war ich mit Jugendlichen auf der Burg Altpernstein bei Micheldorf im Kremstal. Besonders gut erinnere ich mich an eine Klampfenwoche, bei der ich das Gitarrespielen erlernte, und an eine Jungburschenwoche. Letztere war eine besondere Herausforderung für mich. Ich hatte eine Woche lang 80 Jungburschen im Alter zwischen 14 und 17 Jahren zu betreuen. Sepp Winklehner, mein Jugendführer aus der Lasberger Zeit, unterstützte mich. Mit der Kremstalbahn fuhren wir von Linz bis Micheldorf. Von dort stapften wir zu Fuß den steilen Weg zur Burg hinan. Es war tiefer Winter. Zu zweit hatten wir nicht nur die Aufsicht über diese große Schar wilder Kerle, sondern waren auch für das Programm verantwortlich.

Ich beendete nach sieben Monaten meine hauptamtliche Tätigkeit in der Diözese, weil ich noch den Präsenzdienst abzuleisten hatte. Ich hatte dies ohnehin schon fast zwei Jahre hinausgeschoben.

Als Gefreiter bei der Panzerjäger-kompanie in Freistadt 1965

Am 1. April 1965 rückte ich in die Kaserne Siezenheim in Salzburg ein und wurde dem Ausbildungsbataillon der Panzergrenadiere zugewiesen. Dort lernten wir „Habt acht!" zu stehen, zu marschieren, uns zu tarnen und machten im Gelände der Saalach-Au nähere Bekanntschaft mit der Beschaffenheit des Bodens, wobei mir beim Robben die Erfahrung des Krabbelns aus der Kleinkindzeit sehr zustatten kam. Nach fünf Wochen Grundausbildung wurde ich in die Kaserne Ebelsberg überstellt und durfte dort die Ausbildung zum LKW-Fahrer auf GMC machen. Das waren sechs schöne Wochen.

Ich besaß ja bereits einen LKW-Führerschein, daher brauchte ich das meiste nur aufzufrischen. Das wortwörtliche Hersagen von Gesetzesstellen aus der Verkehrsordnung machte mir keine Probleme, und so war mir der Urlaubsschein an den Wochenenden sicher. Wer sich schwer tat beim Lernen, der kam sechs Wochen aus der Kaserne nicht heraus.

Den Großteil meiner Bundesheerzeit verbrachte ich in der Kaserne Freistadt als Panzerjäger. Ich war Kraftfahrer und brauchte viele Märsche nicht mitzumachen. Für mich waren das bequeme Zeiten, wie ich sie nie zuvor hatte. In der Freistädter Kaserne gab es weder Dusche noch Bad. Allwöchentlich marschierten wir als gesamte Kompanie unter Gesang in die Stadt und unterzogen uns im städtischen Bad einer Generalreinigung.

Gegen Ende meiner Dienstzeit beim Heer wurden wir zu einem Katastropheneinsatz nach Osttirol abkommandiert. Ich verlud meinen LKW auf die Bahn. Im Huckepack fuhren wir bis Spittal an der Drau und von dort per Achse bis nach Außervillgraten. Im Drautal und in den Nebentälern hatte es im Spätsommer 1965 eine schreckliche Flutkatastrophe gegeben. Ganze Straßenzüge waren weggeschwemmt und viele Brücken weggerissen worden. Wir wurden in der alten Volksschule für fünf Wochen einquartiert und schliefen in Schlafsäcken auf dem Holzfußboden. Unsere

Kompanie wurde in mehrere Züge aufgeteilt. Manche arbeiteten im Straßenbau, andere errichteten Notbrücken aus Rundholzstämmen. Ich hatte mit meinem LKW viel zu tun. Mit der Seilwinde zog ich Holzstämme aus den Wäldern, mit dem Kipper transportierte ich Steine, die wir zur Befestigung der Brückenköpfe benötigten. Immer, wenn eine Brücke fertig gestellt war, gab es eine kleine Feier. Da ich mit meinem LKW an jeder Brücke beteiligt war, waren auch die Feiern für mich sehr zahlreich. Dabei leistete mir meine Gitarre wertvolle Dienste.

An Sonntagen wurden wir von unserem Hauptmann angehalten, geschlossen in die Kirche zu gehen. Dazu mussten wir die Ausgeh-Uniform anziehen und die Panzerstiefel sauber wichsen (polieren). Nach der Messe ließ uns der Kompaniekommandant mit Gesang durchs Dorf marschieren. Wir sollten bei den Einheimischen einen guten Eindruck machen. Die Sonntagnachmittage hatten wir frei. Da wurde Tarock gespielt. Weil das Ambiente in unserem Lager aber gar nicht gemütlich war und wir für das Gasthaus kein Geld hatten, stiegen wir hinauf zu einem Bergbauern und fragten höflich, ob wir in ihrer Stube tarockieren dürften. Man nahm uns gerne auf und bewirtete uns mit Getränken. Es waren fünf schöne Wochen. Kurz darauf, Mitte Dezember 1965, durfte ich den grauen Rock an den Nagel hängen. Ich hatte meine Staatsbürgerpflicht erfüllt und rüstete als Gefreiter ab.

In der Katholischen Jugend hatte man erwartet, dass ich nach Ableistung des Präsenzdienstes wieder in die Diözesanstelle zurückkehren würde.

Dr. Pömer, mein Lehrer aus der Zeit der Landwirtschaftsschule, meinte, ich sollte mir das gut überlegen. Natürlich würde ich jetzt in der Jugendarbeit gebraucht. Aber was sollte aus mir werden, wenn ich für die Jugendarbeit zu alt war? Ich hatte keinen Beruf erlernt und außer dem Entlasszeugnis der Volksschule auch keinen Bildungsabschluss. Er riet mir zum Besuch einer höheren

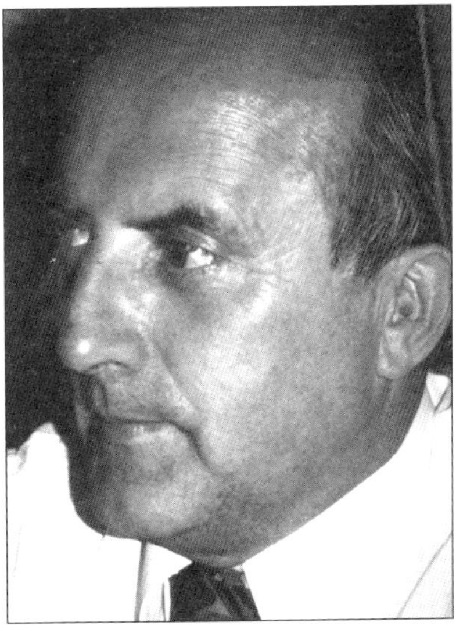

Hofrat Dr. Karl Pömer

Schule. Noch sei es nicht zu spät. Nun war aber bereits Dezember, das Schuljahr hatte schon im September begonnen. Ich wollte kein Jahr verlieren.

Johann Blöchl, der Vater meines Chefs aus der Lasberger Zeit, ein einflussreicher Bauernpolitiker jener Jahre, erreichte beim Landwirtschaftsministerium in Wien, dass ich Anfang Jänner ohne Aufnahmsprüfung probeweise in eine landwirtschaftliche Mittelschule aufgenommen wurde. Ich entschied mich für Ursprung-Elixhausen in Salzburg. An dieser Schule bestand Aussicht, bereits nach vier Jahren die Reifeprüfung abzulegen. Die dortige Schule musste erst gebaut werden und öffnete erst 1967 ihre Tore. Die ersten zwei Jahre verbrachte ich in einem Provisorium in Kleßheim bei Siezenheim. Der Schule war ein Internat angeschlossen.

Meine Eltern sahen meine Hinwendung zu einer Schulausbildung mit gemischten Gefühlen. Sie fürchteten vor allem die Kosten, die sie glaubten, tragen zu müssen. Ich versicherte ihnen, dass ich das aus eigener Kraft schaffen würde. Mit Ferialarbeit verdiente ich das Geld, das ich für die Schule brauchte. Für meine Eltern ergab sich aus meiner Entscheidung keinerlei Belastung. Die drei langen Ferien während meiner Mittelschulzeit arbeitete ich jeweils volle neun Wochen. Im ersten Jahr verdingte ich mich als Holzfäller im Sölktal und verdiente dabei so viel Geld, dass ich für eineinhalb Jahre das Internat finanzieren konnte. Wir arbeiteten sechs Tage in der Woche jeweils zwölf Stunden in steilem Gelände, was ziemlich gefährlich war. Ich war weder unfall- noch krankenversichert. Ich wollte einfach viel Geld verdienen. Im zweiten Sommer arbeitete ich am Hof meines Schulkollegen Grießner in Fusch an der Glocknerstraße. Dort lernte ich auch die Almwirtschaft in der Praxis kennen. Die letzten großen Ferien war ich Praktikant in der Bezirksbauernkammer Freistadt.

Als ich am 9. Jänner 1966 mit drei Koffern nach Salzburg fuhr, schwor ich mir, nicht eher heimzufahren, bis ich sicher war, dass ich an der Schule bleiben könnte. Ich fuhr mit der Bahn nach Salzburg und mit dem Bus bis Taxham. Von dort ging ich zu Fuß mit meinem schweren Gepäck hinaus nach Kleßheim. Da ich in einer Hand zwei Koffer trug, musste ich von Zeit zu Zeit rasten, weil meine Finger die Koffer nicht mehr halten konnten. Ich kann mich noch gut erinnern, mit welch gemischten Gefühlen ich diesen Weg ging.

Meine Probezeit in der Schule sah so aus: Ich hatte bis Ostern „Schonzeit“ und brauchte erst im letzten Trimester Schularbeiten schreiben. Bis dahin sollte ich trachten, das in den ersten vier Monaten des Schuljahres Versäumte nachzulernen. Das besondere Problem war Englisch. Da ich keine Hauptschule besucht hatte, war ich natürlich arg im Hintertreffen. Die erste Woche verbrachte ich damit, in allen Gegenständen das nachzuschreiben, was die Mitschüler von September bis Dezember aufgeschrieben hatten. In den meisten Unterrichtsfächern wurde ja ohne Schulbuch gearbeitet. Bis weit nach Mitternacht saß ich täglich im Studierzimmer und schrieb mir die Finger wund. Die Möglichkeit des Kopierens gab es damals noch nicht. In vielen Fächern waren mehr als 40 Seiten nachzuschreiben. Ich fuhr bis Ostern nicht heim, wusch mir die Hemden und die Unterwäsche selbst und büffelte mit einiger Verbissenheit, bis ich aufgeholt hatte. Auch an den Wochenenden gönnte ich mir keine Pause. Auf meine erste Schularbeit in Englisch, die ich nach Ostern schrieb, bekam ich ein Gut. Nun war ich überm Berg. Mein Zeugnis am Ende des Schuljahres gab Anlass zur Freude. Die Zitterpartie war gelaufen.

Die weiteren drei Jahre an der Schule gingen rasch vorüber. Im letzten Jahr investierte ich viel Zeit in eine Maturazeitung, mit der unsere Klasse im Land Salzburg bei einem Wettbewerb den zweiten Platz belegte, was uns einen größeren Geldbetrag einbrachte. Im dritten Jahrgang nahm unsere Schule am Redewettbewerb der höheren landwirtschaftlichen Schulen teil. Als Schulsieger durfte ich zum Bundesredewettbewerb nach Wien fahren und erreichte dort den ersten Platz. Meine Mutter war auf meine beiden Rhetorik-Erfolge sehr stolz und ließ mir später einmal als Weihnachtsgeschenk die beiden Urkunden einrahmen. Das war gut gemeint. Dennoch war schade ums Geld. Aufgehängt habe ich mir die Urkunden nie.

Meine Sparsamkeit in jener Zeit grenzte schon fast an Knauserigkeit. Wir bekamen im Internat unserer Schule zum Frühstück nur Kaffee und Brot. Butter gab es nicht. Meine Mitschüler besorgten sich selber Aufstriche, ich verzichtete drei Jahre lang darauf. Erst im vierten Jahrgang, als ich mir sicher sein konnte, dass ich mit meinem Geld auskommen würde, leistete ich mir auch Butter. Heute fällt es mir schwer, wenn ich an den beiden strengen Fasttagen des Jahres trockenes Brot zum Frühstück esse.

Zum Sparprogramm jener Zeit gehörten auch die Auto-Stopp-Fahrten von Salzburg nach Katsdorf. Ich ging zu Fuß von Elixhausen zur Autobahnraststelle Söllheim und fand dort immer jemanden, der mich bis zum Parkplatz Ebelsberg mitnahm. Von dort war es oft recht mühsam, gratis bis nach Katsdorf zu gelangen. Da legte ich manche Strecke auch zu Fuß zurück.

Minister Karl Schleinzer gratuliert (1968)

Wenn wir schon so nahe bei Salzburg waren, mussten wir doch der Hochkultur unsere Aufwartung machen. Es gab sehr günstige Studenten-Abos für das Festspielhaus, auch das Landestheater war erschwinglich, wenn man in der Platzwahl nicht anspruchsvoll war.

Wir hatten an der Schule einen Männerchor. Vor Weihnachten verkleideten wir uns als Hirten, gingen von Haus zu Haus, sangen mehrstimmig Advent- und Weihnachtslieder und nahmen Spenden für die Aktion „Bruder in Not" entgegen. „Anklöpfeln" heißt dieser Brauch im Salzburgischen.

Ich war bis zu meiner Mittelschulzeit wenig mit Büchern in Kontakt gekommen und besaß auch kaum welche. Nun lernte ich die deutsche Literatur kennen und holte nach, was ich bisher versäumt hatte. Es waren schöne Jahre des Auftankens und Vorbereitens, des Reifens und des Wartens.

Matura in Ursprung-Elixhausen (1969)

Die Matura an meiner Schule bestand aus Klausurarbeiten in Deutsch, Pflanzenbau, Tierzucht und Betriebswirtschaftslehre. Für die mündliche Prüfung kamen Maschinenkunde und ein Freifach dazu. Ich wählte Mathematik, weil ich noch nicht ganz sicher war, was ich in der weiteren Folge beruflich machen würde. Genau kann ich mich nur noch an das Thema in Tierzucht erinnern: Ich schrieb eine 15-seitige Arbeit über die Stiermast. Meine Klassenkameraden fuhren Ende Juni auf Maturareise. Ich hatte anderes zu tun. Hilde und ich hatten für 12. Juli unsere Hochzeit geplant. Fast sechs Jahre dauerte nun unsere Beziehung schon, seit zwei Jahren waren wir verlobt. Nun wollten wir nach so langer Wartezeit bei großer örtlicher Distanz endlich ein gemeinsames Leben beginnen. Kurz vor der Matura standen wir beide vor einer wichtigen Entscheidung. Landeshauptmann Lechner von Salzburg hatte mich bei unserem Maturaball an seinen Tisch geholt und mir eine Stelle am Amt der Landesregierung angeboten. Landesrat Wolfsgruber suchte einen Sekretär. Der Direktor meiner Schule hatte mich für diese Stelle empfohlen. Das Angebot war verlockend. Hilde und ich fuhren nach dem Ball heim und besprachen uns mit meinem Mentor Dr. Pömer. Wir hatten in St. Georgen/Gusen bereits eine gemeinsame Wohnung in Aussicht. Ich hatte der Katholischen Männerbewegung (Rektor Karl Wild) schon zugesagt, ab August die Stelle eines Organisationssekretärs zu übernehmen und wollte im Abendstudium die Volksschullehrerausbildung machen. Nach reiflicher Überlegung blieben wir bei unseren Plänen und sagten in Salzburg ab. Um ein Haar wären wir Salzburger geworden. Mein weiterer Lebensweg wäre sicher ganz anders verlaufen.

Hochzeit am 12. Juli 1969

Die kirchliche Trauung fand in Katsdorf statt. Meine Braut war dort bestens integriert. Sie war Pfarrführerin der Katholischen Jugend, Mitglied der Theatergruppe, und sie war seit einiger Zeit die zweite Kraft auf der Raiffeisenkasse Katsdorf. Sie hatte in der VÖEST die Ausbildung zur Industriekauffrau gemacht und nach ihrem Lehrabschluss noch eine Zeit lang dort gearbeitet. Dann hatte sie zu Raiffeisen gewechselt und war dadurch in Katsdorf allseits bekannt. Wenn von der Kassa-Hilda die Rede war, dann war sie gemeint. Der Kirchenchor übernahm den musikalischen Part der Hochzeitsmesse, unser Trauungspriester war mein Onkel Hans, der Pfarrer von Laakirchen. Die Katholische Jugend war mit Fahnen und einer großen Abordnung im Hochzeitszug vertreten, der vom Gastwirt Fischill angeführt wurde. Ich freute mich sehr über die Anwesenheit des Lehrerehepaares Seyrl aus meiner Volksschulzeit, über das Kommen meines Klassenvorstandes Karl Santner aus Ursprung-Elixhausen und einer großen Zahl meiner Maturakollegen.

Auch meine Weggefährten auf Diözesanebene aus der Katholischen Männerbewegung und aus der Katholischen Jugend waren gekommen. Nach der Messe gab es im Gasthaus Fischill eine Agape und die Möglichkeit zur Gratulation, dann fuhren wir nach St. Georgen an der Gusen, in unsere neue Heimat, wo im Gasthaus Haas im kleinen Kreis die Hochzeitsfeier stattfand. Zum Tanz am Abend spielte ein Streichertrio aus Katsdorf auf.

Am 12. Juli 1969 zogen Hilde und ich in unsere kleine Wohnung in der Retzhangsiedlung von St. Georgen. Die Hochzeitsreise machten wir mit unserem blauen VW-Sport, den Hilde kurz vor der Hochzeit erstanden hatte. Unser Ziel war eine Jagdhütte oberhalb von Kelchsau, die dem Vater eines Maturakollegen aus Wörgl gehörte. Den Wagen ließen wir im Tal stehen und stiegen, mit Rucksäcken bepackt, hinauf in die Bergwelt an der Grenze zwischen Salzburg und Tirol. Hilde hatte sich gleich nach der Hochzeit die Haare kurz schneiden lassen. Frech sah sie aus und jung war sie, erst 23 Jahre alt. Ich stand kurz vor meinem 25. Geburtstag. Es waren ein paar wunderschöne Tage: Das Wetter war prächtig, die Bergseen sehr erfrischend und die Freiheit grenzenlos. Dass unser „Hotel" so gar keinen Komfort hatte, machte uns überhaupt nichts aus. Fast sechs Jahre waren wir vor unserer Hochzeit „miteinander gegangen", wirklich zusammenfinden mussten wir erst jetzt. Unsere Beziehung war in meinen Salzburger Jahren auf Besuche in größeren Abständen beschränkt gewesen. Dazwischen gab es regen brieflichen Kontakt.

Hochzeitsreise

Wir haben in den langen Jahren kaum einmal zum Telefon gegriffen, aber wir haben uns gegenseitig Briefe geschrieben. Hilde hat diese später geordnet und bis zum heutigen Tag aufbewahrt. In unserer Wohnung in Statzing war wenig Platz und daher die Briefschachtel im Kellerabteil abgestellt. Dort haben sie die Mäuse entdeckt, einige angeknabbert und nur Fragmente übrig gelassen. Mehr als 500 Briefe dokumentieren den Beginn unseres gemeinsamen Weges, je zur Hälfte von mir und von Hilde geschrieben.

Kaum dass wir von unserem Aufenthalt in den Bergen zurück waren, wurde Hilde blass und klagte allmorgendlich über Übelkeit. Sie erwartete ein Kind. Das kam für uns etwas plötzlich. Die Tatsache, dass unsere Tochter Brigitte fast auf den Tag genau acht Monate nach unserer Hochzeit geboren wurde, machte meine Mutter stutzig. Sie rechnete nach und war der Meinung, wir seien „schon vor dem Zusammenläuten in die Kirche gegangen". So vornehm umschrieb man es, wenn Bräute schon vor der Hochzeit schwanger wurden. Wir wussten es besser: Unsere Brigitte hatte es einfach sehr eilig gehabt und hatte eine frühe Geburt bevorzugt. Sie kam in unserer ersten Wohnung in der Retzhangsiedlung zur Welt. Ich war bei der Geburt dabei, was damals gar nicht üblich war und selbst in den Krankenhäusern nicht praktiziert wurde. Wir waren noch am Nachmittag guter Dinge gewesen. Hilde hatte in letzter Minute das Stubenwagerl hergerichtet und alles bereitgestellt. Gegen Abend holte ich Frau Winkler, die Hebamme aus Katsdorf. Aus dem geplanten Abend wurde eine lange Nacht. Die Hebamme schickte mich gegen Mitternacht um den Arzt. Ich wusste nicht einmal, wo ich in St. Georgen einen finden könnte, denn wir hatten noch nie einen Arzt gebraucht. Als ich endlich mit dem Doktor das Schlafzimmer betrat, kam unsere Kleine gerade zum Vorschein. Der Doktor brauchte nicht mehr Hand anlegen und fuhr wieder heim.

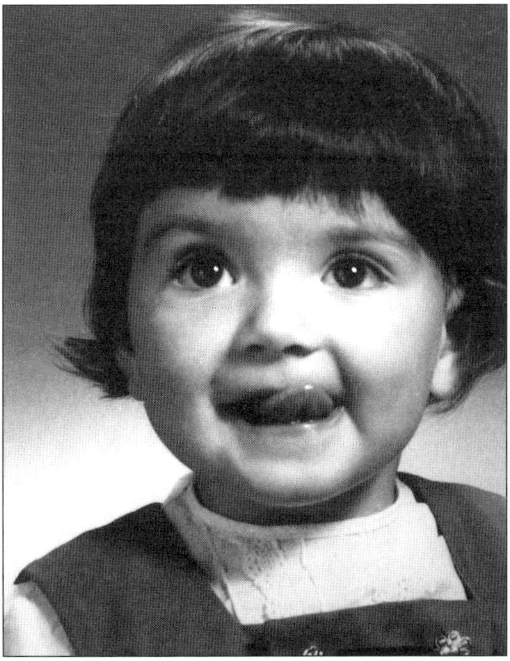

Tochter Brigitte

Ich hatte am 1. August 1969 meinen Dienst bei der Katholischen Männerbewegung begonnen und im September an der Pädagogischen Akademie des Bundes in Linz für den Abendlehrgang inskribiert. Täglich saß ich von 18 bis 22 Uhr auf der „Schulbank“ und kam erst mit dem Nachtzug heim. An den Samstagen musste ich an Linzer Schulen meine Schulpraxis (in Form von Lehrauftritten) machen. Das bisschen Freizeit an den Wochenenden verbrachte ich überwiegend mit Studium oder dem Ausarbeiten von Referaten für diverse Seminare. Die Flitterwochen hatten sich bei uns schnell in eine sehr harte Realität gewandelt, vor allem auch für meine schwangere Frau, die Abend für Abend allein in der Wohnung saß und sich in dem großen Haus, das im Obergeschoss noch ein Rohbau war, fürchtete. Meinen Urlaub musste ich ebenfalls zu einem großen Teil dem Studium opfern. Zwei Wochen Urlaub musste ich hernehmen, um meine Blockpraktika zu absolvieren. Als Hausarbeit für die Lehramtsprüfung hatte ich ein Thema gewählt, das mir auf Grund meiner bisherigen Berufspraxis und meiner Fachmatura gelegen kam: „Die Kulturpflanzen des Mühlviertels“ mit Beispielen aus dem Naturkundeunterricht der Mittel- und Oberstufe der Volksschule (siehe Auszug Seite 224).

Am 6. Juli 1971 schloss ich die Ausbildung zum Volksschullehrer ab. Als ich mein Lehramtszeugnis in Händen hielt, da war mir klar: Ich hatte es geschafft. Ich war wirklich Lehrer! Auf dem Heimweg von Linz machte ich bei der Kirche in St. Georgen Halt und dankte Gott, dass er mich diesen Weg geführt und mir die Kraft gegeben hatte, ihn zu Ende zu gehen. Die beiden Jahre waren die anstrengendsten meines Lebens gewesen. Als ich heimkam, fiel ich meiner Frau um den Hals und dankte ihr, dass sie die Zeit so durchgestanden hatte. Bis 31. August blieb ich weiterhin in der Diözesanstelle der Männerbewegung tätig.

Zu dieser Zeit war der Lehrermangel groß; ich bekam sofort eine Anstellung mit September1971. Vom ersten Tag an wurde ich in ein provisorisch-pragmatisches Dienstverhältnis übernommen. Das war für mich eine fantastische Situation: Ab 1. September bekam ich mein Gehalt, noch dazu im Vorhinein, Unterrichtsbeginn war aber erst am 13. des Monats. Ich genoss zum ersten Mal in meinem Leben fast zwei Wochen Urlaub. Der Bezirksschulrat teilte mich der kleinen Volksschule Hochstrass zu. Das war für mich ein Riesenproblem, weil meine Frau das Auto brauchte. Ich brachte beim Bezirksschulrat meine Einwände vor und ersuchte um

Zuweisung an die neu errichtete Volksschule Luftenberg. Diesem Wunsch wurde schließlich stattgegeben.

Am 13. September 1971 begann ich meine Lehrertätigkeit. Mir wurde eine 3. Klasse mit 39 Kindern zugeteilt. Außerdem durfte ich in meinem ersten Dienstjahr einige Fächer im Ausmaß von fünf Wochenstunden in der Oberstufe der Volksschule unterrichten. Da ich der dienstjüngste Lehrer der Schule war, musste ich gleich das erste Konferenzprotokoll der neuen Schule schreiben. Die Ansprüche an die Form solcher Protokolle seitens des Schulleiters waren groß.

Tochter Elisabeth

Kurz vor Weihnachten, am 16. Dezember dieses Jahres, kam unser zweites Kind zur Welt. Diesmal zogen wir eine Geburt in der Klinik vor. In aller Herrgottsfrühe brachte ich Hilde zu den Barmherzigen Brüdern und fuhr dann in die Schule. Gitti war bei Oma in Sicherheit. Ich war an diesem Vormittag sicher nicht recht bei der Sache, sondern in Gedanken bei meiner Frau und unserem Kind. Mitten am Vormittag kam dann der Anruf: Elisabeth hatte das Licht der Welt erblickt. Nun hatte ich zu Hause ein Dreimäderlhaus. Die Freude war groß. Mehr als ein Jahr lang ging ich zu Fuß von der Retzhangsiedlung über einen Höhenweg nach Statzing. Im Dezember 1972 übersiedelten wir ins Lehrerwohnhaus gleich neben der Schule. Nun hatte ich es besonders kommod.

Im zweiten Dienstjahr (1972/73) führte ich wieder eine dritte Klasse, diesmal mit nur 33 Schülern. Dazu unterrichtete ich in der Oberstufe eine Klasse mit 22 Schülern 6 Stunden im Fach Deutsch. In meinem dritten Jahr als Volksschullehrer (1973/74) hatte ich gleich zwei Klassen zu betreuen: eine am Vormittag und eine am Nachmittag. Es handelte sich um die beiden zweiten Klassen mit je 31 Schülern. 37 Stunden pro Woche stand ich in diesem Jahr in der Klasse. 62 Zeugnisse hatte ich zu schreiben. Die Elternsprechtage gestalteten sich zu einem Massenaufgebot.

Dennoch musste Zeit bleiben, mich für das Lehramt an Hauptschulen vorzubereiten. Die Prüfung für das Fach Deutsch hatte ich nach einem Kursbesuch in Linz bereits im April 1973 abgelegt. Im November dieses Jahres folgte die Prüfung im Fach Geschichte und Sozialkunde. Die letzte große Hürde war die Hausarbeit für das Fach Biologie mit dem Titel: „Vergleichende Untersuchung von Pflanzengesellschaften einiger Dauerwiesen“. Ich musste die Bodenprofile untersuchen und vor allem zur Zeit der Gräserblüte eine genaue Bestandsaufnahme vor Ort machen. Dafür hatte ich die Pfingstferien vorgesehen. Weil das Wetter nicht mitspielte, stand ich mit dem Regenschirm in der nassen Wiese und nahm mit großer Sorgfalt den Pflanzenbestand zweier Flächen auf, um anschließend festzustellen, ob sich dieser durch Düngung und Entwässerung verändert hatte. Er hatte sich stark verändert. Der Artenreichtum der Pflanzenwelt war von 104 Arten auf nahezu ein Viertel zurückgegangen.

In den darauf folgenden Ferien ereignete sich ein Weiteres: Unser Sohn Bernhard erblickte am 21. Juli das Licht der Welt, um ein Weniges zu früh, sonst hätten wir unsere beiden Geburtstage zusammenlegen können. Mit Stolz geschwellter Brust schrieb ich meiner Mutter einen Brief, der mit den Worten begann: „Ich habe einen Sohn!“

Die beiden Mädchen hatte ich in Bodendorf untergebracht. Hilde gebar in der Klinik der Barmherzigen Brüder und musste mit dem Kleinen vier Wochen im Spital bleiben, weil es mit ihren Beckenknochen ein Problem gab. Zwei Wochen nach Bernhards Geburt vollendete ich mein 30. Lebensjahr. Ob ich den Geburtstag auch gefeiert habe, wüsste ich nicht mehr zu sagen. Während ich darauf wartete, dass Hilde mit dem kleinen Sohn nach Hause kam, pflanzte ich in unserem Garten (wir hatten einen Streifen Acker vom Hackl in Statzing gepachtet) die Endivien, arbeitete fleißig an der Fertigstellung meiner Hausarbeit und schloss sie zur Zufriedenheit meines Prüfers Prof. Kellermayr erfolgreich ab.

Sohn Bernhard

Im Herbst 1974 wechselte ich an die neu gegründete Hauptschule Luftenberg. Ich übernahm eine Klasse als Klassenvorstand und unterrichtete 35 Wochenstunden in sechs verschiedenen Fächern. Meine drei Deutschklassen mit insgesamt 61 Schülern bescherten mir einige Korrekturarbeiten, über denen ich oft bis tief in die Nacht hinein saß.

Im November meines ersten Hauptschullehrer-Jahres schloss ich das Lehramt für diese Schulart mit den letzten Teilprüfungen aus Naturgeschichte und Pädagogik ab. Besonders stolz war ich auf meinen Schülerchor mit 60 Schülern. Chorprobe war jeden Mittwoch und Freitag um sieben Uhr.

Weil der Hauptschule Luftenberg auch ein Polytechnischer Lehrgang angeschlossen war, wurde ich immer wieder auch dort im Unterricht eingesetzt. Ich wollte daher auch das Lehramt für diesen Schultyp erwerben. Das war mit wenig Aufwand verbunden. Ich brauchte zu meinen Prüfungsfächern aus dem Hauptschullehramt bloß eine Ergänzungsprüfung aus Wirtschaftskunde ablegen. 1978 unterzog ich mich der notwendigen Prüfung und musste vor einer Kommission einen Lehrauftritt bestreiten.

Kaum dass ich meine Volksschul-Lehrerausbildung abgeschlossen hatte, kamen außerschulische Aufgaben auf mich zu. Der Bildungswerkleiter von St. Georgen hatte dem Pfarrer überraschend seinen Dienst aufgekündigt. In seiner Not kam der alte Herr zu meiner Frau angekeucht und klagte ihr seine Sorgen. Ob sie denn nicht ein gutes Wort bei mir einlegen könne. Sie tat es, und ich übernahm 1971 das Katholische Bildungswerk der Pfarre. Diese Funktion hatte ich acht Jahre inne und organisierte und leitete in dieser Zeit insgesamt 175 Veranstaltungen. Weil ich für die Arbeit im Bildungswerk Geld brauchte, gründete ich 1974 eine Theaterspielgruppe, die ich 25 Jahre lang leitete. Insgesamt brachten wir 13 Stücke auf die Bühne. Die Chronik weist aus, dass die Gruppe in dieser Zeit insgesamt 78 Aufführungen bestritt. Die meiste Zeit nahm die Probenarbeit in Anspruch. Pro Stück waren im Schnitt 18 bis 20 Proben notwendig. Ich führte Regie und spielte auch selber ein paar Rollen.

Theater in St. Georgen: „Boot ohne Fischer"
(Erwin Hölzl als Mephisto mit Ernst Bergsmann)

Im Bildungswerk bot sich bald auch Gelegenheit für Referententätigkeit. Eine solche Seminarreihe hieß zum Beispiel „Starthilfen zum Schuleintritt“. Im Herbst 1974 und 1975 finden sich in meinem Terminkalender Hinweise, dass ich pro Woche oft ein- bis zwei Abende als Referent unterwegs war.

Da ich zwei Jahre lang (1969 bis 1971) hauptberuflich in der Katholischen Männerbewegung tätig gewesen war, stand ich auch nach dieser Zeit für diese Organisation als Männertagsredner zur Verfügung. 25 Jahre lang war ich in dieser Funktion an vielen Sonntagen in der Advent- und Fastenzeit in Oberösterreichs Pfarren unterwegs. Häufig fuhr ich schon so zeitig in die betreffende Pfarre, dass ich dort den Gottesdienst mitfeiern und mir ein Bild vom Pfarrleben machen konnte. Je nach Entfernung kam ich oft erst am frühen Nachmittag von meinen Einsätzen heim. War das Wetter schön, so begleitete mich meine Frau mit den Kindern. Sie machten während meines Referates eine kleine Wanderung. Anschließend kehrten wir im Gasthaus ein und aßen zu Mittag. Das war eine Möglichkeit, die Familie beisammen zu halten.

1973 war ich in den Pfarrgemeinderat gewählt worden und wurde dort auch in den Vorstand berufen. Diese Funktion bekleidete ich neun Jahre. Zu meinen besonderen Aufgaben gehörte die Herausgabe des Pfarrblattes, die ich mit einem Redaktionsteam zu bewerkstelligen hatte.

Männerchor um 1983

Da mein Schulleiter auch Chef des Kirchenchores war, erwartete er von mir auch die Mitwirkung in seinem Chor. Als sich der Kirchenchor auflöste, ersuchte mich unser damaliger Pfarrer Singer, zur musikalischen Bereicherung der Gottesdienste eine Männerschola ins Leben zu rufen. Ich begann damit 1982. Aus dieser kleinen Gruppe entstand schließlich ein Männerchor mit etwa 25 Mitgliedern, den ich noch heute leite.

Eine besonders turbulente Zeit kam Ende der 70er-Jahre auf mich zu. 1979 wurde ich in den Gemeinderat von Luftenberg gewählt, dem ich in der Folge 18 Jahre lang angehörte. Zu meinen Aufgaben in diesem Gremium gehörte unter anderem die Mitarbeit im Ausschuss für Schule, Sport und Kindergarten. Im Ausschuss für örtliche Umweltangelegenheiten führte ich sechs Jahre den Vorsitz. Ich organisierte jährliche Flursäuberungsaktionen und schlug mich mit den Problemen herum, die uns damals das Quarzsandwerk mit seinem Fluor-Einsatz, dem Lärmpegel, dem Schlammteich und der Geruchsbelästigung bereitete.

Gemeinderat Luftenberg 1986

Im selben Jahr übernahm ich widerstrebend und gegen den Willen meiner Frau die Obmannstelle im Christlichen Lehrerverein des Bezirkes Perg. Ich war schon vier Jahre lang Stellvertreter gewesen. Mir war die Sache selbst wohl ein Anliegen, aber ich wusste, dass ich schön langsam meine eigenen

Kräfte und die Toleranzgrenze meiner Frau überforderte. Deshalb sträubte ich mich ein halbes Jahr gegen die Übernahme dieses Amtes. Diese Funktion brachte es auch mit sich, dass ich mich in der Personalvertretung engagieren musste. Diesem Gremium gehörte ich von 1979 bis 1990 an.

Die Bezirksleitung des Lehrervereins hatte ich fast zwölf Jahre inne. Ich suchte mir ein Team von guten Mitarbeitern, die mich bestens unterstützten. Aus heutiger Sicht kann ich sagen, dass ich durch diese Tätigkeit sehr viel gelernt habe, was ich später in der Schulaufsicht gut brauchen konnte.

Von 1986 bis 1998 gehörte ich auch dem Landes-Präsidium des Christlichen Lehrervereins an und bekleidete dort durch drei Perioden die Funktion eines Landesobmann-Stellvertreters. Turbulent war die Zeit auch deshalb, weil wir 1978 mit dem Hausbau begonnen hatten. Es hatte einiger Überzeugungsarbeit bedurft, bis meine Frau bereit war, mit mir gemeinsam dieses Großprojekt in Angriff zu nehmen. Dann aber stand sie mit ganzer Kraft dahinter und leistete in der Bauzeit schier Unglaubliches.

Sie hatte drei Kinder zu versorgen. Daneben kochte sie immer für alle Handwerker und Helfer und legte selbst auch eifrig Hand an. Als wir im Oktober 1980 in das Haus einzogen, waren wir sehr stolz auf unsere Leistungen. Aber das Haus war bei weitem nicht fertig. Noch mindestens 10 Jahre sollten wir damit beschäftigt sein, bis wir endlich sagen konnten: „So, das war's“. Mit der Abzahlung der Schulden waren wir noch lange beschäftigt.

Meine Frau fürchtete zu Recht, dass unsere Beziehung Flöten gehen würde, wenn ich eine Funktion nach der anderen annahm. Als ich den Lehrerverein übernahm, hatten wir deshalb eine ernste Krise gehabt. Mit Entschiedenheit wehrte ich daher alle Versuche ab, mich zum Obmann der ÖVP in Luftenberg zu machen. Ich hatte den Bogen ohnehin schon überspannt. Hätte meine Frau nicht auf den Wiedereinstieg in den Beruf zu Gunsten der Kinder verzichtet, wäre mir das außerschulische Engagement in dem beschriebenen Ausmaß überhaupt nicht möglich gewesen.

1984 trat der Leiter meiner Schule in Pension. Obwohl ich erst seit 13 Jahren Lehrer war, wurde ich mit der Leitung betraut, bewarb mich um die Stelle und bekam sie auch. Als mir Direktor Bachinger am 1. August 1984 die Schlüssel seiner Kanzlei übergeben hatte und ich von diesem Ereignis heimkam, empfingen mich meine Frau und die Kinder mit der Fünften von Beethoven. Es gab ein feierliches Mittagessen. Fünf Tage, nachdem ich die Leitung der Schule übernommen hatte, vollendete ich mein 40. Lebensjahr.

Lehrerkollegium der Hauptschule Luftenberg

Über die Jahre als Leiter einer 9-klassigen Schule gibt es nichts Aufregendes zu berichten. Aber die Schule war auch während dieser Zeit ständig in Bewegung. Viele Veränderungen verlangten Reformarbeit und Umsetzung an der Basis. 1985 wurde an den Hauptschulen die Leistungsdifferenzierung in den Fächern Deutsch, Mathematik und Englisch eingeführt. Der Computer als Werkzeug für die Lehrer und als Lerninstrument für die Schüler zeigte sich am Horizont. Maschinschreiben war inzwischen fast ein Pflichtfach geworden, Steno wurde als Pflichtgegenstand abgeschafft und wurde auch als Freigegenstand immer seltener gewählt. Der Gegenstand Hauswirtschaft wurde auch für die Buben als Pflichtfach eingeführt. Buben und Mädchen konnten ab nun zwischen dem Technischen und dem Textilen Werken wählen. Schul- und Klassenforum wurden eingeführt und brachten für die Schulleiter wichtige Aufgaben im Bereich der Schulpartnerschaft.

Eine aufregende Sache brockte ich mir selbst ein, als ich mir in den Kopf setzte, an meiner Schule die 6-Tage-Woche einzuführen. Die Konkurrenz zwischen AHS-Unterstufe und Hauptschule wurde für uns in Stadtnähe zunehmend bedrohlich. Eltern wollten dem Einstufungsstress an den Hauptschulen ausweichen und wählten immer öfter gleich die AHS. Die Stundenbelastung für Hauptschüler war groß, weil nur fünf

Lerntage zur Verfügung standen. Die Kinder aus den Mittelschulen hatten wesentlich weniger oft Nachmittagsunterricht. Schon entschieden sich in Luftenberg mehr als 30 Prozent der Volksschul-Abgänger für das Gymnasium. Diesem Trend wollte ich gegensteuern. Ich suchte mir Mitstreiter unter den Lehrern, informierte das Schulforum und lud zu einem Elternabend ein, bei dem durch Abstimmung eine Entscheidung fallen sollte. Mein Plan ging mit 55 Pro-Stimmen durch, es waren aber 45 Eltern dagegen gewesen. Ein Jahr praktizierten wir das 6-Tage-Modell, dann befragte ich die Eltern noch einmal. Die Eltern der ersten und zweiten Klassen votierten mehrheitlich für, die der oberen Klassen mehrheitlich gegen das erprobte Zeit-Modell. Der Trend zur AHS schwächte sich aber deutlich ab. Meine Frau war froh über den Ausgang der Abstimmung. Ich hatte jedem Lehrer einen freien Schultag garantiert. Ich als Schulleiter war an allen sechs Schultagen anwesend gewesen.

In den 80er-Jahren durfte ich noch eine Berufserfahrung machen, die mir später sehr zugute kam. Johannes Riedl, der Direktor der Pädagogischen Akademie der Diözese bot mir an, an seiner Lehranstalt das Fach Erwachsenenbildung in der Nachfolge von Dr. Stauber zu unterrichten. Meine Tätigkeit als Leiter des pfarrlichen Bildungswerkes und als Referent prädestinierten mich in seinen Augen für diese Aufgabe. Zwischen 1981 und 1986 war ich in der Lehrerbildung tätig und hielt Vorlesungen und Seminare im Ausmaß von einigen Wochenstunden. Zwischen 1976 und 1989 betreute ich siebenmal Studenten der Pädagogischen Akademien im Blockpraktikum.

Der Bezirksschulrat übertrug mir die Aufgabe eines Arbeitsgemeinschaftsleiters für Politische Bildung, die ich acht Jahre innehatte. Meine Aufgabe war die Organisation und Leitung der Lehrerfortbildung in diesem Bereich.

1991 begann die letzte Etappe meines beruflichen Wirkens. Ich bewarb mich in der Nachfolge von Regierungsrat Karl Steinkellner um das Amt des Bezirksschulinspektors von Perg. Die Schulgemeinschaft der Hauptschule Luftenberg sagte mir vor den Weihnachtsferien in einer sehr schönen Feier Lebewohl.

Am 2. Jänner trat ich meinen Dienst an. In aller Herrgottsfrühe empfingen mich einige meiner Lehrerkollegen in der Bezirkshauptmannschaft Perg. Sie hatten in großen Lettern einen Willkommgruß im Stiegenaufgang angebracht und waren mit einer Speckjause und mit Sekt angerückt.

BSI Hölzl mit Amtsvorgänger RR Steinkellner

Als sie sich verabschiedet hatten, um in ihre Weihnachtsferien zurück zu kehren, begann für mich ein wichtiger Lebensabschnitt, der mich sehr forderte. Ich kannte durch meine CLV-Tätigkeit Gott sei Dank sehr viele Lehrer im Bezirk und ich hatte 6 1/2 Jahre lang Gelegenheit gehabt, die Kollegen in den Schulleitungen kennen zu lernen. Dennoch: Was ich jetzt zu tun hatte, war ein völlig neuer Beruf. Ich war leitender Beamter einer Schulbehörde, war Personalchef für 750 bis 800 Lehrer, war pädagogischer Sachverständiger für Schulbauangelegenheiten, ich hatte Verantwortung für die gesamte Lehrerfortbildung im Bezirk. Ich war Verbindungsmann im Netzwerk vieler sozialer Einrichtungen, Ansprechpartner für 26 Bürgermeister und regionaler Bildungsmanager im gesamten Pflichtschulbereich mit 45 Schulen. Und das von einem Tag auf den anderen ohne irgendeine besondere Vorbereitung.

Ich schwitzte anfangs, war zeitweise ein wenig verzagt, investierte viel Zeit und Energie, machte manche Fehler und arbeitete mich langsam ein. Nach einigen Jahren gab es vom Bildungsministerium ein Angebot für eine breit angelegte und umfangreiche Schulmanagementausbildung. Eine Gelegenheit, die ich sofort ergriff. Ich hätte das allerdings ein paar Jahre früher gebraucht, dann hätte ich so manches Lehrgeld nicht gezahlt. In einer Befragung aller Schulleiter und der Hälfte aller Lehrer im Jahr 1996 ließ ich mir Feedback über meine Arbeit geben und zog daraus meine Lehren.

Im Bezirk konnte ich einige wichtige Akzente setzen. Es gelang mir, im Zuge der Reform der Polytechnischen Schulen die Schüler des 9. Schuljahres auf drei Standorte zu konzentrieren. Bisher waren sie auf sieben verteilt gewesen. Die vielen angeschlossenen Klassen wurden aufgelöst. Seither gibt es für die 15-jährigen ein qualitativ hochwertiges Angebot, das sie gern annehmen und das auch von der Wirtschaft anerkannt ist.

Schulleiterkonferenz 2003 (vorne: BSI Hölzl, SR Schachl, Frau Witschko und Bezirkshauptmann HR Dr. Heinz Steinkellner)

Sowohl an den Volks- als auch an den Hauptschulen war die Integration der behinderten Kinder umzusetzen. Drei Viertel aller Schüler mit Handicaps besuchen heute Normalschulen mit entsprechender fachlicher Begleitung.

In meine Amtszeit fallen die Errichtung von Musikklassen an der HS Saxen und von Sportklassen an der HS Bad Kreuzen. Diese Spezialangebote werden gut angenommen. Die beiden Schulen, die bereits begonnen hatten, in der Organisationsform zu schrumpfen, haben Zulauf und sind mit ein Grund, warum im Bezirk Perg der Abgang in die AHS-Unterstufe im Jahre 2003 noch immer unter 10 Prozent lag. Die Lehrer und Schulleiter an Hauptschulen haben begriffen, dass Schulautonomie Chancen bietet, die zu einer deutlichen Qualitätssteigerung führt. Sowohl Hauptschulen als auch Volksschulen beteiligten sich rege an Comenius-Projekten, suchten sich in ganz Europa Partnerschulen und lernten durch die Kontakte mit anderen, über den eigenen Tellerrand zu blicken.

Ein besonderes Anliegen war mir die gegenseitige Hospitation der Lehrer. Ich habe dazu ermutigt und verlockt und war dabei nicht erfolglos. Mit den Schulleitern habe ich regelmäßig Mitarbeitergespräche geführt und sie auf diese Weise in ihrer beruflichen Entwicklung, aber auch auf dem Weg der Schulentwicklung begleitet. Diese Gespräche waren mir selbst sehr wertvoll, und ich habe auch von ihnen immer wieder positive Rückmeldungen bekommen. Viele Schulleiter haben dieses Instrument der Mitarbeiter-Führung in der Folge auch an der eigenen Schule ausprobiert und damit gute Erfahrungen gemacht.

Zehn Jahre war mir die Landesleitung des Buchklubs der Jugend anvertraut. In dieser Funktion schenkte ich der Leseerziehung großes Augenmerk und initiierte einige Aktionen, die landesweit aufgegriffen wurden.

Meine beruflichen Bemühungen wurden 1998 durch die Verleihung des Berufstitels „Regierungsrat“ und 2002 durch die Verleihung des Titels „Konsulent für Volksbildung und Heimatpflege“ gewürdigt. Nach 13 Jahren Tätigkeit in der Schulaufsicht verabschiedete ich mich im Dezember 2003 in die Pension.

Die Personalvertretung des Bezirkes gestaltete mir im Rahmen einer Dienststellenversammlung eine würdige Feier des Abschieds, die sie „Ein Fest für Erwin“ nannten. Bei meiner Abschiedsrunde an den Schulen konnte ich mich ein letztes Mal davon überzeugen, dass sich in meiner Amtszeit viel verändert hatte. Die Schulen sind sehr viel bunter geworden, sind hervorragend ausgestattet, haben Profil gewonnen und treten selbstbewusst auf. Meine beiden Kollegen am Amt des Bezirksschulrates, Schulrat Alexander Schachl und Hermine Witschko, die mich durch all die Jahre begleitet und mich bei allen Initiativen unterstützt haben, auch wenn sie dadurch so manche Mehrarbeit hatten, sind mir besonders lieb und teuer geworden. Wir waren ein gutes Team.

Nun habe ich endlich Zeit für mich, meine Frau und meine Enkelkinder. Sie machen mir viel Freude. Ich bemühe mich, trotz Rasten nicht zu rosten. Einen Pensionsschock habe ich nicht erlitten, im Gegenteil: Ich genieße die neue Freiheit und das Leben in Fülle, frei von vorgegebenen Zwängen und belastenden Sorgen.

Wenn ich mein Leben im Rückblick betrachte, so fällt mir auf, dass ich am Anfang zu den Spätzündern gehörte. Als Lehrer war ich eindeutig ein Spätberufener, was sich auf dem Lohnzettel durch die gesamte Lehrerlaufbahn negativ ausgewirkt hat. Aber ich hatte vorher Erfahrungen gemacht und vieles gelernt, was mir zeitlebens eine gewisse Festigkeit gab. Ein Grünschnabel war ich auch als Junglehrer nie gewesen. Angesichts des spät Berufenen verwundert es vielleicht, dass ich nun den Status eines Frühpensionisten gewählt habe. Das haben die Umstände mit sich gebracht. Ich war nie ein Arbeitsflüchter gewesen. Aber ich wollte zuletzt auch kein Dummkopf sein. Die Bedingungen, unter denen ich meine Pension einreichen konnte, waren zu verlockend, als dass ich hätte widerstehen können. Wenn ich bedenke, wie wenig Zeit ich mit meiner Ausbildung zugebracht und wie sehr ich mich angestrengt habe, schnell in den Arbeitsprozess zu kommen, plagt mich gar kein schlechtes Gewissen, dass ich ein paar Monate vor Vollendung meines 60. Geburtstages die Reißleine gezogen habe.

Mein Leben war bisher wahrlich bunt und vielfältig, reich an Erfahrungen und auch an Entbehrungen. Es plagt mich aber nicht das Gefühl, ich hätte was versäumt. Mein Leben war ausgefüllt mit Arbeit, mit Glück, mit Sinn. Man hat mir oft und oft etwas zugetraut, und ich habe mich darauf eingelassen.

Meine besondere Freude waren und sind unsere drei Kinder, die jetzt natürlich erwachsen sind. Brigitte ist Hauptschullehrerin für die Fächer Englisch und Musik, Bernhard ist Sonderschullehrer und Elisabeth hat das Lehramt für Höhere Schulen in Deutsch und Französisch erworben, übt aber den Lehrberuf nicht aus. Sie arbeitet in einem Buchverlag, hat ziemlich viel zu tun, ist aber glücklich dabei.

Ich habe ausführlich meine Vergangenheit beleuchtet und meinen Lebensfilm noch einmal ablaufen lassen. Das am Übergang vom aktiven zum geruhsamen Leben zu tun, halte ich für sinnvoll. Ich habe beim Schreiben die einzelnen Stationen nacherlebt, betrachtet und darf sagen: Ich bin zufrieden mit meinem Schicksal und auch mit mir selber, ohne hochmütig zu sein. So wie es war, war es gut. Darf man vom Leben mehr erwarten?

Subsistenzwirtschaft – so nennt es die Wissenschaft

Wer die Erinnerungen aus meiner Kindheit liest, mag möglicherweise zu dem Schluss kommen, hier erzählt einer, der meint, so etwas wie Memoiren schreiben zu sollen, der aber nichts Bedeutendes aus seinem Leben zu berichten weiß. Tatsächlich habe ich beim Abfassen des Textes nicht die Herausgabe eines Buches im Sinn gehabt. Ich wollte nur die Zeit um die Mitte des 20. Jahrhunderts, in die mein Aufwachsen fiel, meinen Kindern und Enkelkindern zugänglich und verständlich machen. Ich habe diese Absicht im Vorwort deutlich gemacht und habe dem nichts hinzuzufügen.

Bevor ich das Ergebnis meiner Bemühungen an einen Verlag herantrug, bekamen einige Freunde und mir nahe stehende Menschen ein Exemplar in Form einer von mir selbst gebundenen Broschüre zu lesen. Zu meiner Überraschung erhielt ich Rückmeldungen, die mich ermunterten, an einen Verlag heranzutreten. Einige meiner wohlwollenden Freunde meinten, was ich da zu Papier gebracht habe, sei kultur- und sozialgeschichtlich interessant und sollte einem größeren Leserkreis zugänglich gemacht werden. Mein Verleger riet mir, die von mir in Erzählform wiedergegebenen subjektiven Erfahrungen in ein größeres Ganzes einzuordnen, um meine Ausführungen einem fachlich interessierten Leserkreis zu erschließen.

Was ich aus dem Lebensumkreis meiner Kindheit zu berichten weiß, kann man sicher nicht auf das gesamte Mühlviertel übertragen. Im Wesentlichen aber konnte man das, was ich von meinem Elternhaus erzähle, in einer größeren Region in eben dieser Weise vorfinden. Ich wage zu behaupten, die von mir beschriebene Wirtschaftsform und die dazu gehörigen gesellschaftlichen Verhältnisse waren in der Zeit meiner Kindheit (das war die Zeit nach dem 2. Weltkrieg bis zu Beginn der Sechzigerjahre) für jene Gemeinden des Unteren Mühlviertels zutreffend, die sich Ende des 20. Jahrhunderts zur Projektregion der „Mühlviertler Alm" zusammengeschlossen haben. Das sind die Gemeinden Bad Zell, Kaltenberg, Königswiesen, Liebenau, Pierbach, Schönau, St. Georgen am Wald, Unterweißenbach und Weitersfelden.

Die Wirtschafts- und Sozialgeschichtler würden die in meinen Erzählungen vorkommende Wirtschaftsform mit dem Fachausdruck „**Subsistenz-**

wirtschaft" bezeichnen. In der freien Enzyklopädie „Wikipedia" ist in einer Kurzfassung darüber Folgendes zu lesen:

Als Subsistenzwirtschaft wird eine Wirtschaftsform bezeichnet, die in der Regel in lokalen und regionalen Einheiten auf die Selbstversorgung und Erarbeitung des Lebensunterhaltes ausgerichtet ist, dabei jedoch keineswegs in sich autark sein muss. Der Aspekt der Vernetzung spielt eine wichtige Rolle.

Zur Subsistenzwirtschaft zählen das Betreiben von Ackerbau und Viehzucht zu Zwecken der Selbstversorgung (insbesondere in prähistorischen Kulturen), aber auch zum Teil komplexe Strukturen von Güterproduktion und Dienstleistungswesen, nach innen weitgehend ohne Tausch auskommend. Dies ist weniger einem Mangel an Vermarktungsmöglichkeiten zuzuschreiben, als vielmehr einem Wertemodell, in dem das Ziel von Produktion nicht in Geld bzw. Kapital liegt, sondern in der Versorgung mit allem Lebensnotwendigen an sich. Im Rahmen der Subsistenzwirtschaft werden nach Möglichkeit auch alle Produktionsfaktoren wie Werkzeuge und Saatgut selbst hergestellt oder produziert.

Subsistenzwirtschaften sind ein global zu findendes Phänomen. In Europa gab es bis ins 19. Jahrhundert Subsistenzwirtschaft. Ihr Niedergang begann mit der Industrialisierung der Produktions- und Arbeitsverhältnisse. Während des Kolonialismus wurde die Teilnahme an der Geldwirtschaft häufig durch die Erhebung von Kopfsteuern erzwungen. Die Bauern mussten arbeiten gehen, um die Kopfsteuern zahlen zu können. Zusätzlich wurden sie zur Zwangsarbeit gezwungen, so dass sie den Anbau der für ihre eigene Ernährung bestimmten Felder vernachlässigen mussten.

Subsistente Wirtschaftsweisen haben sich jedoch bis heute in Form von Schattenwirtschaften erhalten. In den Bruttosozialprodukten der Länder werden sie nicht erfasst. Vor allem in den agrarisch geprägten Ländern Osteuropas, Südostasiens, Afrikas und Lateinamerikas stammen jedoch bis zu 80% der Lebensgrundlagen der ländlichen Bevölkerung nach wie vor aus Subsistenzproduktion.

Ein großer Teil der Frauenarbeit gehört nach wie vor zur Sphäre der Subsistenzwirtschaft und wird deshalb von der herrschenden Volkswirtschaftslehre nicht erfasst. Vor allem der Ökofeminismus hat den Einfluss der selbst- und familienversorgenden Arbeit auf die Gesamtwirtschaft erforscht und das Bewusstsein für die Bedeutung dieses Wirtschaftsbereiches zu wecken versucht.

Auf der Suche nach Alternativen zu den „zerstörerischen", wachstumsorientierten Wirtschaftsweisen des Kapitalismus und des Sozialismus wurden Subsistenzansätze seit den 1960er-Jahren weltweit wieder populär.

Auf der Website „MatriWiki" findet sich eine übersichtliche Zusammenstellung wichtiger Parameter dieser Wirtschaftsform:

Merkmale der Subsistenzwirtschaft:
- *Garten- und Ackerbau, Saatgutherstellung*
- *Her- und Fertigstellung der Nahrungsmittel (z. B. Getreideanbau, Mehl mahlen, Brot backen)*
- *Viehzucht und Tierpflege*
- *Töpfern*
- *Spinnen und Weben, Nähen*
- *Geräteherstellung (Holz- und Metallhandwerke)*

Gründe für Subsistenzwirtschaft:
- *Mangel an Beschaffungs- und/oder Vermarktungsmöglichkeiten (Krieg, Entwicklungsländer)*
- *Wertevorstellung, wo das Ziel von Produktion nicht in Geld/Kapital liegt, sondern in der Versorgung mit allem Lebensnotwendigen an sich (Alternative Ökologie)*
- *Tradition, die Natur und deren Prozesse in den eigenen Handlungen nachzubilden, um sich in Harmonie mit der Natur und dem Universum zu bringen.*

Was eine subsistent lebende Gemeinschaft auszeichnet:
- *Eigenständigkeit (Autonomie)*
- *Selbstgenügsamkeit im Sinne eines Nicht-Expansionismus*
- *Aus-sich-selbst-Bestand-haben im Sinne kultureller Identität*

Subsistent lebende Gemeinschaften sind subversiv, weil sie sich dem herrschenden System entziehen. Sie können von den Unterdrückungsmechanismen des (kapitalistischen) Systems nur schwer erreicht werden und sind in der Reaktion auf schwierige Situationen sehr flexibel. Die Ausrichtung auf Subsistenz kann also die Basis für erfolgreichen und dauerhaften Widerstand gegen die Ausbeutung sein.

Obwohl die Fachwissenschaft das Ende der Subsistenzwirtschaft in unserem Gebiet mit dem ausgehenden 19. Jahrhundert festschreibt, sind deutliche Merkmale dieser Wirtschaftsform in meiner engeren Heimat bis über die Mitte des 20. Jahrhunderts festzustellen. Dass sich ein hoher Grad an Selbstversorgung im Bereich der heutigen „Mühlviertler Alm" so lange halten konnte, hatte mehrere Gründe.

Die Gegend war durch Straßen nur mangelhaft erschlossen. Die nächste Bahnlinie lag mehr als 30 Kilometer entfernt. Es gab zwar Landstraßen, die die einzelnen Orte verbanden, schmale Schotterstraßen, voller Schlaglöcher und kurvenreich. Die Dörfer abseits dieser Straßen, erst recht die Einzelgehöfte, waren nur durch Karrenwege erschlossen. Mit Lastkraftwagen war an die Höfe in der Regel nicht heranzukommen. Im Winter waren viele Dörfer und Einzelhöfe nur auf Schneepfaden erreichbar. Der Briefträger stapfte einmal die Woche mit seiner schweren Posttasche von Haus zu Haus. Niemand auf dem Land besaß ein Auto. Im Kapitel „Religion" beschreibe ich anschaulich, wie der Leichnam der „Seppn-Moahm" von uns mit einem Ziehschlitten auf schier abenteuerliche Weise bis zur Straße gebracht werden musste, weil infolge eines Tauwetters am Ende eines schneereichen Winters nicht einmal ein Pferdefuhrwerk das Haus hätte erreichen können. Als meine Eltern nach der Sturmkatastrophe von 1953 daran gingen, das Wohnhaus des alten, mit Stroh gedeckten Bauernhofes neu zu bauen, musste alles Baumaterial mit Ochsenfuhrwerken die letzten zwei Kilometer befördert werden, weil der Hof keine Zufahrt hatte, die ein LKW hätte benutzen können. Sie hatten großes Glück, dass der späte Herbst eine Zeit bescherte, in der der Boden wochenlang gefroren war, ohne dass Schnee gefallen war. So konnte der Baustoffhändler Kaltenberger („Hagner") aus Straß bei Schönau doch einige Fuhren Betonziegel bis zum Hof bringen, weil der gefrorene Boden dies möglich machte. Was man nicht unbedingt zukaufen musste, wurde aus dem unmittelbaren Umland beschafft. Ich erinnere mich noch sehr gut, dass sich die Eltern keinen Schotter für Betonarbeiten bringen ließen, sondern aus einem Bach, der weit unterhalb des Hofes die große Wiese durchfließt, als Ersatz so genannten Bachsand holten, was natürlich keine sehr gute Betonqualität ergab.

Da die Bauern kaum Einnahmen in Form von Bargeld hatten, waren sie gezwungen, möglichst alles, was sie zum Leben brauchten, selbst zu erzeugen. Ich erzähle im Kapitel „Religion", dass die Bäuerinnen beim Kirchgang einige Butterstriezel in ihren Taschen den weiten Weg nach Unterweißenbach mittrugen, um sie dort bei einem Lebensmittelhändler zu verkaufen und im Gegenzug einige Kleinigkeiten für die bäuerliche Küche zu erwerben wie Reis, Zucker, Salz, Weizenmehl, Kaffee und dergleichen. Wenn die Butter in der Qualität nicht entsprach oder die Nachfrage nach Bauernbutter gerade gering war, wurde er im Geschäft nicht angenommen, und die Frauen trugen ihre Butter mit Tränen in den Augen wieder den Berg hinauf und mussten auf ihren Einkauf verzichten.

Neben der fehlenden Mobilität, die eine Folge des schlechten Straßennetzes war, war es vor allem der Mangel an Bargeld, der die Menschen zwang, diese Wirtschaftsform des Mittelalters bis weit ins 20. Jahrhundert hinein aufrecht zu erhalten. Mein Vater hatte Bargeld nur, wenn er zwei Mastochsen verkaufte und im Gegenzug zwei Jungochsen erwarb. Im Kapitel „Tiere“ wird das ausführlich erzählt. Die Preisdifferenz brachte Geld ins Haus, womit der Vater die während des Jahres angefallenen Schulden beim Wagner, beim Schuster, beim Schmied zahlen konnte. Dazu kam noch der Erlös vom Verkauf einiger Schweine, einiger Kälber, einiger Lämmer und einiger Kitze. Andere Einnahmen gab es nicht.

In Königswiesen gab es zwar schon seit 1938 eine genossenschaftliche Molkerei, diese weitete so nach und nach ihr Einzugsgebiet aus. Die Gegend meines Elternhauses wurde aber erst in den 1960er-Jahren von den Sammelfahrzeugen der Molkerei erfasst. Zunächst wurde nur Rahm geliefert. Dazu reichten 5-Liter Kannen, die mit Pferdefuhrwerken oder auch mit Handwägelchen von den Bauern zu den Sammelstellen gebracht wurden. Das Liefern der Frischmilch erforderte ein besseres Straßennetz. Erst als die Landwirtschaftskammer den Bau von Güterwegen forcierte, war an ein kontinuierliches tägliches Milchliefern zu denken. Hand in Hand mit dieser Entwicklung ging die Beratung der Landwirte durch die Bezirksbauernkammern betreffend die Verwendung von Handelsdünger sowie konsequente Maßnahmen zur Förderung der Viehzucht. Dadurch konnte die Milchproduktion bedeutend gesteigert werden, wodurch sich Verarbeitungs- und Vermarktungseinrichtungen wie die Molkereien erst so richtig etablieren und Fuß fassen konnten. Ab diesem Zeitpunkt gab es am Bauernhof regelmäßige Einnahmen aus der Milchkuhhaltung.

Bevor es aber so weit war – und das war eben die Zeit meiner Kindheit – wurde in den Bauernhäusern die Milch zentrifugiert, der Rahm zu Butter verarbeitet und dieser zum Teil an Kundschaften in den zentralen Orten verkauft. Daneben wurde Butter „ausgelassen“ und zu Butterschmalz weiterverarbeitet. Ein volles Schmalzhäfen im Keller einer Bäuerin war etwas Wertvolles, ersetzte es doch in Ergänzung mit dem Schweineschmalz das Speiseöl, das heute in keiner Küche fehlen darf. Weil Schweineschmalz so wichtig war, wurden die Mastschweine viel länger als heute gehalten und zu Prachtexemplaren mit einer dicken Rückenspeckschicht herangefüttert. Speiseöl war im Hause meiner Kindheit völlig unbekannt. Die irdenen Schmalzhäfen im Keller waren mit Drahtnetzen außen verstärkt, um sie vor Bruch zu sichern, und sie wurden stolz hergezeigt, wenn man von bäuerlichen Bekannten besucht wurde. Ein volles Schmalzhäfen war, wenn ich mich noch richtig an die Erzählungen meiner Mutter erinnere, sogar Bestandteil der Mitgift, wenn auf einen Bauernhof zugeheiratet wurde.

Brot, eines der wichtigsten Nahrungsmittel am Bauernhof jener Zeit, wurde ausschließlich selbst erzeugt. Jeder Bauernhof hatte sein Backhäusl; bei uns daheim war der Backofen im Haus eingebaut. Alle zwei Wochen wurde Brot gebacken. Weißbrot sah ich zu jener Zeit nur, wenn ich mir sonntags zwischen zwei Gottesdiensten beim Bäcker eine Semmel kaufen und auch gleich in der Bäckerei verzehren durfte. Daheim kannten wir nur unser eigenes Brot, sogar in zwei Sorten: das schwarze und das weiße. Aber das weiße Roggenbrot war kein Weißbrot (siehe Kapitel „Brot“). Weil es viele Münder zu füttern gab, musste auf den Feldern möglichst viel Getreide angebaut werden, auch wenn die Hektar-Erträge mäßig waren. Man brauchte das Stroh für das Eindecken der Häuser, man brauchte es als Streu für das Vieh, und das weichere Haferstroh brauchte man sogar zum Strecken der Heuvorräte. Saatgut wurde (außer in Katastrophenjahren) nie zugekauft. Jahr für Jahr wurde das beste Getreide als Saatgut verwendet, und dennoch kam es durch diese notwendige Vorgehensweise zur Minderung der Qualität von Saatgut. So konnten die Erträge nicht gesteigert werden. Die Sorten „bauten sich ab“. Erst das Aufkommen von Saatbauvereinen (1945 war das Gründungsjahr in Oberösterreich) brachte hier Verbesserung. In den 1950er-Jahren war davon im Raum der heutigen „Mühlviertler Alm“-Gemeinden noch nichts zu spüren.

Im Bereich der Bekleidung und der Werkzeugherstellung war man in der Zeit meiner Kindheit nur teilweise Selbstversorger. Schneider, Weber, Schuster, Schmiede, Sattler, Wagner, Binder gab es, und sie hatten auch Arbeit. Doch vieles in diesem Bereich wurde am Hof hergestellt. Ausschlaggebend für den Grad der Selbstversorgung auf diesem Gebiet war die handwerkliche Geschicklichkeit der Menschen. Auf nahezu allen Höfen unserer Gegend fand man in der Werkstatt das wesentliche Werkzeug eines Binders. So wurden Schaffeln, Eimer, Sechter, Bottiche, selbst hergestellt. „Bindwera“ nannte man diese Arbeit. Lediglich die Anfertigung von Fässern überließ man dem Binder. In den Werkstätten oder winterlichen Bauernstuben wurden Holzpantoffeln und Holzschuhe selbst gemacht, die Erzeugung von Stiefeln oder besserem Schuhwerk übernahm der Schuster. Der Bauer und seine Helfer erzeugten oder reparierten Rechen, Gabeln, Holzschaufeln, sie reparierten vieles aus dem Bereich des Wagnerhandwerks (Wagenstangen, Pfluggrindel, Speichen von Rädern und vieles mehr). Ich sah in meiner Kindheit kaum jemanden töpfern, im Häferlflicken versuchten sich aber die meisten Mannsleute mit Erfolg. Das Zaumzeug von Zugtieren wurde zwar nicht selber erzeugt, die Ausbesserungsarbeiten mit Ale und Schusterzwirn übernahm fast immer ein handwerklich geschicktes Familienmitglied.

Das Spinnen von Wolle und Flachs war in den Häusern meiner Kindheit eine wichtige Winterarbeit der Frauen. Dass die Mädchen das Stricken von Westen, Socken, Strümpfen, Fäustlingen, sowie das Ausbessern derselben rechtzeitig erlernten, dafür sorgte der ausgiebige Unterricht in Mädchenhandarbeit ab der Volksschulzeit. Webstühle standen in meiner engeren Heimat nicht in den Häusern; die Arbeit des Webens überließ man dem Fachmann. Die Haltung von Wollschafen und der Anbau von Flachs jedoch bildeten eine wichtige Voraussetzung dafür, dass man zumindest die Rohstoffbeschaffung für Teile der Bekleidung selbst bewerkstelligte. Das Leinen aus dieser Eigenproduktion verwendete man für Tischtücher, Handtücher, Leintücher, Strohsäcke, Schurze, Trachtenblusen. Grobes Leinen nähte man an die Hemden der Männer als „Hemadstumpf“, um Stoff zu sparen. Aus schwarzer Wolle und Flachsgarnen wurde der so genannte „Mischling“ gewebt, ein besonders strapazfähiger und dicker Stoff, der sich für Winterjacken (bei uns „Mischlingschampa“ genannt) eignete.

Werkzeuge für alle diese Tätigkeiten finden sich heute in bäuerlichen Museen, auf Weihnachtsmärkten und dergleichen werden diese alten Fertigkeiten und Kenntnisse von Menschen, die sie in unsere Zeit herüber gerettet haben, vorgeführt, und die Produkte aus diesem bäuerlichen Handwerk finden immer wieder ihre Käufer. Was heute nach Nostalgie riecht, war vor einem halben Jahrhundert noch die harte Wirklichkeit des bäuerlichen Lebens in der abgeschiedenen und wenig erschlossenen Landschaft des nordöstlichen Mühlviertels.

Manches davon wird mit Erfolg wiederbelebt, im Allgemeinen bleibt es jedoch eine Nischenerscheinung. Der Aufschwung nach dem Zweiten Weltkrieg hat nach dem Abzug der russischen Besatzung auch vor meiner engeren Heimat nicht Halt gemacht. Bei allen bedauerlichen Nebenerscheinungen der Industrialisierung und des Fortschritts muss gesagt werden, dass der allgemeine Wohlstand, in dem wir heute leben und in dem wir uns auch wohl fühlen, ohne diese Öffnung hin zu mehr Markt und ohne die Umstellung auf Spezialisierung und Arbeitsteilung nicht möglich gewesen wäre.

Ich habe versucht, in diesem Kapitel den wissenschaftlichen Terminus „Subsistenzwirtschaft" am Beispiel meiner engeren Heimat, wie ich sie zur Zeit meiner Kindheit vorfand, näher zu erläutern. Wichtig war mir in diesem Zusammenhang darzustellen, welche Rahmenbedingungen dazu beigetragen haben, dass diese Form der Selbstversorgungswirtschaft sich in dieser Gegend so lange halten konnte. Es war nicht der rückständige Menschenschlag, nicht der Mangel an Bildung und Hausverstand, nicht die Abwehrreaktion gegen alles Moderne, was die Menschen so lange auf bescheidenem Level wirtschaften ließ. Es waren eine Reihe von Rahmenbedingungen, die zusammengespielt haben, dass es so war.

Über die Mühlviertler werden gerne Witze erzählt. Sollen jene, die uns und unsere Geschichte zu wenig kennen, ruhig über uns und unsere Art zu leben lachen. Freuen darf es uns aber, dass die Mühlviertler bei vielen Menschen für gewisse Werte stehen, die heute noch immer hoch im Kurs sind: Verlässlichkeit, Fleiß, Ausdauer, Rechtschaffenheit, Geradlinigkeit. Vielleicht verdanken sie dieses Besondere einer Lebensschule in harter Zeit, in der sie lernten, zusammenzustehen und mit Zähigkeit das Leben zu meistern, weil es eine Alternative dazu eigentlich nicht gab.

Die Kulturpflanzen des Mühlviertels

Auszüge aus meiner Hausarbeit, abgefasst anlässlich der Lehramtsprüfung für Volksschulen im Jahre 1971 an der Pädagogischen Akademie des Bundes in Linz mit einigen aktuellen Ergänzungen, betreffend Veränderungen bei Anbauflächen und Hektarerträgen. (Quelle: Statistik Austria)

Voraussetzungen für den Pflanzenbau im Mühlviertel

Der Boden

Das Mühlviertel ist zum überwiegenden Teil dem Kristallin der Böhmischen Masse zuzuordnen. Die Gesteine sind durchwegs karbonatfrei und quarzreich und verwittern vorwiegend zu lehmigen Sandböden mit größerem Stein- und Grusgehalt. Sie gehören zumeist einem nährstoffarmen Braunerdetypus an, der zu Podsolierung (Sauerbleichung) neigt. Rascher Abfluss der Niederschläge und geringes Speichervermögen für Grundwasser auf den seichtgründigen Kuppen und Hängen und oftmals starke Vernässung des Unterbodens infolge Dichtlagerung des Schwemmmaterials auf Verebnungsflächen sind für die Bodenverhältnisse insbesondere der Mittel- und Hochlagen des Mühlviertels charakteristisch.

Während der Weinsberger Granit, der das östliche Mühlviertel beherrscht, infolge der Grobkörnigkeit und seines Quarzreichtums sehr dürftige, seichtgründige, steinige, stark grusige (Flinz) und oft nur anlehmige Sandböden liefert, die rasch austrocknen, ergeben die kristallinen Schiefer und Gneise im übrigen Mühlviertel lehmige Sandböden mit geringem Quarzgehalt, die des besseren Wasserspeichervermögens wegen als ertragssicherer gelten. Stark wechselnd sind die Bodenverhältnisse im Freistädter und Gallneukirchner Becken, wo einerseits tertiäre Flussschotter, sowie unterhalb 550 Meter Seehöhe maritime Ablagerungen die Ertragsfähigkeit in der Regel gunstiger gestalten. Alle Übergänge von leichten bis zu schweren Böden finden sich auch unter 360 Meter Seehöhe, wo teilweise eiszeitliche Donausedimentüberlagerungen des Kristallins die Bodenbildung am Südrand des Böhmischen Massivs beeinflusst haben. Auf der Niederterrasse der Donau, im Machland, an der auch viel saures silikatreiches Material der vom Norden kommenden Aist und Naarn beteiligt ist, herrschen im Allgemeinen lehmige Sande vor. Der Reaktionszustand der Böden auf Silikatgestein der Böhmischen Masse ist ziemlich einheitlich und liegt fast ausschließlich unter einem pH-Wert von 6,4; sie sind somit kalkarm. Etwas besser liegen die Verhältnisse im Freistädter und Gallneukirchner Becken. Nur im Bereich der Schotterterrassen der Donau liegt die überwiegende Zahl der Flächen im neutralen oder alkalischen Bereich. Ausgesprochen phosphorsäurearm, jedoch mit Kali gut versorgt sind die Böden auf Graniten und kristallinen Schiefern und Gneisen. Hingegen ist der Phosphorsäurezustand der Böden im Bereich der marinen und eiszeitlichen Ablagerungen wesentlich besser, der von Kali sinkt dort erheblich ab.

Die Braunerden auf der Niederterrassenstufe der Donau eignen sich im Allgemeinen zum Weizen- und Zuckerrübenanbau, die auf dem Kristallin des Mühlviertels für den Anbau von Roggen, Hafer, Rotklee und Kartoffeln. Die Versteinung ist in den Hochlagen am stärksten. Sie erreicht im politischen Bezirk Freistadt mit 66 % der entsteinungsbedürftigen Flächen des Mühlviertels das Höchstausmaß (Stand 1970).

Das Klima

Von den Donauebenen, die noch im Bereich der 8 Grad-Jahresisothermen (Durchschnitt 1901–1950) liegen, fällt die durchschnittliche Jahrestemperatur in den Mittellagen auf 7 und 6 Grad und sinkt in den Hochlagen noch darunter ab.

Mit dem breiten Wärmekeil, der sich von der Donau her bis in die Freistädter Senke schiebt, deckt sich im Wesentlichen eine Zone mit Niederschlägen unter 800 mm. Der größte Teil des Bezirkes Urfahr empfängt 900 mm Niederschlag. Erst gegen die Mühlsenke sinken sie wieder auf 800 mm, im Gebiet um Haslach sogar etwas tiefer. Nur in den Hochlagen des Mühlviertels, die zumeist Grenzlagen sind oder inselförmig im Gebiet aufragen, steigen die Niederschläge über 1000 mm.

Niederschlagsarme Jahre, wie z. B. das Minimaljahr 1911, lassen das Trockenheitszentrum Freistadt deutlich hervortreten und erkennen, dass die niederschlagsarme Zone eher zu einer Ausweitung nach Osten neigt. Die Hagelgefährdung ist vor allem im politischen Bezirk Freistadt, den Berggemeinden der politischen Bezirke Perg und Urfahr und einigen Gemeinden des Bezirkes Rohrbach erheblich. Der Schnee bleibt in höheren

Lagen bis Ende März oder Anfang April (14 bis 16 Wochen) liegen, während die Donauniederungen zumeist schon nach 5 Wochen ausapern.

Der Rahmen der Produktionsmöglichkeiten ist aber auch durch die oft schon Mitte Oktober auftretenden Frühfröste und bis Mitte Mai noch auftretenden Spätfröste gegeben. Im Durchschnitt ist in den Lagen über 800 Meter mit 140 und mehr Frosttagen zu rechnen. Sie sinken auf 70 bis 90 Tage im Bereich unter 400 Meter.

Die Vegetationszeit (Zeit vom Laubausbruch bis zum Laubfallende der Rotbuche) beträgt in den Donauebenen 230 Tage, in den Mittellagen 210 Tage und mehr und sinkt in den Hochlagen, so weit sie noch landwirtschaftlich genutzt werden, bis auf 190 Tage ab. Relativ hoch gelegen und seinem Plateaucharakter ohne schützende Vorberge entsprechend, ist das gesamte Mühlviertel sehr windexponiert und im Temperaturgang extremer als weite Gebiete des alpinen Raumes.

Das Gelände

Sieht man von den höchsten Erhebungen ab, so erscheint das gesamte Mühlviertel als eine weite wellige Rumpffläche, die sich sanft gegen die Donau und gegen Osten abdacht. Im Granit herrschen unruhigere Kuppenformen vor. Die Landschaft ist zumeist waldreicher und da und dort von Mooren durchsetzt. Mit Felsblöcken übersäte Flächen geben das Gepräge. Im Gneis überwiegen flache und breite Geländewellen, auf denen die landwirtschaftlichen Kulturflächen mehr in Erscheinung treten. Der Wald beschränkt sich hier mehr auf eingestreute Härtlinge im Gneis oder er zieht sich in die oft tiefen Einschnitte zurück, in die das Entwässerungsnetz eingesenkt ist. Zahlreiche Engstellen und Durchbrüche verleihen der Landschaft einen eigenartigen Reiz und kennzeichnen den Weg der nach Süden ziehenden Flüsse.

Die Anbauverhältnisse heute und früher

Die dargestellten natürlichen Produktionsbedingungen haben ein bestimmtes Anbauverhältnis zur Folge. Dieses Verhältnis wird jedoch – in jüngerer Zeit besonders stark – durch die Arbeitsintensität bestimmter Pflanzen, durch den Arbeitskräftemangel und mangelnde Mechanisierbarkeit gewisser Produktionszweige und durch die begrenzte Ertragssteigerung und den fehlenden Absatz (Flachs) andererseits abgeändert.

Den natürlichen Gegebenheiten entsprechend, sind folgende Kulturpflanzen im Mühlviertel besonders vorherrschend: Roggen (17.000 ha), Hafer (17.000 ha) und Kartoffel (8.000 ha). Ende der 1960er-Jahre war eine starke Zunahme des Gerstenanbaus (auf ebenfalls ca. 8.000 ha) und auch des Weizenanbaus festzustellen. Der Getreideanbau ist um diese Zeit nur mehr mit 27 % (gegenüber 42 % im Jahre 1869) an der landwirtschaftlichen Nutzfläche (LN) beteiligt. Das Ackerland und das Grünland teilten sich um 1970 etwa je die Hälfte der Anbaufläche.

Das Abgehen von der Dreifelderwirtschaft (Wintergetreide – Sommergetreide – Brache) und die Tendenz zur Fruchtwechselwirtschaft (Getreide – Hackfrucht) brachte es mit sich, dass der Getreideanbau – obwohl früher wegen der geringen Niederschläge und des seichtgründigen Bodens als zwingend angesehen – zugunsten der Hackfrüchte und des Grünlandes zurückgedrängt wurde. Die starke Tendenz, die heute zum Grünland spürbar ist (insbesondere in höheren Lagen), ist nicht zuletzt auf die Kenntnisse und Verwendung der Mineraldünger, besonders des Stickstoffdüngers, zurückzuführen. Durch Schulung und Aufklärungsarbeit in der Landwirtschaft bedingt, gehen viele Landwirte vom früheren Zustand der Selbstversorgerwirtschaft (von jeder Frucht etwas) ab und spezialisieren sich. So kommt es, dass Bauern, die früher neben der Viehwirtschaft auch Getreidebau betrieben, plötzlich von diesem abgehen und sich allein der Viehwirtschaft zuwenden, wobei sie Kraftfutter (teilweise Getreide) und Stroh zur Einstreu zukaufen und den Futterbedarf durch Umwandlung des Ackerlandes in Grünlandflächen und Ausweitung des Hackfruchtfutterbaus (Silomais) und Silowirtschaft decken. Die Vieh- und Milchwirtschaft ist in diesen Grenzlagen des Ackerbaus (Hagelgefahr, Gefahr der Auswinterung) viel ertragreicher und sicherer. Die Vollmechanisierung, die den Getreidebau in günstigen Gebieten so attraktiv macht, ist in vielen Gebieten des Mühlviertels nur erschwert möglich, und es muss aus rein arbeitswirtschaftlichen Überlegungen vom Getreideanbau immer mehr abgegangen werden, trotz der früheren Ansicht, dass das Mühlviertel auf Grund seines Klimas und Bodens für den Getreideanbau prädestiniert sei. Die Geländeverhältnisse, die früher die Produktion wenig beeinflussten, geben in der Zeit der Technik den Ausschlag.

Die wichtigsten Kulturpflanzen des Mühlviertels

Die Getreidearten

Allgemeines zum Getreide

Das Getreide gehört mit Ausnahme vom Buchweizen, der früher auch im Mühlviertel gebaut wurde und zur Familie der Knöterichgewächse gehört, zur Familie der Echten Gräser. Alle Arten haben sich durch Züchtung und Auslese aus Wildformen der Gräser entwickelt (siehe die Ähren der Trespen, die Unkrautformen der Hirse, die Rispengräser Glatthafer, Goldhafer und Flughafer). Seit jeher ist das Getreide Brotfrucht, Mehlfrucht. Primitivvölker rösteten das Getreide, später ging man zur Brei-Nahrung über, dann zur Fladenbereitung (bereits gegorener Teig), heute steht die Brotnahrung mit getriebenem Teig im Vordergrund.

Funde über Getreide gehen in Ägypten und den asiatischen Hochkulturen weit ins Altertum zurück. Die ältesten nachgewiesenen Getreidereste in Oberösterreich (Gerste, Weizen) stammen aus der Mondseer Kultur (2.200 vor Chr.).

Typisch für das Getreide sind der lange Halm und die Grasfrucht (Korn). Die Getreidearten sind Steppenpflanzen und daher nicht auf so hohe Niederschlagsmengen angewiesen wie das Grünland. Die Bodenansprüche sind von Art zu Art verschieden. Der Getreideanbau ist betriebswirtschaftlich betrachtet ein extensiver Betriebszweig, der auf die Fläche bezogen relativ niedrige Erträge bringt (im Vergleich zu Kartoffeln, Zuckerrüben, Mais u. a.), beim heutigen Mechanisierungsgrad jedoch auf die Arbeitskraft bezogen sehr rentabel ist (Stand 1970!).

Der Roggen (Secale cereale, im Mühlviertel „Korn“ genannt)

Der Roggen kam als Unkraut des Weizens aus Armenien zu uns. Früheste Funde reichen in unserer Heimat bis 200–400 n. Chr. (Wels) zurück.

Neben Weizen ist Roggen unsere Hauptbrotfrucht. 1969 wurden im Mühlviertel 16.890 Hektar Roggen angebaut, das war mehr als das Doppelte der Weizenanbaufläche. Im Weltanbau rangiert der Roggen an siebter Stelle. Roggenbrot ist dunkler, saftiger und gesünder als Weizenbrot. Für Mehlspeisen ist Roggenmehl nur begrenzt verwendbar, weil der Kleber (Gerüsteiweiß), der die Gashaltekraft ausmacht, nicht so hochwertig wie bei Weizen ist. Roggenstroh dient als Einstreu für das Vieh und hatte im Mühlviertel bis in die 1960er-Jahre große Bedeutung als Dachmaterial.

Gute Mehlausbeute setzt eine dünne Schale des Korns voraus. Die Eiweißschicht des Roggenkorns ist blau-violett. Ist die Schale dünn, scheint diese Farbe durch. Das dickschalige Korn hat eine gelbliche Schale.

Die einheimischen Landsorten (Schlägler Roggen, Kefermarkter Roggen) hatten und haben einen sehr langen Halm (1,5 bis 2 m). die Ähren dieser Sorten sind lang, die Körner liegen flach in der Ähre. Der ertragreiche und sehr standfeste Petkuser Kurzstrohroggen ist deutscher Herkunft, wesentlich kürzer im Halm und hat eine kürzere, sehr kompakte und gedrungene Ähre. Auch das Korn ist kürzer und gedrungener.

Der Roggen entwickelt im Keimstadium vier Keimwurzeln. Die Keimscheide ist im Gegensatz zu allen anderen Getreidesorten rot. Die Roggensaat im Einblattstadium („spitzen") schimmert daher rötlich. Roggen bestockt sich im Herbst sehr stark (je früher der Anbau, desto stärker die Bestockung), wodurch der Acker oft vollständig überdeckt wird, was bei sehr lange anhaltender Schneelage zu Schneeschimmelbildung und damit verbundener Auswinterung führt. Sehr üppige Roggensaatbestände müssen manchmal mittels Egge „gedünnt" werden.

Im Frühjahr bestockt sich der Roggen abermals sehr stark (bis zur zehnfachen Keimdichte) und beginnt Ende April, Anfang Mai zu schossen. (Schossen nennt man das Halm- und Ährenschieben beim Getreide.) Winterroggen braucht wie jedes Wintergetreide, um schossen zu können, eine gewisse Zeit hindurch eine Kälteeinwirkung, die so genannte Kältestimmung. Wintergetreide, im Frühjahr gebaut, kommt zu keiner Halmbildung. Vom 3-Blattstadium bis zur beginnenden Reife ist der Roggen am Blattöhrchen, das sich am Übergang von der Blattscheide zur Blattspreite befindet, zu erkennen. Das Öhrchen des Roggens ist klein und nicht übergreifend.

Winterroggen wird etwa zwischen 1. September und 1. Oktober ausgesät. Er darf nicht zu tief in die Erde eingebracht werden, da er sich erst knapp unter der Erde bestockt und das Stück zwischen Keimwurzel und Bestockungsknoten (Halmheber genannt) durch den Winterfrost leicht abgerissen werden kann. Zur Aussaat benötigt man je Hektar eine Menge von 90 bis 150 kg Saatgut. In niederschlagsreichen Gebieten braucht man infolge der starken Bestockung weniger Saatgut.

Früher wurde der Roggen mit der Sichel bzw. mit der Sense geschnitten, zu Garben gebunden und in Mandeln zum Trocknen aufgestellt. Heute wartet man die so genannte Totreife ab und erntet mit dem Mähdrescher das bereits trockene Korn. Das Stroh fällt dabei lose auf das Feld oder wird zu Ballen gepresst und so eingebracht. Der Durchschnittskörnerertrag lag 1967 in Österreich bei 27,2 Zentner je Hektar (1938 waren es 16,1q). Höchsterträge lagen um 1970 bei 40q/ha. 2006 lagen die Durchschnittserträge bei Roggen in O.Ö. bei 40,2q/ha.

Der Anbau von Roggen ging in Österreich von 341.000 ha (1938) auf 138.000 ha (1970) zurück und lag 2006 bei 26.924 ha.

Für den Roggen ist ein kühles und trockenes Klima ideal. Roggen ist kältefest bis zu –25°C. Roggen liebt einen leichten Boden, besonders bei höheren Niederschlagsmengen. Roggen verlangt einen pH-Wert um 6,5, das heißt, er verträgt einen leicht sauren Boden.

Der Roggen ist wie alle Getreidesorten ein Windblütler. Zum Unterschied von allen anderen ist er jedoch ein Fremdbestäuber. Die Narbenäste hängen weit heraus, der Fruchtknoten liegt, nicht wie bei Selbstbestäubern am Blütengrund, sondern ist angehoben. Roggen baut sich daher stark ab, das heißt, wegen der Fremdbestäubung wird die Sorte durch Kreuzung ständig verschlechtert. Das Saatgut soll daher alle 3 Jahre erneuert werden.

Der Hafer (Avena sativa)

Haferreste aus der Ur- und Frühgeschichte sind bisher in Oberösterreich noch nicht gefunden worden. Dagegen ist anlässlich einer Sortenaufnahme in allen Teilen des Mühlviertels (1926–1929) der Sandhafer teils als Unkraut, teils als Beimischung bis zu 40 % zum Hafer gefunden worden. Möglicherweise hat diese Kulturpflanze die besiedlungsleere Zeit dieses Gebietes im halbwilden und wilden Zustand überdauert und reicht so in die Urzeit zurück. Im ganzen Mittelalter war Hafer eine zinspflichtige Frucht.

Hafer stand 1969 mit 16.460 Hektar Anbaufläche an 2. Stelle des Mühlviertler Getreidebaus. In Österreich ging bis 1970 der Haferanbau seit 1938 auf die Hälfte der damaligen Anbaufläche zurück. Dies ist teils auf den geringen Bedarf, teils auf den geringen Hektarertrag zurückzuführen. Wurde Hafer früher ausschließlich als Kraftfutter für die Pferde verwendet, so ist er heute, da der Pferdebestand rasch abnimmt (O.Ö 1963: 14.692 Pferde, 1969: 8.352 Pferde), ein begehrtes Kraftfutter für Milchleistung und Aufzucht. Hafer gilt bei männlichen wie weiblichen Zuchttieren als Fruchtbarkeit fördernd (Sprichwort: „Den sticht der Hafer"). Die Nährmittelindustrie verarbeitet Hafer zu Haferflocken und Hafergrieß. Haferstroh wurde früher durchwegs an Ochsen und Jungvieh verfüttert, meist als Häcksel mit dem Heu vermengt.

Hafer ist die einzige heimische Getreideart, die eine Rispe als Fruchtstand aufweist. Er ist daher nach dem Rispenschieben leicht zu erkennen. Der Haferkeimling bildet vier Keimwurzeln aus. Im Frühstadium ist er am fehlenden Blattöhrchen und am besonders langen Blatthäutchen von der Sommergerste zu unterscheiden. Von dieser ist er in diesem Stadium außerdem an dem nach links gedrehten Blatt erkennbar (Gerste rechtsdrehend).

Das Saatbeet wird bereits im Herbst vorbereitet, im Mühlviertel teilweise erst im Frühjahr. Die Aussaat erfolgt nach der Schneeschmelze, sobald der Acker trocken genug ist. Die Saattiefe beträgt 2,5–4 cm. Je Hektar ist eine Saatgutmenge von 120 bis 150 kg erforderlich.

Der Hafer wurde früher mit der Sense gemäht und am Feld breit getrocknet, seltener „aufgemandelt". Heute wird er ebenfalls mit dem Mähdrescher geerntet. Die durchschnittlichen Hektarerträge bei Hafer lagen 1969 im Mühlviertel bei 28q. 1938 lagen die Erträge bei 16q. 2006 lagen die Hektar-Erträge in O.Ö. durchschnittlich bei 38,8q.

Hafer stellt an die Fruchtfolge wenig Ansprüche. Er kann nach Getreide gebaut werden. Hafer nach Hafer zu bauen, ist wegen der Nematodengefahr nicht ratsam.

Hafer ist für ein raues und feuchtes Klima geeignet. Er ist jedoch eine einjährige Pflanze und nicht winterfest. Trockenheit stellt für ihn besonders beim Rispenschieben eine Gefahr dar. Im Volksmund sagt man, „er bleibt in der Hose stecken", d. h., bei Trockenheit verzögert sich die Rispenausbildung. Hafer gedeiht auch im leichten, sandigen Boden (bei genügend Niederschlägen) noch gut, weil seine Wurzeln unter den Getreidearten das beste Nährstoffaufschließungsvermögen besitzen. Hafer verlangt einen leicht sauren Boden.

Der Hafer ist Windblütler und Selbstbefruchter. Trotzdem ist eine Kreuzung mit dem Flughafer möglich. Hafer ist dreiblütig. Die mittlere Blüte bleibt oft unfruchtbar, manchmal verbindet sich ihr kleineres mit dem äußeren zu einem Doppelkorn. Haferkörner sind daher von unterschiedlicher Größe. Das Haferkorn ist bespelt; die Spelze ist leicht ablösbar.

Die Gerste

Der Gerstenanbau geht in Oberösterreich auf die Mondseer Kultur (2.200 v. Chr.) zurück. Unter den Getreidearten im Mühlviertel stand Gerste 1969 der Anbaufläche nach mit 7.875 Hektar noch knapp vor dem Weizen. Seit 1956 hatte sich im Mühlviertel die Gerstenanbaufläche verdreifacht. Gerste muss in Winter- und Sommergerste unterteilt werden. Die Sommergerste ist auf Grund der kurzen Vegetationszeit jene Getreideart, die geographisch am weitesten nach Norden vordringt. Gerste dient vor allem zwei Zwecken: Sie ist einerseits ein hervorragendes Stärke-Kraftfutter, andererseits wird sie als Braugerste verwendet. Auch die Malzkaffee-Erzeugung hat Gerste als Rohstoff.

Gerste ist nach dem Ährenschieben leicht an den langen Grannen zu erkennen. Sie ist im Wuchs niedrig (niedriger als Weizen und Hafer). Die Ähren stehen anfangs aufrecht, neigen sich während der Kornausbildung und knicken zur Zeit der Reife scharf ab. Gerste entwickelt 5–8 Keimwurzeln. Ab dem 3-Blatt-Stadium ist Sommergerste von Hafer durch das rechtsdrehende Blatt (Hafer links) und in der Folge durch das weit übergreifende, nicht behaarte Öhrchen zu erkennen.Wintergerste wird als erstes Wintergetreide gebaut, also Mitte September. Sommergerste wird meist erst nach dem Hafer gebaut, da die Gerste eine kürzere Vegetationszeit als Hafer braucht und beim Anbau nicht so viel Feuchtigkeit verträgt. Die Saatmengen je Hektar liegen bei 150 kg, die Saattiefe beträgt ca. 3 cm. Gerste wurde früher breit gemäht und getrocknet. Heute wird sie mit dem Mähdrescher geerntet. Gerste erbringt bei guter Düngung fast höhere Erträge als Weizen. Ihre guten Erträge sind auch die Ursache für den rasch zunehmenden Gerstenanbau. Im österreichischen Durchschnitt wurden 1969 33q/ha erzielt, 2006 wurden in O.Ö. bei Wintergerste Durchschnittserträge von 52,5q, bei Sommergerste von fast 40q/ha erreicht.

Die beste Kornqualität (rundes, volles Korn) erbringt die zweizeilige Gerste. Als Braugerste wird nur zweizeilige Sommergerste verwendet. Braugersten sind besonders eiweißarme, stärkereiche Sorten mit einer hohen Keimfähigkeit. Brauereien kaufen nur große Mengen einheitlicher Qualität. Die Qualität der Braugerste kann durch Düngung beeinflusst werden. Braugerste hat einen hohen Kalibedarf. Nach dem Schossen darf kein Stickstoffdünger mehr gegeben werden, weil Stickstoff die Eiweißeinlagerung fördert. Braugerste bester Qualität (Ausstichgerste) darf 11 % Eiweiß nicht überschreiten. Über 12 % Eiweiß ist Gerste für Brauzwecke unbrauchbar. Der Stärkegehalt soll dabei nicht unter 65 % liegen.

Gerste ist nicht selbstverträglich. Auch soll sie nicht nach anderen Getreidearten gebaut werden. Sie hat unter den Getreidearten das schlechteste Nährstoffaufschließungsvermögen auf Grund ihres schwachen Wurzelsystems. Gerste verschlechtert den Garezustand (Struktur) des Bodens. Gerste gedeiht am besten im warmen, trockenen Klima und auf guten alkalischen Böden. Der saure Boden des Mühlviertels verlangt daher eine Kalkung für den Gerstenbau. Trockene Sommer sind für Gerste ungefährlich, weil sie eine kurze Vegetationszeit hat und früh geerntet wird (Wintergerste schon Ende Juni). Wintergerste gedeiht nur in sehr milden Lagen. Gerste ist ein Windblütler und Selbstbestäuber.

Der Weizen (Triticum vulgarae)

Weizen ist als Kulturpflanze viel älter als Roggen. Funde in den Kulturen der Ägypter, der Assyrer, der Babylonier, der Römer und der Griechen weisen ins frühe Altertum zurück (Ägypten 4.000 v. Chr.). Nach Werneck (S. 176) stammen die ältesten Weizenfunde in Oberösterreich aus der Mondseer Kultur (Binkelweizen 2.200 v. Chr.) Nach Europa kam der Weizen aus Turkestan (Emmer-Form). Unsere heutige Weizenform (Triticum vulgarae) ist das Produkt einer langen Entwicklung. Durch zwei Genmutationen hat er sich zur heutigen Form entwickelt, die den dreifachen Chromosomensatz der Wildform (Einkorn-Form) hat. Dazwischen liegt die Emmer-Form mit dem doppelten Chromosomensatz, deren Vertreter „Hartweizen" (Triticum durum) und „Rauweizen" (Triticum turgitum) heute noch gebaut werden.

In ganz Österreich nimmt die Weizenanbaufläche zu, auch im Mühlviertel. Betrug 1956 die Weizenanbaufläche noch 5.200 ha, so betrug sie 1969 bereits 7.600 ha. Im Mühlviertel konzentriert sich der Anbau auf das Machland, das Gallneukirchner Becken und auf die Fortsetzung des Eferdinger Beckens um Walding. Eine Ausdehnung darüber hinaus ist nicht zu erwarten, weil Weizen in Bezug auf Boden und Klima anspruchsvoll ist. Weizen ist die wichtigste Brotgetreidefrucht. Er steht auch im Weltanbau an der Spitze der Mehlfrüchte. Hauptanbauländer sind: Kanada, USA, Argentinien.

Balkanstaaten, Australien, Nachfolgestaaten der UdSSR, Frankreich, Italien. Österreich deckt heute seinen Bedarf an Mahlweizen bei weitem. Jährlich gehen ansehnliche Mengen Weizen von geringer Qualität zum Futtergetreide.

Kleber heißt eine Eiweißart, die im Weizen vorkommt. Kleber ist ein Gerüsteiweiß, das beim Durchwaschen von Weizenmehl als sehr zähe Masse übrig bleibt. Der Kleber befähigt den Teig, das Gas zu halten. Die Backfähigkeit von Weizenmehl hängt daher von der Klebermenge und von der Kleberqualität ab. Sommerweizen ist kleberreicher. Ebenso spät reifende Sorten. Die Klebermenge kann durch eine späte Stickstoffdüngung gesteigert werden. Im warmen, trockenen Klima ist der Weizen kleberreicher. Kleberreiche Sorten sind meist ertragsärmer. Kleberreiche Sorten werden Hartweizen, kleberarme Weichweizen genannt. Es gibt eine Reihe von Prüfungsmethoden zur Bestimmung der Kleberqualität und der Klebermenge. Nach diesen beiden Merkmalen wird Weizen unterteilt in A-Weizen, B-Weizen und C-Weizen. A-Weizen dient zur Erzeugung von Teigwaren und zur Verbesserung von C-Weizen. Zur Broterzeugung wäre er infolge des hohen Klebergehaltes zu wenig elastisch.

B-Weizen ist der ideale Brotweizen. Ob ein Weizenkorn eiweiß- oder stärkereich ist, erkennt man am Bruch des Korns. Glasigkeit deutet auf Eiweiß, Mehligkeit auf Stärke. Stärkereiche Sorten werden zur Grieß- und Stärkeproduktion verwendet. Für die Müller sind andere Merkmale ausschlaggebend.

Das Hektolitergewicht liegt bei Weizen um 81 (Roggen 72). Hohes Hektolitergewicht deutet auf gleichmäßig große, volle Körner hin. Der Feuchtigkeitsgehalt soll bei 14 % liegen. Liegt er bei der Ernte wesentlich höher, muss das Getreide künstlich getrocknet werden. Viel Feuchtigkeit bedingt hohe Atmungstätigkeit, wobei Gewicht verloren geht. Außerdem wird das Getreide muffig. Die Schalendicke ist genetisch bedingt und schwankt zwischen 10 und 14 %. Eine dicke Schale bedingt eine geringe Mehlausbeute.

Weizen ist nach dem Ährenschieben am leichtesten an der Ähre erkennbar. Sie erscheint (im Unterschied zu Gerste und Roggen) wuchtig und gedrungen. Typisch sind die breiten, sich spreizenden Spelzen. Die Grannen sind nicht typisch. Die meisten Weizensorten sind unbegrannt, manche jedoch begrannt. Die Ähre steht aufrecht. Der Halm ist kurz. Weizen ist daher standfester als Roggen. Durch das Spritzmittel „Stabilan“ (chemisch Chlorcholinchlorid) kann der Halm noch kürzer und kräftiger gemacht werden. Weizen reift zeitlich nach dem Roggen und wird bei manchen Sorten dunkelbraun. Ab dem 3-Blatt-Stadium ist Weizen am weit übergreifenden, deutlich behaarten Blattöhrchen zu erkennen. Winterweizen wird später als Winterroggen gebaut und bestockt sich im Herbst nicht so stark. Vom Roggen unterscheidet er sich außerdem durch kräftigere, breitere Blätter.

Winterweizen wird meist Mitte Oktober bis Mitte November gebaut. Die Saattiefe beträgt ca. 3 cm. Als Saatgutmenge benötigt man 150 bis 160 kg je ha. Sommerweizen wird im Frühjahr so bald wie möglich gebaut. Die Saatgutmenge je ha beträgt 170 bis 200 kg. Sommerweizen hat bei uns wenig Bedeutung.

Weizen wurde früher wie der Roggen zu Mandeln aufgestellt. Heute wird er mit dem Mähdrescher geerntet. Der durchschnittliche Hektarertrag lag 1967 in Österreich bei 33q (1938 waren es 19q), 2006 betrugen die Durchschnittserträge bei Weizen in O.Ö. 57,8q/ha.

Weizen ist nicht selbstverträglich und verträgt auch die Stellung nach einer anderen Getreideart nicht. Gute Vorfrüchte sind Kartoffeln, Silomais und Raps. Weizen hat ein schlechtes Nährstoffausnützungsvermögen. Er braucht ein wärmeres Klima als Roggen, er verträgt späte Fröste und lang andauernde Winterkälte schlecht. Er verlangt einen mittelschweren bis schweren Boden, weil er einerseits einen höheren Wasserbedarf als Roggen hat, andererseits die Nährstoffe schlechter nützt. Wasser und Nährstoffe werden in schweren Böden besser gespeichert. Weizen ist ein Selbstbefruchter.

Der Mais (Zera mays)

spielte zur Zeit der Abfassung meiner Hausarbeit in den Hochlagen des Mühlviertels so gut wie keine Rolle. Er wurde daher in der Arbeit nicht behandelt. Inzwischen hat sich die Situation verändert, weshalb diese wichtige Kulturpflanze der Vollständigkeit halber kurz erwähnt werden soll.

Körnermais gedieh um 1970 nur im südlichen Österreich und in den pannonischen Klimaten Ostösterreichs. Durch Züchtung neuer Sorten (frühreifende Hybridsorten) gelang es, den Maisanbau auch in unseren Breiten erfolgreich einzuführen. Im Machland, sowie in den Beckenlagen um Gallneukirchen und Feldkirchen nimmt er inzwischen im Landschaftsbild wegen der hohen Ernte-Erträge eine dominierende Rolle unter den Getreidearten ein. Silomais ist heute besonders dort anzutreffen, wo er als Silage für die Rinderhaltung gebraucht wird. Er gedeiht bei entsprechender Düngung auch in mittleren Höhenlagen auf sandigen Böden und dringt sogar in die Hochlagen des Mühlviertels vor.

Die Zunahme des Maisanbaus kann einerseits mit den durch die Hybridzüchtung gestiegenen Hektarerträgen (25–30 % Steigerung), andererseits mit der handarbeitslosen Unkrautbekämpfung durch den Einsatz von Triazinen erklärt werden. Die erste Zulassung von Mais-Hybridsorten erfolgte in Österreich 1961.

Laut J. Hinterholzer (Referent bei einer Arbeitstagung der Vereinigung österreichischer Pflanzenzüchter im Jahre 1999) stiegen die Anbauflächen von Körnermais in Österreich in den letzten 50 Jahren von 53.000 ha auf 188.000 ha, die von Silomais von 11.000 ha auf 76.500 ha.

Die Hackfrüchte

Die Kartoffel (Solanum tuberosum)

Die Kartoffel stammt aus Chile, Peru. Dort gibt es noch Urformen mit Resistenzgenen, die heute in der Resistenzzüchtung eine gewisse Bedeutung haben. Sie kam über Spanien und Irland nach Europa und wurde Anfangs als Zierpflanze gehalten. Eigentlich durch Zufall entdeckte man die Knollen als etwas Essbares. In England erzählt man folgende Geschichte:

„Ein angesehener reicher Herr kam aus Amerika durch einen Freund in den Besitz von Kartoffeln. Da sie ihm als etwas Essbares empfohlen wurden, wies er sogleich den Gärtner an, im Gemüsegarten für ihr Gedeihen zu sorgen. Sie wuchsen prachtvoll, und der Herr lud seine Freunde ein, mit ihm bei einem Mahl die neue Frucht zu kosten. Man pflückte die grünen Kügelchen und versuchte in der Küche, sie in leckere Speise zu verwandeln. Der Koch, zwar unzufrieden mit seinem Ergebnis, ließ die neue Speise auftragen, doch das Ergebnis waren heftige Brechreize und Magenbeschwerden. Aus Zorn befahl der Herr, alles Kartoffelkraut auszureißen und zu verbrennen. Dabei kamen auch die Knollen ins Feuer und wurden gebraten. Ein fröhlicher Mann, der des Weges kam, zerdrückte zufällig eine schwarz gebräunte Kartoffelknolle, die in der Asche lag, mit dem Fuß, und das weiße Innere kam zum Vorschein. Neugierig, wie er war, kostete er – und hatte somit die essbare Kartoffel für Europa entdeckt.“

In Österreich wurde die Kartoffel (nach Werneck, Seite 291) bereits 1621 im Stiftsgarten des Stiftes Seitenstetten in Niederösterreich vom Abt Kaspar von Plautz gebaut. Wahrscheinlich kamen die Kartoffeln um diese Zeit auch in benachbarte Klöster. Der Anbau in größerem Ausmaß kann in Oberösterreich erst um 1800 erfolgt sein, da die Kartoffel 1783 in den oberösterreichischen Lagebüchern noch nicht als Kulturpflanze aufscheint. Nachdem man erkannt hatte, dass die Kartoffel in der Ernährung des Volkes eine große Lücke schließen könne, wurden die Bauern von der Obrigkeit zum Anbau verpflichtet. Im 19. Jahrhundert und bis in unsere Zeit herauf war die Kartoffel der große Lückenbüßer in der Stärke- (sprich Brot-)versorgung. Besonders in Preußen wurde sie hoch gehalten. Am Speisezettel der Deutschen spielt sie auch heute noch eine große Rolle. Auf Grund der ausreichenden Versorgung mit Brotgetreide und durch den gehobenen Lebensstandard spielt sie als Hauptnahrungsmittel bei uns eine immer geringere Rolle.

Nach wie vor hat die Kartoffel als Speisekartoffel ihre Bedeutung. Heute begegnet sie uns auch in veredelter Form in den Pommes frites, in den Potato-Chips und anderen Erzeugnissen. Wichtig ist sie als Stärkelieferant für die Industrie (Spirituosen) und auch als Futterkartoffel für die Schweinemast. Futterkartoffel roh eignen sich auch als Milchviehfutter. Zur Mast werden sie häufig gedämpft oder siliert. Der Kartoffelanbau ging lange Zeit stark zurück, da die Mechanisierungskette weniger gut funktionierte. Im Mühlviertel betrug die Anbaufläche 1969 nur mehr 8.099 ha, 1956 waren es noch 11.367 ha gewesen. In Österreich sank der Anbau von Kartoffeln seit 1938 von 203.000 ha auf 133.000 ha Ende der 1960er-Jahre und betrug 2006 nur mehr 21.920 ha. Seit die Kartoffelernte (ähnlich wie bei der Zuckerrübe) mit Vollerntemaschinen bewerkstelligt werden kann, nimmt der Anbau von Kartoffeln zum Zweck der Stärkegewinnung wieder zu.

Kartoffeln schwanken im Stärkegehalt. Stärkereiche Sorten sind Futter- und Industriekartoffeln, stärkearme gelten als Speisekartoffeln. Diese sind „speckig“, jene hingegen „mehlig“. Manche Menschen bevorzugen aber mehlige Kartoffeln. Stehen Knödel auf dem Speiseplan, sind jedenfalls die mehligen den speckigen vorzuziehen. Man teilt Sorten außerdem ein in frühe, mittelfrühe und späte Sorten. Am stärkereichsten sind die späten Sorten.

Die Kartoffel gehört zur Familie der Nachtschattengewächse (Solanaceae) und ist mit der Tomate eng verwandt (vergleiche Stängel, Blätter, Blüten, Früchte). Der Stängel ist unter der Erde rund, über der Erde kantig und verzweigt. Die Blätter sind unpaarig gefiedert. Der Blütenstand ist eine Trugdolde, die Blüte eine Röhrenblüte mit 5 verwachsenen Blütenblättern. Die Farbe der Blütenblätter kann sehr verschieden sein (weiß, violett, rötlich, gescheckt). Die Frucht ist eine vielsamige, fleischige Beere, die giftig ist. Unter der Erde unterscheidet man Wurzeln, Stolonen und Knollen. Knollen und Stolonen (Tragfäden, an denen die Knollen hängen) sind Sprossteile und werden, wenn sie ans Licht kommen, grün. Die Hauptmasse der Wurzeln liegt in einer Tiefe von 10 bis 20 cm. Durch mehrmaliges Anhäufeln des Erdreichs wird die Stolonenbildung gefördert und der Knollenertrag gesteigert. Die Knolle ist außen mit einer korkartigen Haut überzogen, die sie vor dem Austrocknen schützt. Diese Haut ist durch so genannte Lentizellen durchbrochen, durch die die Knolle atmen kann. Die Kartoffelknolle enthält ca. 75 % Wasser. Von den 25 % Trockenmasse sind im Schnitt 17,9 % Stärke (10–21 %), 2,1 % Roheiweiß, 3 % Zucker, 0,1 % Rohfett, 0,8 % Rohfaser, 1,1 % Rohasche. Die Kartoffel enthält Vitamin A, B und C.

Für 1 ha Ackerland benötigt man im Durchschnitt 25q Pflanzgut. Diese Menge hängt natürlich von der Größe der Kartoffelknollen ab. Man verwendet in der Regel mittelgroße Knollen als Pflanzgut. Große Knollen wurden zur Vermehrung des Pflanzgutes früher häufig der Länge nach durchgeschnitten. Dabei musste man auf die Augenanzahl jeder Hälfte achten. Ein Einschnitt der Quere nach wird als Reizschnitt bezeichnet, weil dadurch die Stolonenbildung angeregt wird. Bei einer ganzen Knolle treibt am stärksten das Auge am Kronenende (gegenüber dem Nabelende) aus, die anderen schwach oder gar nicht. Deshalb der Reizschnitt. Heute ist der Arbeitsaufwand für derlei Maßnahmen nicht mehr rentabel. Pro Auge sind 3 Keimanlagen vorhanden. Deshalb kann man Kartoffeln zweimal entkeimen und dennoch als Pflanzgut verwenden. Zur Vorbereitung des Saatbeetes wird Stalldünger gegeben. Neben der Düngerwirkung hat er die Aufgabe, die Struktur des Bodens zu verbessern und ihn zu lockern. Die Zeit zum Auslegen der Kartoffeln ist dann gegeben, wenn der Acker warm und trocken ist (April bis Anfang Mai). Die Pflanztiefe beträgt im schweren Boden 4–5 cm, im leichten Boden etwa 10 cm. Liegen die Pflanzknollen zu tief, wird die Sauerstoffzufuhr beeinträchtigt. Die Kartoffeln werden in Reihen gepflanzt. Der Reihenabstand beträgt etwa 60 cm, der Abstand in der Reihe 40 cm. Auf einen Quadratmeter kommen daher 4 Knollen. Bei einem durchschnittlichen Kartoffelgewicht von 60 Gramm ergibt das ca. 25q/ha.

Die Kartoffel ist eine Hackfrucht und verlangt eine intensive Bearbeitung. Die Norm ist einmaliges Abziehen der Wälle und zweimaliges Anhäufeln bzw. Hacken. Ein Grundsatz lautet: „Zweimal gehackt ist einmal gedüngt". Beim ersten Anhäufeln können die Blätter vollkommen mit Erdreich zugedeckt werden. Betriebe, die Saatkartoffeln erzeugen, müssen wegen der Gefahr der Vireninfektion das Kartoffelkraut vorzeitig (Anfang August) chemisch oder mechanisch abtöten.

Frühkartoffeln werden schon im Sommer geerntet. Sie sind bei der Ernte zwar noch nicht eigentlich reif, da sie eine ganz dünne Schale aufweisen. Je früher sie aber auf den Markt kommen, desto besser ist der Preis. Im Ertrag sind Frühkartoffeln den späten Sorten immer unterlegen. Spätkartoffeln erntet man, nachdem das Kraut zu welken anfängt. Die Ernte kann mittels Haue, mittels Roder oder mittels Vollerntemaschine erfolgen. Die Erträge liegen bei Frühkartoffeln zwischen 180–250 q/ha, bei mittelspäten oder späten Sorten zwischen 250 und 400 q/ha. Der Durchschnittsertrag lag in Österreich 1938 bei 152 q, 1967 schon bei 227 q/ha und 2006 bei 298 q/ha.

Kartoffeln können in Kellern oder Mieten gelagert werden. Die optimale Lagertemperatur liegt zwischen 4 und 6 Grad plus. Bei höheren Temperaturen steigen die Fäulnis- und Atmungsverluste. Die Kartoffeln sind sehr frostempfindlich. Gefrorene Kartoffeln schmecken nach dem Auftauen süßlich, weil durch den Kältereiz Stärke in Zucker verwandelt wird. Sie gehen rasch in Fäulnis über. (Auch gepflanzte Kartoffeln sind sehr spätfrostempfindlich). Die Lagerhöhe der Kartoffelknollen beträgt maximal einen Meter, bei Belüftungsmöglichkeit bis zu 4 Metern. Die Kartoffel macht im Herbst eine Keimruhe durch. Im Frühjahr keimt sie auch im Keller aus. Die Knollen werden dabei runzelig. Die Keime bleiben im Dunkeln blass und glasig. Im Extremfall kommt es sogar zur Ausbildung von jungen Knollen bei der Kellerlagerung.

Die Kartoffeln werden in der Regel vegetativ, das heißt über Knollen vermehrt. Nur zur Züchtung neuer Sorten in den Saatzuchtanstalten werden aus den vielsamigen Beerenfrüchten neue Pflanzen gezogen. Diese neuen Pfanzen blühen erst im zweiten Jahr. Zur vegetativen Vermehrung ist ein Blühen gar nicht erforderlich, bei Frühkartoffeln nicht einmal erwünscht, weil während der Blüte die Knollenbildung verlangsamt wird. Heute ist man in der Resistenzzüchtung schon so weit, dass man aus einigen gesunden Zellen von Kartoffelblättern neue gesunde Pflänzchen zieht.

Die Kohlrübe (Brassica napobrassica),

im Mühlviertel auch Krautrübe genannt. Sie gehört zur Familie der Kreuzblütler, ist zweijährig und mit der Zuckerrübe nicht verwandt. Sie wurde aus dem Raps gezüchtet. Sie blüht erst im 2. Jahr, die Blüten sind gelb, die Frucht ist eine Schote. Die Blätter sind dick und fleischig, ihre Oberfläche wachsig glänzend. Die Rübe selbst ist rundlich und viel stärker als die Zucker- und Futterrübe bewurzelt. Sie ragt aus dem Boden und ist leicht zu ernten. Die Rübe gedeiht noch in sehr rauen Klimaten und auf sandigen, sauren Böden. Früher stellte sie im hochgelegenen Mühlviertel das einzige Saftfutter während des Winters für das Vieh dar. Sie ist sehr wasserreich und an Nährstoffgehalt (besonders Zucker) anderen Rüben unterlegen. Die unteren Blätter wurden oft schon im Sommer als Futter für die Schweine entfernt. Die Kohlrüben werden bald im Frühjahr im Hausgarten dicht ausgesät. Haben die Pflänzchen eine Höhe von ca. 10 cm erreicht, werden sie bei regnerischem Wetter auf das Feld gepflanzt. Der Anbau dieser Rübe ging einerseits aus arbeitstechnischen Gründen auch im Mühlviertel zurück, andererseits wurde sie als Saftfutter durch den Silomais ersetzt, der durch Züchtung immer neuer Sorten bis in höher gelegene Gebiete des Mühlviertels vorgedrungen ist.

Die Zuckerrübe (Beta vulgaris subsp.vulgaris var.altissima)

wurde in meiner Hausarbeit ebenfalls nicht behandelt, soll aber hier der Vollständigkeit halber kurz erwähnt werden, weil sie als Kulturpflanze im Gallneukirchner Becken und im Machland für die Landwirtschaft doch eine gewisse Rolle spielt.

Die Zuckerrübe ist eine zu den Fremdbefruchtern zählende zweijährige Pflanze. Sie bildet erst im zweiten Jahr einen Blütenstand und Samen aus. Im ersten Jahr entwickelt sie im vegetativen Entwicklungsstadium oberirdisch eine Blattrosette mit etwa 20 breitflächigen, bis zu 30 cm langen Laubblättern, und die Wurzel verdickt sich zu einem weißen Rübenkörper. Die Zuckerrübe ist ein Pfahlwurzler, ihre Wurzeln können bis zu anderthalb Meter tief in den Boden reichen. Die Ernte erfolgt im ersten Vegetationsjahr, da in diesem Zeitraum die Speicherung von Reservestoffen erfolgt und damit der Zuckergehalt, der den wirtschaftlichen Nutzen bestimmt, am höchsten ist. Zum Erntezeitpunkt hat die Rübe ein Gewicht von ca. 700 bis 1200 g. Der höchste Zuckergehalt konzentriert sich im Mittelstück der Rübe.

Die Zuckerrübe entstand gegen Ende des 18. Jahrhunderts durch Züchtung aus der Runkelrübe, wobei gezielt auf einen hohen Zuckergehalt selektiert wurde. Dadurch konnte der Zuckergehalt von anfänglich 8 % auf 16 % (um 1800) gesteigert werden, heutige Zuckerrüben haben einen Zuckergehalt von 18 bis 20 %. Sie bildet den Zucker, indem sie die Photosynthese nutzt. Die Zuckerrübe ist weltweit eine der bedeutendsten Rohstoffquellen zur Gewinnung von Zucker. Der Rübenzucker macht heute etwa 45 % der Weltzuckerproduktion aus. Der Anbau der Zuckerrübe ist dort, wo die Verhältnisse ihn gestatten, sehr lohnend, stellt aber besonders hohe Ansprüche an die Beschaffenheit, Düngung und Bearbeitung des Bodens. Je trockener das Klima, desto mehr verlangt die Rübe einen tiefgründigen, frischen Boden mit reichlichem Nährstoffvorrat. Am besten eignen sich humose Lehm- und Lössböden, ungeeignet sind arme, trockene Sandböden, zähe Tonböden und alle flachgründigen, nassen Bodenarten. (Quelle: Wikipedia)

O.Ö. hat bei Zuckerrüben einen Anteil von 13,8 % an der gesamtösterreichischen Anbaufläche.

Sonderkulturen:

Als Sonderkulturen, die speziell im Mühlviertel beheimatet sind bzw. waren, sind Hopfen, Tabak, Flachs und Mohn zu nennen.

Der Flachs (Linum usitatissimum)

hat noch nach dem 2. Weltkrieg Bedeutung gehabt und wurde bis zum Ende der 1950er-Jahre im Mühlviertel gebaut. Im Oberen Mühlviertel (um Haslach, Helfenberg) wurde er auch in großem Umfang in gut florierenden Webereien zu Leinen verarbeitet. Mit zunehmendem Aufkommen der Kunstfasern fiel der Preis unter die Rentabilitätsgrenze ab. Nach Angaben der Landwirtschaftskammer f. O.Ö. vom Herbst 1970 wurde der Anbau von Flachs im Mühlviertel ganz eingestellt. In aktuellen Statistiken über Anbauflächen kommt Flachs nicht mehr vor.

Der Mohn

hat an Bedeutung ebenfalls stark abgenommen (Mühlviertel: 1956 noch 85 ha, 1969 nur noch 9 ha). Heute sieht man erfreulicher Weise wieder Mohnfelder als alternative Frucht und erfreut sich an den Farbtupfern, die sie in die Landschaft zaubern. Laut Statistik Austria wurden 2006 in Oberösterreich 761 ha Mohn angebaut, für Österreich wird eine Fläche von 3.858 ha angegeben.

Der Hopfen (Humulus lupulus)

Aus einem Bericht der Hopfenbaugenossenschaft Rohrbach vom 8. 1. 1971:

„Noch um 1900 wurden im Mühlviertel 500 ha Hopfen gebaut. Durch ein Reichsgesetz 1938 gänzlich eingestellt, kam es erst 1951 wieder zu einem Abnahmevertrag mit dem Brauereiverband Wien. Da Hopfen zwar sehr arbeitsintensiv ist, aber auf kleinen Flächen hohes Einkommen bringt, wurde dieser Produktionszweig in der Folge im Mühlviertel sehr gefördert. 1960 betrug die Hopfenfläche 50 ha und ging bis 1970 auf 29 ha zurück. Der Grund für den Rückgang liegt im Arbeitskräftemangel, der mangelnden Mechanisierung und dem zu niedrigen Hopfenpreis, der durch die Umsatzbesteuerung 1962 kaum kostendeckend ist."

Laut Statistik Austria wurden 2006 in O.Ö. 109 ha Hopfen gebaut.

Es heißt, der Hopfen gedeihe dort am besten, wo der Wein gerade anfängt zu versagen. In den jetzigen Hopfenanbaugebieten wurde früher durchwegs Wein gepflanzt. Das Mühlviertler Hopfenanbaugebiet dürfte bezüglich Wärme ziemlich an der Grenze des Möglichen liegen, die Niederschläge sind ausreichend (Bedarf 500 bis 800 mm). In Fachbüchern steht, dass der Boden sehr tiefgründig und bis zu einer Tiefe von 4 Metern ganz gleichmäßig sein müsse. Diese Bedingung wird im Mühlviertel sicher nicht erfüllt. Trotzdem gedeiht der Hopfen.

Der Hopfen gehört zur Familie der Hanfgewächse (Moraceae). Er ist wie der Hanf zweihäusig, das heißt, es gibt männliche und weibliche Pflanzen. Der männliche Hopfen wird nur zur Züchtung neuer Sorten verwendet. Wird weiblicher Hopfen befruchtet, so führt dies zu einer Vergröberung der Dolden; die Qualität des Brauhopfens leidet darunter. Der Hopfen im Erwerbsbau wird ungeschlechtlich vermehrt. Er vermehrt sich aber auch durch Samen.

Zum Anlegen eines Hopfengartens verwendet man so genannte Setzlinge (Fechser), das sind unterirdische Teile der Reben, die man beim Frühjahrsschnitt vom Wurzelstock mit einem scharfen Schnitt abtrennt. Die Setzlinge werden in Abständen von 1,50 m x 1,60 m in eine Tiefe von 20 cm senkrecht in die Erde gepflanzt. Aus der Schnittfläche treiben Wurzeln aus. „Wurzelfechser" nennt man solche, die zum Bewurzeln in die Erde gebracht und erst ein Jahr später im Hopfengarten gepflanzt werden. Der Setzling ist 10–12 cm lang und 2 cm im Durchmesser. Bei guten Bedingungen erreicht der Junghopfen schon im ersten Jahr 3/4 und manchmal die ganze Gerüsthöhe von 7 Metern und bringt schon einen kleinen Ertrag. Jeden Herbst werden die Reben 30 bis 40 cm über dem Erdboden abgeschnitten. Im Frühjahr wird der Hopfen bis auf den Wurzelstock zurück geschnitten und treibt von hier jedes Jahr neu aus. Der Hopfen ist eine Kletterpflanze und braucht daher Stangen und Drähte, woran er sich hochranken kann. Heute werden statt Stangen meist Drahtgerüste verwendet. Der Hopfen hat einhakige oder doppelhakige Klimmhaare, mit deren Hilfe er rechts windend empor klettert. Dabei verzweigt er sich und bildet im unteren Teil fünflappige, im mittleren dreilappige und an den Triebenden einlappige Blätter aus. Ende Juni, Anfang Juli wachsen aus den Achseln der gegenständigen Blätter dünne Stielchen hervor, die sich verzweigen. Endständig tritt der so genannte „Anflug" in Erscheinung, das sind die Blütenstände der weiblichen Hopfenblüte, die sich aus 20 bis 60 Einzelblütchen zusammen setzen. Aus dem Anflug entwickeln sich durch Ausbildung zahlreicher Hochblätter die Hopfendolden, die sich zur Zeit des Pflückens (Ende August, Anfang September) schließen und auch dann grün bleiben. An der gewellten Spindel der Dolde sitzen Deck- und Vorblätter, die die gelben Lupulinkörner einschließen. Sie enthalten die Bitterstoffe, Gerbstoffe und das ätherische Hopfenöl. Dieser Stoffe wegen wird Hopfen zum Bierbrauen verwendet. Sie geben dem Bier Aroma, feinbitteren Geschmack, Klarheit und Haltbarkeit.

Die Dolden, die früher von Hand aus und heute vorwiegend mit der Hopfenpflückmaschine abgepflückt werden, werden anschließend in Aufbereitungsanlagen nachgetrocknet, geschwefelt und zu 150 kg schweren Ballen gepresst. Das Mühlviertel beliefert Brauereien im ganzen Bundesgebiet. Der Ernteertrag im Mühlviertel betrug im 10-jährigen Durchschnitt 1324 kg/ha.

Außer zum Brauen von Bier ist Hopfen seit alters her eine bekannte Heilpflanze. Schon im 8. Jh. wurde er gegen Gallenfieber und zur Blutreinigung verwendet. Heute erzeugt man aus Hopfen Mittel gegen Schlaflosigkeit, Hysterie, Epilepsie, Erbrechen der Säuglinge, Organneurosen, Husten, Ohrenleiden, Hautkrankheiten.

Verehrte Leserin, geschätzter Leser!
Ich hoffe, Sie haben mit großem Interesse dieses Buch
aus dem Buchverlag Franz Steinmaßl gelesen.
Auf den nachfolgenden Seiten
finden Sie weitere interessante Bücher
aus diesem Mühlviertler Kleinverlag.
Sie können sämtliche Titel über den Buchhandel
oder direkt vom Verlag, A-4264 Grünbach, beziehen.

Erwin Bindreiter
Was Opa und Oma erzählen
Mühlviertler Leben vor fünfzig Jahren

Die SchülerInnen der HS Pabneukirchen erhielten den Auftrag, von ihren Großeltern ein Foto samt der dazugehörigen Geschichte zu erbitten. Herausgekommen ist dabei ein Kaleidoskop von Einblicken in das Leben vor 50 Jahren. Es umfasst die Stationen des Menschenlebens ebenso wie eine Vielzahl von
Berufen und das bäuerliche Arbeitsjahr samt seinen festlichen Höhepunkten.
Diese Sammlung ist weit über ihr eigentliches Entstehungsgebiet hinaus repräsentativ für weite Teile des Mühlviertels.

Gebunden, über 200 Seiten € 19,50

Fred Gräfner
Mein Mühlviertel
Geschichten und Gedichte

„Da musste ich erst nach Spanien ziehen, um das Mühlviertel kennen zu lernen. Nein, es liegt nicht in Spanien, sondern zwischen Passau und dem Böhmerwald in Österreich. Aber ich kenne es jetzt sehr gut und fühle mich fast heimisch, wenn ich ans Mühlviertel denke.
Warum? Ich las das Manuskript von Fred Gräfner. Er beschreibt seine Heimat in solch wunderbaren Geschichten, dass sie einem nicht nur die Gegend, sondern auch den Menschen Fred Gräfner näher bringen. Teils lustige, teils tiefsinnige Lyrik und einige weitere Geschichten aus dem Leben des Autors runden dieses auch mit wunderschönen Zeichnungen versehene Werk ab.“ Gerhard Pollheide

Gebunden, 170 Seiten , € 17,90

Franz Steinmaßl

Das Hakenkreuz
im Hügelland

Nationalsozialismus, Widerstand und Verfolgung im Bezirk Freistadt 1938–1945

Taschenbuch mit zahlreiche Fotos und Abb., 360 S., € 21,65

Richard Wall
Mühlen, Mägde und Rebellen
Geschichte und Geschichten des Gusentales

illustriert von Christoph Raffetseder
An der Lebensader der alten Riedmark, der Großen und der Kleinen Gusen, entstanden nicht nur viele Sagen, sondern hier wirkten auch Rebellen gegen die Obrigkeit wie der Bauernführer Laimbauer und der Bauernadvokat Kalchgruber.
Das Buch schildert wichtige, skurrile wie auch tragische Ereignisse der Zeit vom Mittelalter bis zur Überschwemmungskatastrophe im Jahre 2002.

Geb., 218 Seiten, € 19,50

Walter Kohl
Auch auf dich wartet eine Mutter
Die Familie Langthaler inmitten der Mühlviertler Hasenjagd

Der Ausbruch von 419 sowjetischen Häftlingen aus dem KZ Mauthausen in der Nacht zum 2. Februar 1945 und die sogleich einsetzende gnadenlose Verfolgung der Flüchtigen wurde von der SS selber als „Mühlviertler Hasenjagd" bezeichnet. Während sich Teile der einheimischen Bevölkerung an dem grausamen Massenmord beteiligten, nahm die Familie Langthaler in Winden bei Schwertberg zwei der Flüchtigen in ihr Haus auf und hielt sie unter Lebensgefahr bis Kriegsende dort versteckt.
Walter Kohls Buch basiert auf ausführlichen Gesprächen mit den noch lebenden Angehörigen der Familie Langthaler sowie dem damaligen Flüchtling Michail Rybtschinskij.

Gebunden, 138 Seiten, € 18,50

Karl Woisetschläger, Ludwig Wurzinger
Raifmass in Südböhmen
Eine Flucht und ihre Hintergründe

Raifmass war einst das südlichste Dorf Böhmens, nordwestlich von Reichenthal gelegen. Karl Woisetschläger schildert seine Kindheit hier und ausführlich die sich zuspitzenden Verhältnisse nach dem Ende des Zweiten Weltkrieges. Nach ihrer Enteignung floh sie am 30. März 1946 illegal über die Grenze nach Österreich.
Ludwig Wurzinger beschreibt das komplizierte Verhältnis zwischen der deutsch- und der tschechischsprachigen Bevölkerung Böhmens, die wechselseitigen Verletzungen und Zurückweisungen, die letztlich in der Zerstörung des tschechoslowakischen Staates durch Hitler und die nachfolgende Vertreibung der Deutschsprachigen ihren grausamen Höhepunkt erreichten.

Gebunden, ca. 120 Seiten, € 16,90